小辰光

陈晓栋 著

中国出版集团 东方出版中心

图书在版编目（CIP）数据

小辰光 / 陈晓栋著. -- 上海：东方出版中心，
2024. 8. -- ISBN 978-7-5473-2452-3

Ⅰ. I247.5

中国国家版本馆CIP数据核字第2024J7Z373号

小辰光

著　　者　陈晓栋
责任编辑　张馨予
装帧设计　付诗意

出 版 人　陈义望
出版发行　东方出版中心
地　　址　上海市仙霞路345号
邮政编码　200336
电　　话　021-62417400
印 刷 者　上海盛通时代印刷有限公司

开　　本　890mm×1240mm　1/32
印　　张　10.75
字　　数　210千字
版　　次　2024年8月第1版
印　　次　2024年8月第1次印刷
定　　价　68.00元

致敬我的同辈人
我们可能是最挣扎的一代
也可能是当下最迷惘的人
也许，肆无忌惮的童年
是我们拥有过最单纯的快乐

目录

1

石子帮和三好学生

那是一个集体断片的年代。

冯骁还记得一些，关于他生活过的地方。那个年代黑白、平静，没有轰轰烈烈的运动，也很少能接触到色彩斑斓的外来事物。虽然孩提时代没有什么闪光和荣耀，也没有什么离奇怪异的经历，但已经麻木多年的记忆，一旦需要它们复苏，同样会慢慢涌来。

刚进小学的时候，冯骁的学习成绩还是很不错的。靠着从小看杂书积累起的一点知识和天生的小聪明，居然被他混了很长一段时间。但是数学课却始终令他讨厌，这其中，老师们也有一大份"功劳"。上生平第一堂数学课的时候，那个一脸横肉、四十五岁左右的大眼睛中年妇女做的第一件事，就是挑了几个小朋友站起来，想看看他们能把数字数到几。

第一个站起来的孩子，来自有"垃圾角"之称的"十二弄"，据说那片地方乱得很，每个月民警都要来问话、训导，每年都有人"上山"。当然，每年也会回来几个，不过都待不久，要么莫名其妙地失踪，要么"二进宫""三进宫"，甚至进出四五次。学校里的教导主任曾经断言，十二弄出来的孩子不是流氓就是小偷，就算有安分的，也没什么前途可言。这种说法肯定有点过分，很伤十二弄居民们的自尊心。但至少当时的十二弄，还没有哪个人能拿出高中文凭，不过那里的人一直坚信，自己的十二弄是卧虎之地。

　　这个被叫起来的孩子一口气数到"十"，顿了一顿，跳过"十一"，报出一个"十二"，就接不下去了。

　　第二个站起来的是一个女孩，船工的后代，家住在附近小河道里的水泥船上。那一带的水泥船有近百条，船工和家里人都住在船上，少数在两岸的弄堂里有自家的房子。他们靠运木材、黄沙、石子和水泥等建筑材料营生，有时外带干一些灰色勾当。

　　平时，水泥船停靠在一个被人称作"好来坞"的地方。那地方白天也有猫一般大小的老鼠窜来窜去。经常有十二弄的人上船打牌、搓麻将，又因为手脚不干净或嘴巴不干净打起来，抄家伙群殴是常有的事，打完了对峙几天又继续玩，像什么事都没发生过。据说最长的一次和平期，居然维持了一个半月。

　　来自好来坞的女孩数到"五"便莫名其妙地哭了起来，十分响亮，估计隔壁教室都听见了。数学老师算是又开了一次眼界，只能挥挥手让她坐下。没想到女孩屁股一沾椅子马上就不哭了，数学老师这才看出刚才那只是战术性的干号，脸上一滴泪也没有，于是暗骂一句，毒毒地瞪了一眼过去。那女孩表情居然很泰然，就像什么事都没发生过，安安静静地坐在那里。

第三个孩子是一个小胖子，住在冯骁家附近的一个新村里。那新村是前两年刚建起来的，清一色六层楼，住房条件比起十二弄和好来坞可以说是很优越了。新村里的人也上好来坞赌博，输多赢少，碰上好来坞和十二弄火并，总是溜得最快，不小心被打了，也只是自认倒霉，从来没有去报过警。大家一直认为新村的人代表着胆小。

小胖子数到"十"后毫不犹豫地按照扑克牌上的顺序，JQK一路念到底，发觉周围气氛不对，脸红了起来。数学老师脸上的表情像不小心生吞了条鼻涕虫，已经意识到自己在未来若干年里教学任务的艰巨。她死盯着那个小胖子，在一片哄笑声中厉呵他坐下，随后把冯骁叫了起来。冯骁是刚才笑得最厉害的几个孩子之一。数学老师还有兴致再看几出洋相，但当冯骁数到一百并不停顿地往下继续的时候，就不得不让他坐下，于是一场闹剧收场。

冯骁觉得自己很露脸，但他并没有对数学老师留下好印象，因为他留下了一个大大的遗憾——他本来至少可以数到一千的。他前几天刚请教过别人，九百九十九之后是哪个数字，一千后面又应该怎么数下去。但显然，那个凸着眼睛的数学老师没有让他发挥一下的意思。

小学生活就这样顺顺当当地开了头，冯骁认为数学课是最无聊的，但他的数学成绩却是最好的，能不能考三位数对他来说只是运气问题。第二无聊的是语文课，除了一遍一遍大声地读书，或者不厌其烦地抄写生字，没有别的事。另外，思想品德课虽然都是大道理，至少老师还算和蔼；体育课总是做操，自由活动的时间极少，还要经常进行诸如跳绳、拍皮球等过于文雅的运动；教美术和音乐的是同一个女老师，年纪轻，单眼皮，高挑身材，皮肤很白，但是这两样东西没多少人擅长，大家上课都感觉在云里雾里；手工劳动课和自然常识课还算有趣，不枉做了一回小学生；最伟大的一门课，当然是人人喜欢、日日盼望的活动课，而且一上就是两节连着。两个四十分钟当中有十分钟的下课时间，只有这个下课时间是大家主动要求放弃的。

数学老师因为眼睛的尺寸问题，不可避免地被冯骁安上了"水泡眼"这个常用绰号。冯骁在为别人起绰号这一领域颇有造诣，一生中留下了大串光辉战绩。这其中，"水泡眼"是第一个，显然那时起绰号还未形成自己的风格。

小学生刚开始读书，考出来的分数再差也不过七十几分，几乎极少有不及格。水泡眼有一个习惯，她喜欢将每次考试、测验的成绩在班上大声播报一遍，每当报到一个低分时，就会稍作停顿，留出大家哄笑的时间。这些考低分的，多数是冯骁的玩伴。

班上有十几个人来自十二弄和好来坞，他们一直盘踞在低分群体的核心位置。对他们而言，此时此刻最快乐的莫过于听到比自己更低的分数，报复性地大笑几声，并一一牢记下来，回家后用作屁股上的最后一道盾牌。

如果自己是分数最差的，便将一些不符实的分数强加给另几位"老相好"们，竭力制造有利于自己的舆论。起先，这些把戏往往由于神情紧张和老师们不期而至的家访而不攻自破，换回另一场暴风骤雨。后来，他们终于在久经考验后修炼成精，扯起谎来天花乱坠，明明自己是全年级最后一名，硬是能将整个年级的考试成绩说成地狱，渲染出一片血泪哀号。而自己，只不过是随众生沉浮，不巧做客浪谷而已。

接着，风云突变。

因为毛蚶的突出贡献，引发甲肝大流行，三十万上海人的肝脏群起暴动。那个只当了冯骁小半年班主任的老师，也因为贪一口鲜美倒下了。水泡眼荣登班主任一职，毅然给自己的肩上压下一副重担。适应了一段时间后，水泡眼开始大刀阔斧地收拾班里的捣蛋部队。

那时的孩子，娱乐方式实在称不上丰富，如果家里有一把塑料玩具兵或几个变形金刚模型，已经很是惹眼了。在这个生活水平相对低下的地区，家中的经济条件普遍不好，这类玩具一概属于奢望，孩子们的娱乐节目就不得不走向粗野。

扔石子在当时十分流行。虽然这是一项危险的游戏，大家仍乐此不疲，从不考虑后果。相反，这种趋向于上古氏族战争的游戏，更能激发起男孩子们的玩性。

八十年代末的上海，建筑工地随处可见，满地都是成堆的黄沙、石子、一包包水泥、垒得很高的砖块、大量的预制板和一池池奶黄色的石灰浆。即使在没有工地的地方，也随处可见这些建筑材料被长时间地堆放在某块空地上。那个时期，上海一下子多了许多新工房，解决着老百姓们的住房问题，孩子们扔石子的技艺，也与城市建筑的规模成正比。

巨大的水泥管道、废弃的大型机器、矮墙、小棚屋、井台、粗大的树，甚至几辆排放在一起的自行车，都成了"战斗"时的掩体。孩子们深受黑白战争片的影响，早早就懂得如何占据有利地形，如何掌握出手时机，如何形成交叉火力，如何保持团队的连续出击，并且很好地理解了"伤其十指，不如断其一指"的战略思想。

二年级时，这项运动在学校和附近地区达到了高峰。冯骁是"石子帮"的头领，这是靠实力打拼出来的。他的远距离攻击十分出名，手中的小石子总是能准确地找到对方主将的眉心，早早结束战斗。

不过，当几个老油条每隔三五天就一脸血泪地到校医务室报到时，当水泡眼总是把责任归给冯骁一人时，他感到了一种高手才有的寂寞。同时，他也在困惑，如果每次都高高兴兴地开始，哭哭啼啼地结束，那玩得还有什么劲啊！有本事打输了别去告状！于是，他无奈地在以后的战斗中降低准星，瞄准对手们的身体和四肢，这样不但能延长大家的游戏时间，自己也可以享受更多次击中对手的快感。到后来，只要他在战斗中一甩臂，正面的对手就高度紧张，疲于闪躲，以免皮肉之苦。

时间长了，他又发现了一件事情——不管跟谁一起玩，不管怎么分边，经常被石子击中的总是那几个老油条，就算他们跟自己分在一边，情况也没什么好转。那个时候，冯骁模模糊糊地领悟到了一件事情：有些人天生就是挨打的。

随着越来越多的孩子加入战团，石子帮元老们开始开辟新"战场"，这样他们可以甩开那些水平低下的新来者的纠缠，尽兴地同老对手们较量。那时周六下午是没有课的，经过整整一下午的勘探，石子帮找到了学校附近的锯木场——一个被孩子们遗忘的角落，还在一条小弄堂里找到了一堵可以翻进锯木场露天木料仓库的矮墙。

木料仓库很大，有一个足球场的面积，运输木料主要靠两部巨大的龙门吊车。因为处处堆着高高低低的木料，只留下一些通道和小块的空地供运送零星木料的铲车进出，所以反而显得空间狭小。

正因为如此，使这里胜于以往的任何一片"战场"：那些小块的空地很适合打正规战；那些木料，高的有两层楼那么高，矮的才到脖子，很容易爬上爬下、钻进钻出，适合演练《地道战》里面的战术。另外，锯木场和附近的机器厂、机床厂、模锻厂等单位丢弃的大机器都东一个、西一个地摆在那里，俨然一个个掩体、碉堡。更令人振奋的是，整个木料仓库的地面铺了一层石子，称手的家伙俯拾皆是。

露天木料仓库的南面是锯木车间，东面隔着一扇铁门有一条河道，西、北两面都是高围墙，北面有一小段矮墙隔着一片破房子，冯骁他们就是从那里进去的。有时候，大家也会从东面的铁门翻进翻出，但不是每个人都有那样的身手。当然，从正门进锯木场，穿过锯木车间，也可以到木料仓库，但会被门卫和工人们轰出来，不过真听到孩子们在仓库里疯玩的时候，大家也就睁一只眼闭一只眼了，这里面太大了，根本管不过来。

好来坞就坐落在木料仓库东面的小河道上，在锯木车间南面三百米的地方。船上的男孩们基本上都加入了冯骁领导的石子帮，条件是：冯骁每天完成的作业，都要在第二天早晨让他们"参考"一下。石子帮的其他成员也经常到他们的船上去喝几碗水解解渴。当时，大家无比团结，石子帮日渐壮大。

冯骁现在俨然是一名司令员了。他用自己高超的投射技能赢得了景仰，又用几本作业赢得了忠诚。木料仓库里，他率领的石子帮击败任何一帮对手，都像电影里李向阳的游击队戏弄日本鬼子那么随心所欲。这时，他真的很希望别人都来分享他的荣耀。

这个机会，他终于盼来了。

那是二年级下半学期，一个初夏的下午，总共二十多人的石子帮痛快淋漓地打赢了一支近四十人的混编部队。对地形的熟悉和各个战斗单位的全面开花，决定了最终的胜利。但冯骁认为胜利的关键，在于有他这么一个伟大的将领，他那关键一击重重地打到了对方主将右手的腕骨。对方主将的一声惨叫撕心裂肺，使得大部分战斗单位在短时间内哑火，自然而然地受到石子帮强有力的"火力压制"，开始躲藏、溃散。战斗进行到这个地步，胜负就可以判定了。

胜利是值得庆祝的，可当他们欢呼到一半的时候，脸上突然有了一种奇怪的表情。原来，大家发现各自的家长已经在水泡眼的带领下，站在锯木车间的天台上，观摩了这场伟大的战役。

这简直就是一场阴谋！冯骁愤怒地想道。许多年后，冯骁想起这场经历，还是会联想到古罗马的大竞技场，想起供人观赏的角斗士们。回忆中，冯骁不得不佩服水泡眼——在那个通讯极不发达的年代，能聚齐这么一大帮家长，可不是件容易的事。

还没有等大家的脑子转过来，家长们已经从天台上走了下来，就像戏演完后，坐在前排的领导们照例要走上舞台同演员们握手一样。不一样的是，这次迎接"演员"们的，可不是什么亲切的握手，案发的第一现场马上成了悲惨世界。不少刚才还屏息静声、担心自己儿子遭"流弹"的家长，现在倒有人就地抄起称手的木条，狠狠抡舞起来，特别是那些来自十二弄等地方的，打起孩子来个个都使出平生绝学，架势稳、下手狠、速率快、落手准，像是在彼此卖弄，连水泡眼都看得心惊肉跳，感慨此地民风彪悍。小河道边一下子热闹起来，几只受了惊的大老鼠不知从什么地方窜出来，更加重了打骂的砝码："还死到那么脏的地方来玩！"

船上的大人倒不会因为这种事打骂孩子，他们的孩子是纯放养的，没什么规矩，能来参加观摩就已经很给面子了。他们对孩子的学习成绩不怎么看重，考试分数出来了就揍一顿，揍完了什么事也没有。相反，孩子们在家里打碎一个瓷碗倒是大事，很值得追打一番。

冯骁和另几个"高级将领"拔腿就跑，他们熟悉地形，先溜进锯木车间，在众目睽睽之下一阵狂奔，竟也无人阻挡。逃出来后又在好来坞上了一条船，利用船与船之间搭着的宽木板跑到了一条距离河岸稍远的船上——那个在第一堂数学课上装哭的女孩的家。

岸上大乱的时候，冯骁他们各自喝了碗水压惊。等到外面人散得差不多时，冯骁才同众人告别，抄小路回去。回家路上，冯骁心里突然有一丝得意——今天终于在那么多人面前展示了一回绝技，同时他心里也很清楚，爸爸正握着一根皮带在家里等他。

一个月后的考试，冯骁满怀怨恨地答完了试卷。这段日子水泡眼对他们的"清剿"简直惨无人道，校方和家长们也空前配合。学校里所有参与过扔石子的人，名字都被广播通报了一遍，加起来足有上百人之多。令人愤慨的是，那些一向被老师们视为"好学生"的同学，虽然平日里也会来扔扔石子，居然全都不在这个名单上。

这份名单的来源，与一段不堪回首的历史挂钩：先在每个年级挑出几个带头的孩子，在教导主任章老师那儿接受一次严厉的训斥，训斥中夹杂着诸如"通知家长""校级警告""记大过""留校察看""停课"和"开除"等令孩子们惊惧的字眼，甚至威胁"送去工读学校"。然后，这些孩子需要在年级组办公室里站上几天，每天清早来这里报到，放学离开，上厕所只有三分钟的时间，没人跟他们说话，只有老师们冷冷的目光和时而走进来送作业本的班干部们幸灾乐祸的眼神。他们就连主动承认错误的机会都没有，因为老师没有精力理会他们，只是吩咐他们闭嘴。

几天后，老师和校领导突然从天而降，甜言蜜语、和蔼可亲地告诉这些已经陷入深度恐惧的孩子们，只要写出一份名单，就能回到他们阔别已久的教室继续上课，就像什么事也没发生过一样。于是，相互之间的揭发就在学校里开始了，一份份字迹歪歪扭扭的名单叠在各个班主任的办公桌上。除了冯骁和几个好来坞、十二弄的孩子外，其他的人都招了。学校也无所谓冯骁他们招不招，让他们多站了两天。

两天后，冯骁等人也都各自交上了一份名单，算是认了。名单上翻来覆去也就这几个名字，当然，这是他们事先串过口供的结果。

冯骁被罚站的地方很特别，是体育器材室，没遭什么白眼，只是房间里脏得很，到处是灰尘。上厕所也很不方便，要跑过一整个操场，再绕过花坛进教学楼。与他做伴的只有一屋子体育器材，没人的时候，冯骁几乎把它们玩了个遍，只可惜屋子太小，有很多好东西都施展不开，也有一些是他根本拿不动的，比如那些黑黝黝的哑铃片子。

体育老师和管体育器材的小老头对冯骁还算和善，经常向他灌输锻炼身体的重要性。冯骁赌气地想，自己就是因为锻炼身体才被拖到这里来的。外面上活动课的时候最为难熬，班主任们都会到这里来拉家常，自己则必须站在一边听窗外的欢声笑语。更糟的是，所有班主任都认识他，冯骁要忍受她们不时的点点戳戳。

等到大名单上没有人被新添进来时，每个班主任提笔划去几个印象还不错的名字，对于那些有可能是被诬陷的差生，则抱着"宁可错杀一千，不能放过一个"的原则。各张名单汇总到教导主任章老师那里，最后到达校广播室。

那节校会课，全校都在听一份无聊的、冗长的名单，包括那些从未扔过石子的人和早已"放下屠刀"的高年级学生。在冯骁的记忆中，最刺激的时刻，莫过于在广播里听到自己的名字被加了"带头人"的前缀。

这场轰轰烈烈的运动一直持续到六月的期终考试前。每个人都被折腾得筋疲力尽，考试成绩自然惨不忍睹，这又给批评者加了砝码——扔石子直接导致考试成绩的大幅度滑坡，而学校的及时制止避免了更多人留级。

水泡眼无疑是这场运动最大的受益者，至少在以后的一段日子里，冯骁他们一直没有心情好好地玩一回扔石子，总是提防着旁边是否有人在监视。而锯木场木料仓库给孩子们带来的快乐，也暂时消失了。

二年级结束，石子帮有五个人留级，其中两个是住在船上的，另三个来自十二弄。所幸，几个冯骁平时要好的兄弟，好歹都撑下来了。

冯骁认为这不是最糟糕的，在他的心里，数学考试的成绩才最让他感到难过。87分，这是他有生以来第一次数学考试没有超过90分，简直是灭顶之灾，是一次不小的打击。为了表达对水泡眼的"敬意"，冯骁宣布了她的新绰号——"蒙猜纳"。这个绰号取自一部动画片中的小丑型人物，因为群众性广泛，比先前那个传得更快，马上就到了老师们的耳朵里。

水泡眼（我们现在应该叫她"蒙猜纳"）暴跳如雷，马上着手调查这个绰号的来源。在学生们嘴里，这个绰号在最短的时间内掩去了她的姓氏，这还不是最不能容忍的——当她通过动画片得知"蒙猜纳"是怎样一个形象后，差点岔了气。

但真想要调查出这个绰号的来源并不是一件简单的事。因为上次"扔石子"事件的影响，受到询问的学生们又开始毫无头脑地互相揭发。蒙猜纳发现，差不多所有由她任教的班级的男生，都在背后这样称呼她，这就很难定罪了。学校也不会为这种鸡毛蒜皮的小事再劳师动众，因为没几天就要放暑假了，假期对老师们的诱惑不比对学生们的小，大家都准备好好地放松一下。何况，这个绰号别的老师都不明其意。

冯骁对这件事倒不担心，蒙猜纳这个绰号是他和几个死党一起玩的时候，灵光一现想到的，当时也忘记说了些什么，反正大家一阵狂笑，第二天就传开了。虽然这个绰号是他先叫出来的，但自己倒没有经常挂在嘴上，所以这次的名单上，冯骁出现的次数不多。这使蒙猜纳对这个头号嫌疑犯很没有办法。

另一方面，教导主任章老师的绰号是经过众人讨论的。对教导主任的恨意，不单单是冯骁一个人有，其他人也有。在对参与扔石子的人的审讯中，教导主任立下了卓越的功勋，他令大家在第一时间联想到小人书上的反派。他动用的手段是令人发指的，特别是孤立罚站这一招，充分运用了心理学，在进行真正的审讯前，先瓦解被审讯者的心理防线。在大家的心目中，漫画书中被老渔夫从瓶子里放出来的那个魔鬼，简直就是照着教导主任的脸画的，只可惜技术欠佳，画得稍许慈祥了一点。

经历了两个钟头的激烈辩论后，大家否定了近百个方案，冯骁终于凭借自己的实力脱颖而出——蟑螂头。虽然大家都不曾仔细地透过放大镜观察蟑螂的头部，但这个绰号还是获得了一致认可。因为在这些幼小的脑袋里，都觉得冥冥之中，教导主任与讨厌的蟑螂总有着某些相像之处……

"三好学生"作为我们的特色产物，指"学习好、品德好、体育好"。但实际上，三好学生们往往只需要符合前两个条件就可以了。因为对于老师们来说，学习好的学生可以用好成绩来为他们添光；品德好的学生，在老师们的心里总结起来就是一个"乖"字，不会添麻烦，其实学生少惹麻烦是老师们更喜欢的一件事；相对而言，体育好对老师们一点好处也没有。在需要的时候，体育老师甚至可以放水，让那些"三好学生"候选人的体育成绩达标。

三好的评选标准一直没变，冯骁也一直没想通，体育这个可有可无的东西，凭什么能跟学习和品德并列在一起。

三好学生分几种级别，有"校三好""区三好"和"市三好"。鉴于孤陋寡闻，冯骁没有听说过"省三好"和"全国三好"，如果有的话，那一定是大大地光宗耀祖。不过那时候是有"全国十佳少先队员"的，每个人都有着一摞神话传说般的事迹。

区三好和市三好除了上报学习和思想品德材料外，还要到"上面"去参加体育测试，以防有"二好"来鱼目混珠。校三好就没有那么多手续了，老师点名，同学举手，年级批准，全校鼓掌，一排三好就可以装箱出厂了。

这一年评校三好，正插在"扔石子名单审讯事件"和期末考试之间，本来是学校很严肃的时期，倒翻出了新花样。

也许是为了让全校学生理解一下什么叫"民主"，全校的三好候选人们先用几天午休的时间在全校广播里一个个做"选举演说"，然后在操场上背对大家站成一排，写着名字的白纸贴在后背上，每人两手捏一个塑料字纸篓在身后。全校的学生每人手捏三个小纸团，排成一字从他们身后走过，把纸团扔进"意中人"手中的篓里，最后得票最多的二十个人就很民主地成为校三好了。

根据班主任们的授意，大家首先要把小纸团扔进自己班候选人的篓里。每个班级都有一个候选人，那就是说，还有两个小纸团是可以投给别人的。本来这两个小纸团还有希望保留这次闹剧的一点点"民主"成分，但是蒙猜纳发话了："可以趁监督老师不注意的时候，想办法把三个小纸团都投给自己班级的人。"

放学后，通过与其他班级玩友们的交流，冯骁和很多人都惊奇地发现，原来每个班主任和蒙猜纳都想得差不多。别看班主任们平日里在对待冯骁他们的时候，阵线坚定，团结异常，原来暗地里也是钩心斗角。

不管是学校提倡民主，还是班主任们玄机暗藏，反正这场闹剧后来是糟到底了。当然，其中也有冯骁等人的一小份功劳。

投票那天，全校师生都在操场上，热闹非凡。居然有好些个一年级的小朋友不知道发生了什么事，想了半天，终于明白是活动课开始了，于是在人群中追闹起来，又感染了许多人。

操场上的局势在短短的几分钟里变得无法收拾，只有高年级的几个班级还勉强保持着队形。班主任们顾了这头，顾不了那头，发了脾气也没几个人理，平日里的威严今天丧失殆尽。冯骁和几个人捏紧拳头围成一个小圈，只要有不认识的人在追闹时一不小心钻了进来，十几只"肉馒头"就一阵好生款待，然后几只脚一起把他踢出圈子，挨打的个个都抱着头莫名其妙。

这节课名曰"校会"，是礼拜一上午的最后一节，也就是说，上完这节课，就要放午学了。混乱持续了约五分钟，候选人们正手足无措，台下一些头脑活络的高年级学生开始三三两两往校门口摸去，幸好门房的老头拼死堵住，只溜走了三十几个人。

直到校长带了蟑螂头和几个男老师气势汹汹地杀到操场，局势才被控制下来。一贯自以为是的班主任们才知道，她们并不是在任何情况下都能对付得了这些学生的。蟑螂头抢过候选人手里的话筒一阵乱吼，很威风很煞气。旁边几个三好候选人明显被吓坏了，两腿发抖，远远地望过去，如同在开公审大会。

投票的时候，又有怪事发生——大多数候选人居然拿不动手里装着小纸团的塑料篓，纷纷脱手落地。这个冯骁心里很清楚，他和因为扔石子而上过黑名单的难兄难弟们约定，在投票的时候，手里不单单有小纸团，还有几粒小石子……

下午唱票结果出来，让人奇怪。虽然溜了一些人，小纸团的总数却不少反多，而且多得离谱，整整翻了近一番。这件事，是后来冯骁在办公室里听班主任们讲起的。他心里清楚，这不是他们做的，但这说明在这个学校里他们并不是孤独的一群人，而且手段比自己的要高明，估计是高年级的前辈。

三好学生的名单公布时，并没有写上得票数。

一场事关民主的闹剧无声收场。

2

香烟牌子和防空洞

有很多老师，他们的眼睛只看着学习成绩，对于学习好的学生，总是另眼相看。学生们一旦犯了什么与学习无关的错误，只要是平时学习成绩好的，基本上是不会受惩罚的，顶多当众说上两句，以示"公正"。在他们看来，原谅这些学生的小过失，其实是另一种激励手段。

还有一种老师，分数在他们眼里倒不是什么很重要的东西，他们看重的是学生对他们的态度。在这些老师的班级里做学生，不管学习成绩怎么样，要有本事亲近老师、成功溜须拍马，才是最受宠的；性格沉闷的学生是肯定不会得到太多关照的，就算学习成绩再好，也会被视作"书呆子"。而总是跟老师作对的那些学生，结果更是大不妙了。

蒙猜纳属于后一种老师，对于她不喜欢的学生，蒙猜纳很乐意当着大家的面折磨一下他们的自尊心，在批评时用词尖锐，并且极喜欢揭别人家的难言之隐。她说话的语气时而强烈，时而"温柔"，让人听得浑身上下都不舒服。蒙猜纳显然认为这种年龄的学生不会有什么成熟的思想，而她正是用自己的才智来碾压他们的无知。

校三好学生名单公布的那天，蒙猜纳因为班里的候选人没能评上三好，突然心血来潮，冷笑着把冯骁叫起来，居心叵测地让他回答一个与学习无关的问题。

"冯骁，站起来。你告诉我——你想不想当三好？"

"不想。"实话实说，不想就是不想，冯骁答得问心无愧，他知道自己没这个实力。

没想到，这普普通通两个字的回答，骤然间打乱了蒙猜纳的全盘计划。蒙猜纳十分恼火，又拿他没办法，因为冯骁并没有说错什么，只能一边呵斥他坐下，一边愤愤地道："一点出息也没有！"

宋大铭——就是在第一天上学时，来自十二弄、数数时跳过"十一"的孩子——随后被叫起来，蒙猜纳问了他相同的问题。

"宋大铭，你老实告诉我——你想不想当三好？"

"想！"宋大铭回答得老实。他上学前，最大的愿望就是当三好、学习成绩没有人比得上、左胳膊戴上鲜红的"三条杠"、学校破格让他第一年就戴上"红旗的一角"、长大了当个科学家，造一艘宇宙飞船开到十二弄上面，自己风风光光地从上面走下来向大家挥手，替十二弄争脸。这些愿望，后来慢慢变成了比西天取经还要难的事。不过既然今天蒙猜纳问到了，宋大铭还是愿意借这个机会表一下决心的。

"坐下。"蒙猜纳面色平静地对宋大铭说。

宋大铭心安理得地往下坐，屁股刚沾椅子，就听见蒙猜纳向全班大声宣布："同学们，宋大铭他在撒谎!"

宋大铭一头雾水，十分恼火，又不敢争辩，只能听蒙猜纳解释下去：

"如果想当三好，他为什么不好好读书，考个好分数出来?如果想当三好，他为什么不控制控制自己，不要闯祸?他只是在骗人，他没有冯骁脸皮那么厚，就这样大大咧咧地讲出来了——宋大铭是个很要面子的人，他其实根本就不想当三好，他……"

这算什么道理?蒙猜纳话还没说完，宋大铭就有了一种强烈的、被玩弄的感觉，愤怒地撇了撇嘴，转过头看了冯骁一眼。冯骁正保持着一种似笑非笑的表情，宋大铭不禁对他佩服起来，知道以后回答蒙猜纳的问题，还是要好好思量。

女孩子中也有心理素质十分过硬的，比如那个在第一堂数学课上装哭、小小地耍了蒙猜纳一把的女孩，她的名字叫鱼依婷。

"鱼依婷"这个名字，在当时算是起得不错的。冯骁等人一直认为，住在好来坞的人，是没有本事给自己的孩子起如此好听的名字的。冯骁在好来坞有两个死党，一个叫季俊杰，一个叫葛晓刚，都是很普通的名字，撂在名单上没有人会注意。鱼依婷就不一样，美术兼音乐老师曾用富有感情的华丽辞藻夸过这个名字，蒙猜纳则这样评论鱼依婷：除了名字好听、脸蛋漂亮，其他没有一样是好的。

冯骁和鱼依婷的关系还是不错的，这其中最大的原因和她家住在好来坞有关。

学校规定要在早上七点一刻之前到校。冯骁总是六点半一过就出门，六点三刻到达好来坞。一大群兄弟们看见他远远走来，便背了各式各样破旧的书包，出了船篷，踩着宽木板上岸来。本来抄冯骁作业的也就季俊杰和葛晓刚两个人，后来发展起来，全年级住在这儿的男生几乎都来了，每天早上固定时间一起上岸，成了一道景观。船上的大人们从不多管，由他们去，反正大清早的，背着书包不会去做什么坏事。

离开好来坞，一群人在岸边的居民区里左穿右绕，到达一间废弃的小房子。这里原先是一户人家的厨房兼储藏室，现在人去楼空。走进去，约二十平方米，里面有一块大石板，两张桌子那么大，虽有些斜，表面还算平整。季俊杰从家里拿了一把挂锁装在门上，算是把这里占领了。早上就这么些人来抄作业，有时候下午放学后，多几个人来玩，一般是打"争上游"、下"四国大战"。

早上抄作业的时候，还可以在小房子里胡乱吃点早饭。

那个年代，弄堂里不是生煤饼炉就是烧土灶，早上不生火，拿热水瓶里的隔夜热水，把昨晚剩下的冷饭一冲，就是泡饭，配点昨晚的剩菜，搭点酱菜、酱瓜和腐乳一起吃。所以那个时候，家家户户睡前都要把热水瓶灌满，睡前要用一点洗脚，一早除了冲泡饭，洗脸也要用热水。

在冯骁家里，天冷的时候，煤饼炉里的余火看着还多，奶奶就会淘两把米，用余火焐一锅薄薄的白米粥，家里的男人们每人一小碗，稀里哗啦喝掉，抹抹嘴，有的上床睡觉，有的出门打牌。冯骁闻着粥香也想来一碗，试了两次，实在太烫，也不知道爸爸和叔叔们是怎么三两下倒进喉咙的。

船上多是用煤油炉，随点随用，没有生火这桩麻烦事情，所以早上烧出来的泡饭要比弄堂里的烫，不过配菜依旧是那几样。也有船上的人家用煤饼炉，不过他们有个奇怪的习惯：生炉子的时候要拎到岸上来，生完火了，再拎回船上。冯骁问了船上的同学才知道，生火的刨花、木片和木条子都是从锯木场拿的，人家厂子里的人睁一只眼闭一只眼，再往船上拿就难看了。

多数时候人们还是选择在外面的摊子上买早饭，毕竟平时家里固定这几口人，做晚饭多少量心里都有底，要不是第二天打算吃泡饭，不怎么会留出剩饭剩菜来。

上海的早饭有"四大金刚"之说，大饼、油条、粢饭、豆浆，但凡早饭摊子聚集的地方，都少不了这四样东西。有些固定店面卖早饭的，说不定就没有粢饭了，但是另外三样都是有的，因为粢饭团子需要现捏，挺费人工，另外三样都是流水线操作，卖得快。这些固定的早饭店面，等早饭卖完，就恢复真正的身份，或是小饭店，或是点心店，或是老虎灶，一个铺面，轮流派用场，灶火不停。

如果家里人口多，出去买早饭就要自己带家伙，两个钢盅锅子，一浅一深，浅的装大饼，深的装豆浆，再带一根长筷子，串上一串油条提着回来。到了家，大饼和豆浆还有温度，油条肯定是凉掉了，两只大饼夹一两根油条，豁上一碗豆浆，足够塞饱一个成年人的肚子。胃口小一点的，就用米饭饼来包油条，微微发酵的米浆做成米饭饼，一面微焦，一面白生生，带一丝甜口，比起甜大饼里的糖精馅温和许多、自然许多，很合上海人的胃口，单独吃，配点豆浆和牛奶就很不错了，如果有咸豆腐花，那是更好。

大饼是烤，油条是炸，粢饭是蒸，米饭饼是煎，上海早饭的烹饪形式，细想之下，其实是多元的，还有同时用油和水一起帮助升温的生煎包和锅贴，这就要贵一点点了。

早饭摊子里，还有油炸的粢饭糕、糖糕、麻球等，都很管饱，但是不会天天吃。有些炸点摊子是全天候的，从大清早到晚饭前，路过就有东西吃，到了下午，还会单独摆出一些油墩子小摊，那是江浙沪一带的专属下午茶。

也有不少人更喜欢用北方来的食物当早饭，吃起来更加实在，一个是包子，另一个是煎饼。

上海人管包子和馒头都叫"馒头"，实心的馒头叫"白馒头"，包子叫"菜馒头""肉馒头""豆沙馒头"，只有那些接触过北方人或者在机关单位里工作的，才知道应该叫"包子"。上海人往往糊涂了十几年，考进北方的大学，在食堂里要一只"馒头"，菜盘就真的被夯进来一只实心大白馒头，才知道事情有那么点不太对。

上海卖包子的地方，有很多是国营的饭店，早市卖蒸点，中午和晚上做两轮正餐，因为看着正规、卫生、出品稳定，周边的居民就会一早排队去买，一顿早饭算下来总归要比摊子上的食物贵几分钱，也不会不舍得。这样的饭店，平时还能买到条头糕、赤豆糕、定胜糕、八宝饭之类的江浙小点，都是上海人解馋的主要构成部分。

包子多是吃香菇青菜馅的和猪肉馅的，但是也有人喜欢大清早吃甜的豆沙馅。口味偏甜的上海人，祖上多是从苏锡一带迁过来的，炒什么菜都习惯放点糖，外地人完全没法接受。

卖煎饼的多是山东大妈，一个煎饼炉子、一堆柴、一桶面糊、一筐子鸡蛋、一筐子油条、面酱辣酱葱花，既要摊煎饼，还要收钱找钱，时不时调整一下炉子里的柴火，手上一刻不停。

上海人喜欢吃煎饼，因为有面食有酱，又香又有味道，可卷油条，也可以不卷，分量上好控制，还可以往饼上面摊鸡蛋，比起其他早饭显然更有营养。不过煎饼摊上的鸡蛋要比菜场买的贵上一点，很多人家就自己带鸡蛋去买煎饼，饼子摊上了，递上自家的鸡蛋，大妈接过去，磕开了摊在饼子上，后面几个排队的就讨论起来：这家的鸡蛋好，草鸡蛋，蛋黄红彤彤的。

总有小孩子拿了鸡蛋去买煎饼，走出弄堂一路抛接着玩，一个不小心没接住，掉地上磕了，又不敢回头再去家里拿，只能吃一副没有鸡蛋的煎饼，明显味道就不怎么样了。那时候一大早，弄堂里马路上总能看见磕碎在地上的生鸡蛋。

有一件事情很玄：当初在马路边卖煎饼的是山东大妈，那么多年过去了，上海的路边卖煎饼的，依旧是山东大妈。

船工家的孩子们一边抄作业一边吃早饭，多数是大饼、油条和米饭饼，难得也有拿了包子的，吃到一半，总有别人凑上来想咬一口带馅的，于是少不得争闹。

七点左右，早饭吃完，作业本差不多也各自涂完，字迹自然是犹如万马奔腾，答案却基本上是正确的，大家收拾收拾，把房门一锁，往学校杀去。

起先冯骁一个人做错的题目，大家都错，蒙猜纳自然冷笑不迭，尖言刺语一招一招地递过来。后来吸取了教训，没有把握的和太难的题目，冯骁就让大家各自发挥，千万不要抄。蒙猜纳的冷笑还是有——因为那些学生会和冯骁在同一道简单的题目中犯同一个低级错误。不过这个问题后来渐渐在集团内部被解决了：在二年级行将结束的时候，那些兄弟们终于想通了，彻底改掉了抄袭作业的坏习惯，因为他们开始不交作业了。

虽然不再抄作业，友谊还是继续维系着。冯骁每天放学后都走河边绕着回家，一路上总有熟人来打招呼，时间一长，不少大人也认识他了。遇上哪家当天烧了什么好东西，或是从乡下带来了什么土特产，冯骁总是能有口福。碰上两家同时有好东西吃的时候，能叫到冯骁来自己家那一个人特别高兴。另外一家没有叫到的，也会把东西送到冯骁在的那条船上。

鱼依婷家的那艘船贴着岸边，从弄堂一钻出来就是，冯骁经常上去。上面住的除了鱼依婷，还有她的外公外婆和两个舅舅，个个能干活，个个会抽烟。

冯骁很少见到鱼依婷的爸爸妈妈，他们在市区东北角的工厂里上班，住的是宿舍，来一趟好来坞要换两辆公共汽车，两个多钟头，所以每个月挑两个礼拜天回来一下。有时候礼拜天下午一帮孩子还在河边玩，鱼依婷家的船上早早地飘起了炊烟，就知道她爸爸妈妈来了，一家人吃过早晚饭，爸爸妈妈还得坐公共汽车回厂里的宿舍。

冯骁见过这一家子吃饭的情形，船上没有桌椅，大家围成一圈席地而坐，小菜就放在当中。鱼依婷的爸爸妈妈难得来一次，吃饭的时候外公外婆一个劲儿地给他们夹菜，妈妈吃不下了，就伸直手臂把手里的碗举到头的上方。船上的人吃饭就是这样，这个动作一做，别人就没法给自己夹菜了，意思就是自己真的饱了。

不过夹菜归夹菜，却不劝酒。一家人吃饭，除了鱼依婷和她妈妈外，外公、外婆、爸爸、两个舅舅，都喝酒，一顿晚饭三瓶黄酒，是最便宜的那种加饭酒，杯子里的酒不多了就自己添，最后剩下的一个底就全部添给外公。鱼依婷跟冯骁说，爸爸平时不喝酒的，就是回船上吃饭才会陪大家喝一点。

鱼依婷家里条件比较苦，船上从来不烧什么好东西，亲戚捎来的土产也少得可怜，冯骁一般只是去喝口水。好在其他船上会送点东西过来，冯骁吃，鱼依婷也能沾光，有时候还能让外公外婆也尝上一口。

外公外婆总是夸冯骁，这让他很受用，也是他经常去喝水的一大原因。有时候本不想喝水的，在船上坐了一会儿，她家几根烟枪接二连三地烧着，硬是把冯骁的嗓子给熏干了，只能喝上几口。后来鱼依婷的外公外婆也习惯了冯骁经常来船上，下午学校放了学，就备好凉开水等着。

鱼依婷成绩不好，但是从来不抄冯骁的作业，每次交上去的本子都引来蒙猜纳的冷嘲热讽。看着鱼依婷脸上不快的表情，冯骁很是于心不安,认为自己白喝了她家的水。后来鱼依婷偶尔问冯骁几道题目,虽然不是什么重要的知识点,他仍是全力以赴地去讲。

也有开心的时候。有一回礼拜六放学,两个人走在一起,鱼依婷告诉冯骁,明天爸爸妈妈不来船上,吃过中饭,外公外婆带她坐公共汽车去淮海路跟爸爸妈妈碰头,爸爸妈妈打算给她买衣服,晚饭也在淮海路那里吃。

"我爸爸最近表现好,升了组长,还拿了一笔奖金!"鱼依婷很骄傲地告诉冯骁,"妈妈说过年的时候没有给我买新衣服,这次补上。"

下个礼拜一,冯骁看见鱼依婷穿了一条白底红花的新裙子,脚上一双黑色的皮鞋也是新的,整个人明亮了许多,漂亮的脸蛋也生动起来,不像船工家的孩子了。班里其他同学也隐隐感受到了鱼依婷的变化,都会偷偷地瞧上她一眼。

下课的时候,冯骁问鱼依婷昨天晚上吃的什么。

鱼依婷说:"淮海路那里的饭店太贵了,外公外婆不舍得吃,我们在食品店里买了红肠、方腿和三黄鸡,还是回船上吃的。我爸爸给外公和舅舅买了香烟和老酒,还给我买了大白兔奶糖,大家吃得很开心。大白兔奶糖还有很多,放学你到我们船上来,我给你吃。"

那时候非常流行拍香烟牌子。所谓的"香烟牌子"就是那种正面印了图片、反面印了相关文字的硬纸片。早期的香烟都是软壳的,里面放一张硬纸片衬一下,显得挺括,上面顺带印些五花八门的东西，吸引人购买、收集。

这东西最早在中国出现的时候还是清朝晚期，出现在外烟的包装里，也被称为"洋片"，上面印的东西以美女、神话人物、风景画为主，也有风俗、动物、建筑、灯谜等，甚至还有艺术画作。后来硬壳香烟出现，香烟的销售渠道也发生改变，香烟牌子就慢慢消失了。再后来，有人仿效香烟牌子的做法，做成缩小版供孩子们玩，没承想，变成了孩子们赌博的玩法。

改成小孩子的玩物后，正面的图片主要以人物为主，取材自中国古代小说、神话传说，还有当时流行的漫画书和电视里正在热映的动画片、科幻片，更有一部分完全是凭空捏造的，画面十分粗糙，部分是受限于印刷技术，线条和色块对不上。反面的文字说明也不怎么样，虽然字数不多，错别字却时时能看见。这种香烟牌子很便宜，几角钱就能买上一大版，回去一张张剪开，就是一叠。

拍香烟牌子的时候，每个人拿出若干张，沿着纵轴向正面稍微折一下，然后正面朝上平铺在地，各人轮流用手拍香烟牌子或四周的地面，用手掌形成的气流带动它翻转。当所有香烟牌子都背面朝上或第二次正面朝上的时候，就由完成最后一拍的那个人收走所有的香烟牌子。当然，具体的规则每个地方都不一样。

冯骁最喜欢"妖魔鬼怪"系列的香烟牌子，因为他从小就喜欢奇奇怪怪的事物。这一类香烟牌子的成本可能是最低的，为什么这样说呢？"画鬼容易画人难"这句话总应该听说过吧！这妖魔鬼怪画来无凭无据，全靠自己发挥——人身上安个虎豹狼熊蛇狐狗猫的头，穿上斑斓的袍子，手上放光，嘴里喷雾，再起个古怪的名字，编几个什么"球"、什么"环"的宝物给它，就造出一个所谓的"妖魔鬼怪"了。冯骁曾经为了寻找这些鬼怪的出处，翻遍了少儿版的《西游记》和《封神演义》，硬是没有找出一个一模一样的，这才得出结论：这些"妖魔鬼怪"他自己也能编出几个。

其他题材的香烟牌子就不一样，既要找素材又要照着摹下来，有了一点点差错，大家都能看出来。就说"变形金刚"吧，有一次一个孩子找出个错：擎天柱头上那两根小白棍不见了。没过三天，那一带所有拍香烟牌子的孩子都知道了，这批香烟牌子立马被视为假冒伪劣产品。在学校附近摆地摊卖香烟牌子零食玩具学习用品的几个老头老太遭了殃，在每天上学放学和中午休息的时候，隔那么几分钟就有小孩子过来说："你们卖假东西！以后不买你们的东西了！"然后又趁着这个机会杀价。更激进一点的，就拉帮结伙，要么把正在买东西的其他人赶走，要么点了小鞭炮往地摊上扔，要么各人在地摊上抓一把东西，撒腿四散跑开。

放暑假的时候，冯骁在自己家的弄堂那儿摆开庄，和四下邻里的大小孩子们拍香烟牌子，地点在就在居委会楼顶的平台。几天一过，四面八方的孩子们都来参加了，好来坞、新村、十二弄，还有其他大大小小以前听说过的地方的孩子都会来。当然也来了一些传说中的人物，平时大家彼此之间只闻其名不见其人，现在可算是都认识啦。每天吃过中饭，大家就巴巴地赶来，玩到太阳下山才各自散去。遇上下雨天，一大群人就去好来坞附近的那间小房子，挤是挤了点，玩起来就没人在意了。

各式各样的香烟牌子堆成了山，居委会的顶上成了一个露天赌场。大热天，下午的太阳最毒，孩子们玩得兴起，不管这些，光着膀子跪在地上专心鏖战。不到一个礼拜，每个人的后脖子、后背和小腿肚都被晒得由红转黑，皮嫩的头三天就蜕了一层。一个个脸蛋倒还是原来的颜色，只是大输大赢的时候，免不了要涨得通红。

拍香烟牌子，三分靠运气，七分靠技术。这样一天玩下来，输赢落差是很大的。赢得多的可到手上百张，而且总是这么几个人；输得多的，手里厚厚的一叠不到一个钟头就倾家荡产了。这是很正常的事，每天来这里的有三四十个孩子，"赌资"加在一起少说也有五千张，用橡皮筋扎成一捆捆，撑着口袋或攥在手里。这个地方赌风好，如有人想耍赖，就是犯了众怒，大家必定会招待他一顿好打。但也有大家看不惯的人，明明没有耍赖，被几个人串通诬陷，挨了打又丢了香烟牌子，也只能自认倒霉。

冯骁技术并不好，如果上阵的话，自然是输多赢少，但他并不是一直在玩，所以输得并不多。虽说输了一些，但冯骁的香烟牌子却与日俱增，以每天三十张左右的速度匀速增加。每天开赌，都有那么几个人赢得特别多，冯骁就挨个儿去翻那些人赢来的香烟牌子，捡自己喜欢的拿走几张。难能可贵的是，他每天还会分几张给那些输得惨的人。后一种举动，大家都是欢迎的；前一种举动，别人也没什么异议，不管是居委会楼顶的平台，还是好来坞附近的小房子，都是冯骁的资源。几天下来，冯骁俨然成了这里的老大，连几个比他大一两岁的孩子也俯首称臣。

每天这样拍香烟牌子，时间一长，就觉得有点儿没劲了。再说，有的人技术实在太差，没几天家底就输光了，太惨。看见这些没了"赌本"只能在一旁干看的玩友，冯骁也觉得心里不是滋味，总想做点儿什么。

冯骁终于决定要干一番大事业，至少要用最小的代价，在最短的时间内增加这里香烟牌子的数量！在这件事上，冯骁认为他们必须拿出比洗劫地摊还要大的魄力，要做得成大事，首先就是要有胆量。

当然，要想做成大事，成功的情报工作是必不可少的。住在十二弄的宋大铭报告说，同十二弄一条马路之隔的居民区里，也有这么一个"赌场"，人数不到二十，战斗力普遍低下。但他们活动的地点在一个防空洞里，里面有很多岔路，还有一些大大小小的房间，地形对己方十分不利。

冯骁想都没想，把手一挥："慌什么慌，一个小小的防空洞就把你们吓成这个样子！明天我们就去把它攻下来。"大家一下子热情高涨，纷纷猜测防空洞里是什么样子，要用什么办法去攻下来。

第二天午后，冯骁带着一大帮人顶着烈日向十二弄进发。到了十二弄的弄堂口，负责接应的宋大铭提了一个小号的油桶，装了一桶盐汽水来犒军。中午特别闷热，盐汽水刚灌下肚皮，还没走到防空洞就全被太阳晒成汗水了。宋大铭指着对面一个不起眼的门面说，那下面就是防空洞了。

大家觉得不可思议，这个地方走来走去路过无数回了，怎么从不知道下面是防空洞？宋大铭说没错，以前这两扇门一直封着，今年暑假的时候突然有人进出，附近的小孩子们才发现这是个防空洞的出入口。

站在防空洞入口，一阵凉气从下面冲上来，前心后背温差五度，完全是两种感觉。再往里走几步，人人都感到舒服。冯骁心里暗暗想，居然还有这么一个好地方，离自己家也不远，以前竟一直不知道。

这个防空洞里面的大部分空间被用作仓库，租了出去。夏天，这里的温度比外面低很多，对于贮藏食品、药品、酒之类十分有利。一部分房间做了仓库，另一部分房间暂时空着，被附近的小孩们占领了。

一人群人从入口的台阶往下走，看守防空洞的老大爷并没有阻拦，捏着烟屁股摇头嘀咕："这儿快成少年宫了。"他知道租出去堆了货物的房间都锁着，没人进得去，也不担心这些小孩子闯祸，有孩子们进出玩耍，总比一个人守在这里死气沉沉的好。

走了三十几级台阶，下面一片清凉世界，身上的汗不知不觉收干了。到了地底，拐个弯，就进了四米来宽的主通道，两边是一间间库房，有的堆了东西，上了锁，还有些通道通往其他地方，头顶上，每隔几米就亮着一个电灯泡。

十几个还没上学的小女孩在主通道里踢毽子、跳橡皮筋、跳方格子。宋大铭指给大家看：左边第二间就是了。冯骁一看，很为先前宋大铭的虚报军情而光火，这里的地形根本就没有宋大铭说得那么复杂。冯骁瞪了宋大铭一眼，老练地对他说："你到上面等着去吧，这儿的人都认识你，小心以后抓住你打一顿。"宋大铭连声答应，刚转身，冯骁又叫住他："宋大铭，你还是再回去一趟吧，拿几个塑料袋过来，在上面等着。"

众人涌进了那房间，只见十七八个与自己年龄相仿的孩子在地上趴成四个圈，正拍得起劲。看见冯骁带着一大帮人凶巴巴地闯进来，防空洞里的孩子们吓了一大跳，忙不迭地收起自己的香烟牌子起身。几个抢先往外跑的都被当胸一把推了回来。冯骁死死地盯着其中一个尖下巴小孩看了几秒钟，那小孩被他看得浑身发毛，背着手，往后半步半步地退，后背贴到了墙，腿一软，整个儿蹲了下来，再一软，就坐到了地上。

船上的孩子从小力气大，这个时候派上用场了。季俊杰走上前，拎着另一个方脸小孩的前领，抬着下巴说："香烟牌子拿出来让我看看。"方脸小孩吓得脸变了形，刚皱起鼻子要哭，季俊杰手上加力，把他拎得两脚踮起，喊道："你敢哭！"方脸身子一抖，手一松，一叠香烟牌子散落在地上。

"捡起来！"葛晓刚在季俊杰后面一声大叫。方脸挣脱季俊杰，转身就往外面跑，边跑边叫道："我不要了！都送给你们！"季俊杰和葛晓刚见他交出了东西，也就不去追他了。

不料，方脸的那一句话惹恼了冯骁，小瘪三！把东西往地下一扔，这么简单就想对付过去吗？那以后我们还拿什么扬名立万！见方脸要从身边掠过，冯骁身体一转，拦在他前面，当胸一个横肘，方脸一下子被打蒙了，"砰砰砰"退了几步，捂着胸惊恐地站在那儿。冯骁双手捏住他的两条上臂一用力，顿时把眼泪鼻涕一起捏了出来，这才明白宋大铭说的"这个地方战斗力普遍低下"是什么意思，顿时有一股优越感油然而生。

冯骁皮笑肉不笑地看着方脸说："你很大方对吧，很好啊！身上有钱吗？有的话先拿出来给我们买雪糕，没有的话就把衣服脱下来让我们剪几个洞玩玩。"

方脸小孩彻底吓傻了，其他小孩也没敢发出什么声音。冯骁眯着眼睛学电影里鬼子小队长的样子，目光在房间里扫了一圈，在刚才那个尖下巴小孩脸上停了三秒钟。尖下巴孩子也休克了三秒钟，然后语无伦次地说："我——我没有——没有香烟牌子！"停了一下，又慌忙补充，"我——我也没钱——也没有衣服！"冯骁他们哈哈大笑。防空洞里的小孩们害怕极了，也没听清尖下巴说了些什么，突然间的一阵爆笑，更是把他们吓得浑身战栗。

尖下巴意识到自己说错了话，却一时控制不住自己的舌头，什么话都说不出来。冯骁带着嘲弄的口气对他说："那你就走吧，既然没有衣服，就把身上这块布拿下来，我帮你保管。"又看了看方脸："你呢？没钱就脱衣服吧。瞿斌！剪刀！"

旁边一个穿西装短裤和白T恤的小胖子应声走来，撩起上衣，露出腰间的一条细皮带，从皮带扣上摘下一个不锈钢制的钥匙圈，钥匙圈上除了钥匙，还挂着一把折叠的不锈钢小剪刀。那个时候，在那一带，有这么一把小剪刀可是金钱的象征。

瞿斌住在新村，家里是很有点儿钱的，好像还有什么海外关系。他全家都是玩扑克牌的高手，他也不例外，上学第一天，

"十"后面报出 J、Q、K 的就是他。不得不承认，有些人，在"玩"这方面就是特别有天赋：瞿斌这段日子跟着冯骁一起拍香烟牌子，居然也水平飙升，一举成为为数不多的、平均每天能赢一百张以上的几个人之一。

看见打开的剪刀，方脸和尖下巴不往外跑了，转身就钻进自己人堆里，想寻求一些帮助。不料平日里称兄道弟、勾肩搭背一起玩的，甚至左邻右舍、从小一起哭哭打打长大的，这时候纷纷往旁边闪开，方脸和尖下巴又被孤立起来。

季俊杰和葛晓刚一人一个把他俩拎到冯骁面前，冯骁看也不看，脸往旁边斜了斜。方脸和尖下巴又被拎到了瞿斌面前，两个人看着眼前这个白胖子用只有鼻孔般大小的三角眼瞄着自己，觉得三魂七魄正在透过头顶心往外钻。突然，两人一先一后放声大哭，凄凉的情绪也触动了其他人，被压迫的孩子们往墙角靠拢，有几个人连正眼都不敢望冯骁他们。

冯骁不耐烦地在两个人耳边叫了一声："再敢哭！先把你们裤裆剪了！"方脸和尖下巴一吓，张大了嘴巴，哭得更厉害了，然后又是一先一后夹紧双腿，两手往下面捂去——裤裆湿了。

冯骁也不说话了，瞿斌也不剪衣服了，季俊杰和葛晓刚放开方脸和尖下巴，往后退开，大家都静静地欣赏着这一幕。大热天，这一带的小孩们大都穿平脚裤出来，像瞿斌一样里面穿三角裤、外面穿西装短裤的几乎没有。方脸和尖下巴穿的都是平脚裤，尿水在往下滴的过程中没有受到任何抵抗，地上很快就湿了两滩。

众人看了一会儿，尖下巴已经哭完了，方脸还在那儿坚持不懈。尖下巴见冯骁他们一点都没有要放过自己的意思，知道坦白从宽的机会来了，于是从屁股后面的裤兜里掏出三张皱巴巴的两角钱钞票，交到冯骁面前，说："都给你了，让我回去吧！"

"谁要你的臭——钱！"冯骁故意把"臭"字拖得很长，引出一群手下附和的笑声。尖下巴不知所措地站在那里，手里捏着散发出尿臊味的钞票。

"你的香烟牌子呢？都交出来吧，你可以回去换裤子了。"冯骁终于把话引到正题。尖下巴赶忙走到刚才坐过的地方，掀开地上的一小片三夹板，露出下面的几十张的香烟牌子。冯骁翻了一遍，往自己口袋里放了五张，其余的都交给别人收了，说道："别以为自己很聪明，我都看见了，你能藏得了什么？"尖下巴脸上一红，慌慌张张地溜走了。

其余的人也都呈上香烟牌子，数量太少的就翻口袋找钱，神情木然地交了东西走人。没人敢反抗，也没人敢哭，榜样的力量是无穷的。

最后只剩下方脸，冯骁俯身看了看散落在地上的香烟牌子，居然也是"妖魔鬼怪"系列的。又仔细看了一遍，都是自己有的，于是站起身对众人说："我们走吧。"

方脸见他们要走，赶忙过来收自己的香烟牌子。旁边有人要去踩他的香烟牌子，冯骁拉住那人，说"算了"。方脸浑然不知，跪在地上一张一张地捡，反面朝上在手里攥成一叠，有好几张脏得不成样子了，只能很不舍得地扔在一边。捡完才站起来，一看冯骁他们还站在那里看着自己，心跳又开始加快了。

冯骁告诉方脸，以后这里就是他们的地盘了，让他到处转告，如果有人肯每天上一点儿"贡品"的话，以后大家就是朋友了，要是有别人来抢地盘，还可以联合起来一致对外。临走，冯骁很同情地拍了拍方脸的肩膀，跟在冯骁后面的众人也轮流拍方脸的肩膀，方脸只感到浑身的骨头在散架。

出了防空洞，宋大铭已经拿着塑料袋等着了。一千多张香烟牌子装进去，还有点儿分量，拎在手上一路蹦跳着回去，凯旋！他们还另外缴到几块钱，回到居委会，买了一堆光明牌冰砖，大伙猛吃，吃完后，每人都觉得肚子里有一块冰吊在那儿。接下来是分香烟牌子，冯骁声明自己不要，因为早已挑走了几十张喜欢的，剩下的大家平分，余下来的零头就给宋大铭做"情报费"。宋大铭万分高兴，认为自己做了一笔大赚特赚的买卖，从此坐稳"情报处长"的位置。

每个人都对分给自己的香烟牌子不是很满意，不过不要紧，交换马上就开始了，换香烟牌子就像俱乐部之间的球员转会一样。

这一天，冯骁满意了。

不过，中午晒了一阵子太阳，地下室受了凉气，出来又晒太阳，又吃了大冰砖，不少人当天回家就拉肚子了。

3

夏令营和外星人的基地

暑假返校时，发生了一件让冯骁很不痛快的事。而且不但冯骁不痛快，班级里其他人也不痛快，包括蒙猜纳。

五月底的时候，在一场闹剧后，一如既往地有二十个校三好出炉。这二十个人七月初在大队辅导员的带领下有幸参加了一场由区教育局组织的、为期三天的夏令营活动，地点在上海西南角的淀山湖。

这次夏令营只需要参加者出很少的费用，基本上也就相当于来回的车钱，其他费用都由区教育局和学校补贴。显然，这次活动对于那些三好们，是一次不折不扣的奖励。

七月底返校，蒙猜纳没什么好讲的，只是呆呆地坐在讲台上磨时间。暑假作业布置了很多。语文主要是"抄"，把本学期所有学过的字词抄一遍，再写三篇作文；数学主要是"做"，厚厚的一本练习册，另外每人一叠长条形"书签"，正反印满了心算题；再加上一本例行的、教育局发下来的《暑期作业》。看上去有很多，其实学生们在假期里的效率极高，要么放假的第一个礼拜就解决了，要么留到最后一两天消灭掉。至于那些个不交作业的老油条，就直接无视了，甚至有些人的暑假作业第一天就"不小心"掉河里了。

所以，七月底返校，肯定是没有什么正事可干的。教育局规定要大家来，纯粹玩人，学生老师都不情愿的。

但孩子们既然来了，又是另一副样子。一段时间不见的同学，看来特别亲切。大家在下面谈兴正浓，说着各自的暑假生活。一群人围着宋大铭，听他讲攻打防空洞的经过，个个如痴如醉，任凭宋大铭添油加醋洒味精。冯骁捏了一叠香烟牌子，向几个女同学一一介绍上面的人物，看见别人露出羡慕之意，就送出去几张，反正也不需要自己掏钱。

大热的天，蒙猜纳满脸横肉结着冻，抿紧了嘴冷眼扫视着下面这群孩子，看到冯骁的时候，脑袋不由又大了起来。冯骁的成熟是她以前从来没有见过的，老油条的心理防线就不用说了，光是他的组织能力和领导能力，就大大胜过了同龄人，确实很值得老师们烦恼。冯骁的这些本领，使这个年级的差生异常团结，也使她这个班主任很没面子。

麻烦的是，冯骁的学习成绩居然还能走在大多数人前面，看来留级是根本不可能的了，只能等他什么时候闯个天大的祸，联合几个老师极力撺掇学校开除了事。蒙猜纳相信，这一天肯定是会到来的。

暑假不是拿人开刀的时候，蒙猜纳也不想多事，虽然自己被起绰号的事还没有下文，也只能吞一口郁闷之气。眼看坐了半个钟头，整个教室最脏的地方发出声音了。

为什么把广播器说成"整个教室最脏的地方"？当然是有原因的。

广播器位于教室前门上方的角落里，两面是墙，一面是天花板，在教室里是"万人之上"的地位。教室的高度总是高于一般的民用住房，大约三米五高。大扫除的时候，班级里最高的同学踩着讲台也够不到天花板。为了擦干净广播器，劳动委员想了不少方案：在讲台上加椅子属于高难度危险动作，就算下面有一圈人扶着，也没人敢上去；用长柄的鸡毛掸子不但弄不干净，而且这个形同捅马蜂窝的动作，因为曾让广播器摇摇欲坠而遭到过蒙猜纳的斥责。瞿斌自作聪明地用小半盆水泼上去"冲洗"，结果是墙面和天花板剥落加上广播器报销，校工花了一个下午才解决了问题，瞿斌的爸爸也为此花了一点钱。

正在进行广播的是大队辅导员，一个胖胖的少妇，三十岁上下。她在学校里最大的乐趣就是脖子上系着一条红领巾，和学生中的精英打交道。

班主任们都很羡慕这个比她们的平均年龄小了十多岁的大队辅导员，不用和好来坞、十二弄的捣蛋部队打交道，更不用和冯骁这样的人精打交道。不过冯骁现在脖子上还是绿的，升上三年级，大家就要都挂红了，打这一次交道是早晚的事。

大队辅导员这次广播的内容就是三好学生的夏令营活动。这次精英们的活动，大队辅导员也从中揩了油，得意之际，她一定要和全校学生都分享分享。

三天的活动内容被写成流水账，从第一天清早出发，到第三天晚饭前回到学校，所有的活动内容都一丝不漏地向全校汇报。冯骁很认真地听了报告，还注意到不少细节之处，并且对此有了高明的见解：

"在路上，车子开了好几个小时，我们就唱歌……唱累了就看看农田里的牛。"

——还有牛看，真是好福气！牛大概跟香烟牌子上面的牛魔王长得很像吧。他们肯定没有带香烟牌子，否则谁会去唱歌。唱歌会唱累，真是没有意思，拍香烟牌子可从来没有拍累过，只有手酸肚子饿。

"到了淀山湖，那里有一个青少年活动基地，地方很大，设施很全，每个房间都有电风扇，而且是大吊扇。"

——地方很大？你大概没有去过锯木场的木料仓库吧，那儿离学校没有多少路，走得快一点也就十分钟，去见识见识吧。每个房间都有电风扇，是不是很凉快？去过防空洞吗？没去过就不知道什么叫真正的凉快。那里可不稀罕"每个房间都有一个大吊扇"，就是一个大冰库，大冰库还用得着电风扇？对了，上次听谁说过，领导和有钱人住的房子里都装什么"冷气机"。咱们现在享受的就相当于冷气机，你们有吗？那防空洞可是我们大家凭真本事打下来的，现在还占领得牢靠呢，就像八路军占领制高点一样，小鬼子和伪军七天七夜都攻不下。第一天去的时候，我们还把两个长得乱七八糟看不顺眼的小子逼出了一身尿，你那群"三好学生"有这个本事吗？

"我们参加了……活动，然后就吃饭，大家中饭喝了汽水……晚饭后还吃了西瓜……最后在睡觉前，我们都洗了澡。"

——喝汽水没什么了不起，宋大铭家的盐汽水我们也喝过……西瓜也没什么了不起，这东西大家都见得多了，不用炫耀！不用花钱的光明牌大冰砖你们吃过吗？你怎么什么都要报一遍，洗澡关我们什么事？这大热天的，谁家不是每天凉水冲一把的？

"第二天上午是自由活动……下午我们去游泳，那里的水特别干净……晚上从各个学校来的同学们聚在一起，参加了篝火晚会，大家都轮流表演了节目。"

——自由活动？允许扔石子吗？肯定不允许吧——你们还有什么东西会玩……游泳？今年夏天我还没游过泳呢，你是不是存心让我不高兴嘛。瞧，大家听得都有点儿不高兴了。水干净有什么用，他们又不会游，还不是下去打水仗。要说打水仗，我可是在行的……"沟"火晚会是什么东西？哦，大概是挖一条沟，里面放满柴爿煤球点上火，大家围起来开会。大热天的还坐着烤火，是不是很舒服啊。这火可不是白烧的，总得烤点儿什么吃吧——羊肉串？咳，那不和好来坞那边的新疆两兄弟一样吗："来儿来儿来儿——新疆烤羊肉串！来儿来儿来儿——又香又好吃！"

"最后一天我们去了大观园，那里曾拍过《红楼梦》……"

——《红楼梦》我是知道的，看不懂，家里的那些大人们还特别爱看，真拿他们没办法，也不知道这种婆婆妈妈的东西有什么好看的。不过那个园子倒是不错，一家人能住在一个大公园里，还有那么多丫鬟、用人，真是有钱……你们到不到大观园去，又关我们什么事了？我已经忍耐了很久了。瞧，大家都不耐烦了，连我们班主任脸上的表情也不对了。本来蒙猜纳早就放学了，我们都准备冲向防空洞了，你还在这里不停地讲，浪费了我们多少大好时间！看来不给你起个绰号是不行了！

这场报告足足讲了二十多分钟。本来大家都兴致勃勃，预期要听一段精彩的历险，但越听到后面，脸色越不善，越觉得自尊心受到了伤害。蒙猜纳等报告一结束，马上宣布放学，在学生们陆续走出教室的时候，还不忘凭空训斥几句，点几个名，过过嘴瘾。冯骁看都不看她一眼，低着头快步往外走。宋大铭经验还是不足，斜了蒙猜纳一眼，虽然及时别过头，还是被点名骂了两句，晦气了老半天。

一出校门，冯骁和众人直奔防空洞，一路上队伍逐渐壮大，浩浩荡荡。放了暑假，家住得远的孩子平时找不到人拍香烟牌子，返校难得出来一次也不容易，今天每人都装了鼓鼓的两裤兜，往防空洞涌去。

看门的老头挡也挡不住，衔着香烟头皱着老脸看着他们一个接一个往下面走："这里已经变成少年宫了。"好在这些孩子一不会偷，二不会搞破坏，三会叫他"爷爷""老伯伯"，也就睁一只眼闭一只眼，好歹算自己多了一大群孙子。

很多人都是第一次来，没有想到还有这么一个好地方，大热天里能如此阴凉。没一会儿，地上将近两个班的孩子痴迷地趴成十几个圈，就像开了十几桌酒席，房间里容不下那么多人，外面的主通道终于派上了用场。

方脸和尖下巴跟冯骁是一个学校的，低一个年级，现在已经是冯骁的心腹了，今天没有看见他俩，冯骁不太高兴。如果这两个人在的话，冯骁可以把他们介绍给大家，宋大铭的添油加醋就有一点事实根据了。不过不要紧，反正今天他把大家带过来，就已经出尽风头了。

正吵吵嚷嚷地玩得起劲，方脸和尖下巴不知道从哪个角落钻出来了，带给冯骁和大家一个惊喜：在防空洞的深处，发现了一条从来没人去过的"秘密通道"。

看来今天注定不平凡。冯骁一挥手："走！去看看。"

孩子们都是很有探索精神的。听到这个振奋人心的消息，大家纷纷收拾起手里的香烟牌子，在防空洞昏暗的灯光下，跟着方脸、尖下巴拐了不知道多少弯，稀里哗啦地涌到那个地方，短短一分钟，几个走在最后的小孩脚步跟不上，甚至迷了路。

在冯骁他们面前的是一条只容三人并肩的小通道。这块地方自从防空洞挖成以来，还没有被利用过，积满了灰尘，灯光的亮度和主通道也不能比。小通道长不到十米，尽头本来是一堵墙，现在不知为什么开了一个大洞，可以钻进一个人。

本来这里灯光已经很微弱了，墙洞后面更是一片黑暗，冯骁凑过去仔细看，发现这只不过是一堵单层的多孔砖墙，砌得很随便。方脸在冯骁身后向大家介绍："墙后面是空的。"冯骁捡起一块碎砖，用力向里面扔去，大家静下来屏息听着，时间好像一下子变得很慢很慢，接着，传来的声音出乎所有人意料。

——叮！

这是金石相击的声音。

三秒钟后，回音才消失，所有的人都激动起来，纷纷发表自己的观点。冯骁只记得当时的局势相当混乱，短短几分钟内，每个人都涨红了脸说话，把所有能想到的东西都说了，谁也不能说服其他人。实在没有什么好说的了，就凭着想象开始胡乱发挥。

　　争论的话题越来越离奇，有人说这后面通向埃及金字塔，居然也有人表示赞同。经过一系列鬼话连篇的推理，最后把这个刚才还被称为"秘密通道"的地方，定论为"外星人的基地"，并且在极短的时间内冒出了许多言之凿凿的证据：

　　有人说他刚才听到了奇怪的声音，就来自那个墙洞后面，还给大家模仿了一次，怎么听都像是永不消逝的电波。

　　有人说这堵墙是用"外星人的武器"打开的，是经过精密计算，正好让一个外星人走进去，进而说这个墙洞的形状就是外星人身体的形状。赞同者点点戳戳，指出哪里是"手"，哪里是"脚"，甚至哪里是"角"，哪里是"尾巴"。

　　有人干脆断定这个防空洞本来就是外星人造的，这堵墙后面的地方是预先留下的。这个观点马上受到了更多人的附和，说这个地方夏天那么凉快，可见外星人已经能控制温度了，本事比地球人大多了，如果想把地球人都消灭掉，只需要在大热天大家都穿着背心裤衩的时候突然降个五六十度，这还不是捏死蚊子的事嘛——关于外星人的讨论，越来越有板有眼了。

　　反对者当然也有，他们马上搬出变形金刚、齐天大圣、恐龙特急克塞号和一切香烟牌子上有本事有战斗力的家伙，不管是正是邪，统统罗列出来，说明地球上还是有东西可以抵抗一下的。

眼见双方僵持，宋大铭来劲儿了，强行岔开话题，说自己昨天晚上睡觉时，透过窗户看见天上有一个发着红光和黄光的飞碟降落到这里，还听到了一阵"呜呜呜"的声音……冯骁本来正在研究墙洞，无奈旁边的对话实在精彩，平白无故也被他们讲得害怕起来，退离那个墙洞再瞧一瞧，只觉得阴森森的墙洞像一张大嘴，正对着他。

接下来就是跑——不知谁喊了一句："外星人大概要出来了！刚才冯骁肯定打到他们的飞碟了。"这是一句挺符合当时情形的话，联系到刚才冯骁扔进去碎砖发出的清脆响声，马上有人转身撒腿就跑，也不招呼一声，爆发力全都发挥出来了。

其余的人谁也不想留在这儿，在防空洞里撒开步子乱窜。冯骁被几个人擦肩撞了几下，也跑了起来，他觉得自己从来没有跑得那么快过，几个岁数小的跟着，赶不上，跟丢了，绕了几个弯，又窜回这个"外星人的基地"，害怕地大喊一声，继续跑。后面的孩子们比靠近洞口的那些人还要慌，他们以为外星人已经从里面张牙舞爪地拿着"激光枪"冲出来了。

看门的老头算是开了眼界：平时孩子们进出都三三两两，很正常的样子，今天绝对不寻常，进去时像群鸟归林，几十个人一拥而入，出来时却像捅了马蜂窝一样，一大帮人喊着一起奔上来，脸上还带着惊恐的表情。几个跳橡皮筋的小女孩不知道发生了什么，以为防空洞要塌了，也跟着跌跌撞撞地奔上来，有两个还在台阶上磕破了膝盖，坐在地上哇哇地哭。

跑到地面上，孩子们回头看看，确定已经逃离危险地带，外星人也没有追上来的意思，才停下来集体喘气。大家集中在一起，你看我，我看你，惊魂算是定下来了，只是小女孩的哭喊声还在回荡，闹得人心烦。

此刻时间接近正午，天上的太阳毒辣辣地挂着，晒得人人浑身大汗。不过看见太阳，每个人心里却格外踏实，平时感觉凉快的防空洞，倒一下子变得阴森起来。

冯骁总觉得有什么地方不对，当时并不想跑，是大势所迫，被众人带着跑出来的，现在看局势稳定下来了，马上组织大家商量拯救世界的对策。但是今天，在强大外星人的震慑下，冯骁的威望受到了空前挑战，没有人敢出声支持，能不跑散已经很不容易了。

很多年后的一次同学相聚，瞿斌颇有感慨地说道："那一天，从防空洞里跑上来，每个人都很害怕，谁都不知道如果自己下去，会死成什么样子，谁都不敢冒生命危险，就像下面真的有外星人一样。后来长大了，回想起来，嚼着饭、含着水都会喷出来。"

宋大铭也回忆道："你们是不知道啊！当时冯骁动员大家再下去看看，我一下子想起了电影《地道战》和《平原游击队》，先被派下地道的鬼子和汉奸，总是死得很惨，而且莫名其妙，心脏跳得都快要听到声音了，要不是看到大家都站在那里，我早就奔回家了！"

眼看着军心动摇，冯骁知道自己一定先要平定一下内乱，杀一只鸡让猴子们开开眼。至于是哪只鸡，他心里早就有数了。

冯骁站到一块水泥墩上，伸长脖子转动了一下脑袋，手向一个方向一指，望了望站在一边的季俊杰和葛晓刚。刚才那个大嚷"外星人要出来"，并断言"冯骁打到飞碟"的家伙被季俊杰和葛晓刚从人群里拎了出来。就在一分钟前，这家伙一句话出口，弄得天下大乱的时候，冯骁便在第一时间铆住了这张脸，没想到跑到防空洞，这人居然还没走，想继续凑热闹。

其他人见这个倒霉的家伙被拎出来，往后退成一圈，瞿斌、季俊杰、葛晓刚和宋大铭这四大金刚靠过来。大家都预感到，冯骁可能又要动刑了，瞿斌已经把小剪刀给解了下来。众人一下子忘记了外星人的存在，都幸灾乐祸地准备看一场白戏。

这些日子，冯骁对到这儿来玩的人已经认得很熟了。眼前这个瘪着脑袋的细脖子小孩，跟自己不是一个学校，而且比自己小一岁，开学读二年级。这个小孩是暑假的时候闻风过来拍香烟牌子的，单独一个人，在这块地方没有靠山。首先，他不属于冯骁那个弄堂，"禁军"是谈不上了。其次，他也不属于来坞、十二弄或新村，不在"三藩"势力的笼罩之内，这里没有人会替他说话。

看门的老头又点了根"大前门"，眯着眼看他们。自从那个下午以冯骁为首的一帮人来到这里大闹一场，防空洞的秩序一下子变得井然起来。看门的老头一辈子碌碌无为，对冯骁小小年纪就有如此手段，又是欣赏又是羡慕。

冯骁今天倒是一反常态，很亲切地过去拍拍细脖子小孩的肩膀，要他把刚才在下面说的那句话再重复一遍。细脖子屁都不敢放一个，畏畏缩缩环顾四周，大家都用期待的眼光看着自己，瞿、季、葛、宋"四大金刚"则是一脸凶巴巴的样子，就等着冯骁一声令下扑上来收拾自己，于是想把事情尽量推个干净："我说过什么话？我忘了。"

冯骁倒也冷静，用一种轻巧的语气对细脖子说道："你刚才肯定说过了什么，不过不是在这里说的，是在下面说的，而且说得大家一下子都跑上来了，你有本事。"看众人都在点头，冯骁又继续："看样子要让你一个人到刚才那个地方待一会儿，你就可以想出来了，对不对啊？"

旁人都发出了"是啊是啊"的附和声，细脖子只觉得脑子深处一声巨鸣，回声不断，一张脸"唰"地变得煞白，连忙讨饶。

季俊杰和葛晓刚两个人带着一脸坏笑，逼近细脖子。细脖子必须作出抉择：要么把刚才在下面说过的话复述一遍，要么去见外星人，这是个很严重的问题。眼看性命攸关，他也只能咬咬牙，用极快的语速说道："我刚才在下面说外星人要出来了，因为冯骁的砖头大概打到他们的飞碟了。"

冯骁自然不会就此放过他，叫他放慢语速再说一遍，让大家都听得清楚一点。细脖子既然话已经出口，再说一遍也没有顾忌了，于是照着冯骁的要求又说了一遍，说得又慢又清楚。没想到刚一说完，冯骁又命令他再说一遍。

细脖子有点想不通了，不知道冯骁想干什么。旁边的人也不知道冯骁想干什么。看门的老头更是摸不着头脑，但通过细脖子说了两遍的话，对今天发生的事情倒是了解个大概——外星人？毕竟还是一群小孩子啊！老头子不禁"嘿嘿"地贱笑起来，点了一根香烟，坐回他的电扇前面去。

细脖子以为自己说话速度太慢，用不快也不慢的中等语速
又重复了一遍。估量着应当再没有什么问题了，定定地看着冯
骁，等候发落。冯骁早有准备，眼睛不看细脖子，嘴里吐出的
一句话让大家都知道了他的意图："干嘛停下来！这里谁告诉你
可以停下来了？是不是你想先看看外星人长得什么样子啊？"意
思是命令细脖子一直把这句话重复下去，没有他的允许就不能
停下来。

细脖子畏惧地看着冯骁，拉开架势准备哭。瞿斌挺着小剪
刀上去威胁："你要敢哭，我马上就叫你穿开裆裤！"怕细脖子
不知道什么意思，又补充："剪了你的裤裆！"宋大铭接上去装
好人："你都已经说了三遍了，再说几遍又有什么了不起，
说吧。"

"就是！"葛晓刚大声附和，"他妈的！上岁数的婊子还怕多
接儿个客？"

大家都愣了一下。葛晓刚的这句话很是刺耳，但是除了他
自己外，没有几个人能理解其中的意思。冯骁听着也很不舒服，
但不解其中深意，只见季俊杰倒是捂着嘴在一旁偷笑。葛晓刚
马上解释："这是我爸爸经常说的，意思就是事情都做习惯了，
就不怕再多做几遍了。"冯骁微微点了点头，知道好来坞这个地
方实在是深不可测，有些事自己懂得并不比他们多，反正以后
可以慢慢讨教，一回头，对着细脖子冷冷望去。

细脖子也被"开导"通了，为了避免一个人下去见外星人
和剪裤裆这两个同等悲惨的命运，马上像老太太念菩萨一样重
复起那句话，一口气又说了七八遍，念得自己都糊涂了，口齿

混乱起来。冯骁听着细脖子念经，眼睛在人群里扫到方脸和尖下巴，心里突然闪过一个念头，大喊："停停停——好了好了！"

细脖子正念得稀里糊涂，收不住，又念了一遍才停下。冯骁叫细脖子把这句要命的话回去抄三百遍，明天拿给他看。三百遍！细脖子又吓了一跳，宋大铭在他旁边说："你从来没有抄过书吧，我们老师经常叫我们抄。作业写得不认真，就抄课文，少说也要十遍，你就抄一句话，真便宜你了！"

方脸和尖下巴被叫到冯骁跟前，一副要大难临头的样子。冯骁已经理清了思路，开始问他们话："是你们先发现那个地方的？"

尖下巴道："是的，是我们上午发现的，是我先看见的！"

"是我先看见的！那是一个秘密通道！"方脸补充道。

"吵什么！"冯骁问，"那个洞是你们砸开的？"

"不是。"方脸答得很快，"我们一到那个地方就看见那个洞了。"

"刚才我扔砖头前，你说过墙后面是空的。"冯骁盯着对方脸发问。

方脸点了点头："墙后面是空的。"

"你也扔过砖头进去？"

"没有。"

"你怎么知道墙后面是空的，凭什么说那是一个秘密通道？"

这时候尖下巴抢在方脸之前回答了冯骁："因为我们进去过，还走了好几步。"

中午，冯骁和家住得远的人饿着肚子拍香烟牌子。家住得近的全部回去吃饭，冯骁给了他们三个任务：一是给中午没有饭吃的人多少带点儿吃的来，最好还有盐汽水；二是每人至少带一支手电筒来，越多越好，记得看看电池有没有装好；三是每人选一件称手的"兵器"带上，家里如果有小刀子也偷偷带上一把，如果找不到小刀子，削尖的铅笔也可以，菜刀就不用了。

说到"称手的兵器"，冯骁和其他留下来的人也都挑了一番。周围有几个工地，建筑材料和建筑垃圾到处都是，提供了不少方便。冯骁挑了一根两指粗的木棍，竖起来到自己脖子，舞了几下，感觉挺沉，看来是好木料。瞿斌也没有回去，他捡了一小段螺纹钢条，只有一指多粗，不到半米长，但比木棍更沉，和冯骁的木棍比试了一下，两人虎口都麻了好一阵。冯骁看见地上有一段粗麻绳，马上捡起来，卷成圈交给瞿斌带着，下午说不定能从那里面拖点儿什么出来。

当天下午，大家又在防空洞的主通道集合。不到一点，人就到齐了。"敢死队"统共有四十多人，比上午拍香烟牌子得少了不少，手里的"兵器"也各有千秋。船上来的几个人很有地方特色：季俊杰手里是半条船桨，两只手拿着，葛晓刚手里也是船桨，比季俊杰的小了一号，但算是完整的一条，两人走的都是刚猛路线。方脸拿了根长木条，一头还挂着两根钉子没有拔出来，看着就很危险，谁要是被这么来一下，可好生了得。尖下巴不知从哪里弄来一个自行车把手，倒也是一柄奇形兵器。

其他人手里的也千奇百怪。宋大铭最高级，用的是"软兵器"——他爸的皮带。"啪啪"几下声音倒是清脆，只是他根本没本事使得起来，同冯骁缠斗了半分钟，被木棍呼呼的风声给逼下阵来。又同瞿斌比画了几招，竟被胖子右手螺纹钢条虚晃一招，左手拽住皮带，把宋大铭整个儿拖了过来，看得众人一片哄笑。宋大铭只得将皮带揣回身上，跟着瞿斌去挑了一根螺纹钢条。

小刀没几把，多数都带了削尖的铅笔。手电筒有十几个，冯骁看见细脖子居然也出现了，还带了一支装三节一号电池的大手电筒，一把夺过来，对他说："明天带着抄好的东西来换!"细脖子不敢多说话，握着一截看上去跟自己脖子有点儿像的竹竿，跟在大部队最后面，向"外星人的基地"进发。

众人在墙洞前停下来，冯骁在队伍最前面回过头，对后面的人说："有谁想回去吗?"没有人明确表示自己要离去，但细细一数，还是比刚才少了几个人。

既然方脸和尖下巴都走进去过，留下来的人也就不怎么害怕了，几个人一声吆喝，操起螺纹钢条和船桨之类的重物件，把墙洞左右又砸开了一点。五六支手电筒聚在墙洞处，一起向里面照去。原来里面和外面一样，也是一条只容三人并肩的小通道。通道看不出有多长，实在太暗，手电筒的光线照不到尽头，被黑暗吞噬。瞿斌说："照照看地上。"几道光柱一起往下沉，地上没有什么杂物，积了厚厚的一层灰，几个杂乱的脚印应该是上午方脸和尖下巴留下的。

冯骁说声"走"，第一个跨进墙洞。方脸和尖下巴作为带路的，随后跟了进去。接下去是季俊杰、葛晓刚和瞿斌，宋大铭向后面的人摆了摆手，学着电影里的日本鬼子队长，叫了声"杀给给——"，也跨了进去。其他人鱼贯而入，终归有几个人还是胆子小，留在外面，声称断后。

几步走过，已经完全没有外室的灯光透进来了，黑得很。冯骁、方脸、尖下巴和宋大铭四支手电筒开路，也必须走得很小心，因为每个人都感到自己的腿有点儿发软。没跨出几步，地上的脚印就不见了，尖下巴说当时没有手电筒，不知道前面有什么东西，不能再往前走，必须马上报告冯骁。冯骁带着队伍继续往前走，并大声告诫后面的人不要走得太快，以免踩到前面人的脚后跟。

又走了六七米，通道宽一点了，可以并肩走四个人。方脸和尖下巴慢慢缩到了第三排，冯骁、季俊杰和葛晓刚走在最前面，第二排是瞿斌和宋大铭。手电筒的光柱照到一样东西，大家放慢了脚步，随着人的走近，谜团被解开了。

队伍停下来，一个消息从最前面传到最后面：有一道铁门拦住了去路。

原来上午那块碎砖自冯骁手上飞出，就是撞在了这道铁门上。现在这块碎砖就躺在铁门前，已经裂开，和着铁门上掉下来的锈屑散了一地。

铁门不知道多少年没有人碰过，已经锈得不成样子，通体红黄色。冯骁试了试，虽然拉不动也推不动，但明显已快锈烂了，说了声"敲开来！"便一木棍抢上去，一声"咣当"巨响过后，尽是铁锈纷纷落下来的"窸窸窣窣"声。然后就是螺纹钢条、船桨、自行车把手等兵器争先恐后地招呼上去。虽然孩子们力气不大，但铁门毕竟已历时久远，吃不住力，散成一堆瘫在地上，有些地方竟还能像剥笋壳一样剥出几层锈铁来。队伍后面的人骤然听到一连串击打声和一声巨响，都手忙脚乱地要向后转，这时前面几个熟悉的声音传来，就又定下了心向前走。

众人纷纷从倒下的铁门上踩过去，铁门后面的通道又宽了点儿。拐了一个弯，前进了几十米，忽然感到所处的地方豁然开朗。手电筒的光柱四下不停照着，甚至有人把手电筒绑在"兵器"上面举起来向下照。这不失为一个好办法，大家马上发现，这里竟然是一个和主通道同样宽度的大房间，只是四周没有一间间可供拍香烟牌子的房间。冯骁看着旁人，故意厉声喊了一句："外星人在哪里？出来！"气氛一下子活跃起来，孩子们发出嘻嘻哈哈的笑声。也有人扯开嗓子喊着："出来！出来！"

短暂的讨论过后，大部分人认为这个房间是打仗时预备的司令部，所以才会造得那么隐蔽。不过马上就有人提出了反对的理由：进出这个房间的只有那道铁门，也太寒酸了，怎么保证司令和警卫员们的安全？

众人又开始争论其他稀奇古怪的问题，外星人的事情没人再讲了。过了几分钟，只听见冯骁"哎哎哎"地高声叫着，打断了大家，然后用命令的口气说："把手电筒都关了！"有人问为什么，冯骁说你们关了就知道了。

手电筒都熄了，众人的眼睛适应了黑暗后，也明白了冯骁的意思。

"看！那里是白的！"

"白痴，那不是白，那里有光！"

"我早知道那是光了!"冯骁慢悠悠的话语中透着得意。

"还是冯骁眼睛尖!"马上就有人拍马屁,听声音是宋大铭。

手电筒都关了,这里应该一片漆黑才对,但是在大房间的尽头,却隐隐约约有一丝光亮。在伸手不见五指的黑暗中,这丝光亮特别显眼。

冯骁压低了声调,严肃地对旁边说:"小心点儿,我们大概找到外星人的基地了!"

众人一下子又紧张起来,重新打开手电筒,身体挨着身体靠在一起,慢慢地摸过去。

一道厚实的、防空洞专用的密闭门位于那个地方。密闭门没有关上,只是掩在那里,门缝极细,足以透来一丝微弱的光亮。

几个力气大的顶住密闭门上的转盘形大把手,一阵齐心协力后,门轴发出难听的"咯咯"声,防空洞里刺耳的回声不断。再一发力,密闭门被推开,后面是一排向上的台阶。这里没有灯光,但比起刚才已亮了很多。隐约的自然光从上面照下来,可以看见通往地面的台阶上,几乎每一格都黏着干结的水泥,堆着碎砖、破裂的木板。两边墙上石灰几乎全都掉光了,也许是受了潮的缘故,天花板也"花"掉了。灰尘结满了整条台阶,冯骁右脚踩上了第一格,踏出一个约两厘米深的脚印。大家都关了手电筒,不得不相信,上面是防空洞的另一个出口。

"上去看看通到哪里!"孩子们的好奇心总是很强烈的。

"不会太远的,我们好像没走多少路。"有人提出。

也有人开玩笑:"宋大铭,上面是你家吧!"

走到台阶最上面，眼前彻底明亮了，而且亮得刺眼。这也难怪，冯骁他们已经在黑暗中待了有一段时间。这里的温度高了，汗珠开始在额角鼻尖处渗出来，树上的蝉鸣也能听得真切。前面五六米处又是一扇铁门，过了铁门向左一拐，就可以知道外面是什么地方了。这扇铁门也是锁着的，冯骁把右手食指竖在紧闭的唇前"嘘"了一声，大家都闭上嘴竖起耳朵仔细听。周围除了树上的蝉鸣，其他一点儿声音也没有。最关键的，是没有说话声，看来外面不是住人的地方。

　　"把铁门敲开来！"葛晓刚提议了一句，大家都赞成，包括冯骁。

　　跟刚才那扇门不一样，这扇门五成新，虽然有锈迹，但还是牢固的，要敲开看来是挺难的。冯骁他们手上除了几根螺纹钢条外，没有什么别的硬东西。拼上船桨木棍和自行车把手，也解决不了铁门，更不用说宋大铭他爸的皮带了。

　　正在犯愁的时候，瞿斌走过来，手里拿着冯骁捡了给他的那卷粗麻绳，说："用这个！像拔河一样，把铁门拉开来！"

　　结实的粗麻绳被小刀费力地割成两段，上下牢牢地绑在铁门上靠近门锁的地方，打了死结。每半根麻绳都有十来个人拉着，像拔河一样站成一串。其余的人搭不上绳子，就直接拉着铁门。

　　"你们两个去拉那里干什么，没有用啊！"方脸、尖下巴和细脖子拉着靠近门轴的地方，被生活经验丰富的冯骁赏了几句臭骂，马上移到了另一边。

　　"一二三！一二三！"大家一起用力，拼着命地拉。每一次集体发力前，直接用手拉着铁门的几个人还要往前顶一下，以加重效果。

一扇普通的旧铁门，如何能经得住那么多孩子的猛拉。每拉一下，铁门就抖动一下，到后来越抖越厉害，孩子们也越拉越欢。铁门终于在一声清脆的声响后被拉开，那是门锁被拉崩的声音。由于惯性，有几个人差点滚到台阶下面去。

外面还是没有听到人的声音。孩子们兴奋地爬起来，向左拐过去。这是一个小房间，屋顶是漏的，有一扇破破烂烂的木门，隔绝了外面的世界。

冯骁小心翼翼地转开门锁拉开门，孩子们都凑了过来。眼前似曾相识的景象让他们一个个张大了嘴，瞪圆了眼，一副不可思议的表情。

4

黑白战争片和冷兵器

学校位于街区的西南角，东面和北面是居民区，这一带由几幢陈旧的红色外墙的三层老公房和大量矮平房组成。

再往东就是锯木厂和好来坞，那里有一条南北向的小河道。

好来坞，其实只是两个隔河相对的船码头，码头间的河道里可以停靠几十艘十五米长的水泥船。停在好来坞的船有时从这一边岸一直连到对岸，人可以很轻易地踩着船与船之间搭着的宽木板过河。

这样并不会影响河道的通畅，因为好来坞北面不远的地方，也就是锯木场那里，就是这条小河道的尽头。好来坞不放在河道的尽头，有两个原因：一是锯木场的噪声太厉害，对神经是一种讨伐，常人无法忍受；二是那个地方实在太脏，人是不能靠近的。

说到那里的脏，真可用"惨不忍睹"来形容：锯木场的北面是扔石子的木料仓库，再往北是大片老旧居民区，河道另一边则密布着化工厂、粪站、废品回收站、手工作坊等大大小小的"污染专业户"。

每每运粪船离开粪站出来的时候，最为壮观：好来坞的船只都会以最快的速度乖乖让出一条道，运粪船的货仓就算加了盖也一样臭气冲天，船过后半个钟头熏人的粪臭味都不散，还是那种已经开始发酵的粪臭，被大家视作瘟神，速速请走。

最可怕的是，河道最北处是个污水集中排放站，方圆五公里内的生活污水和工业污水都集中在这里，简单处理后，统一排放入河道，再往南流进黄浦江。河道里水质剧毒，就算是住在船上的人，也不愿沾上一滴。这里常年散发着多变的异味，尤其是化工厂排废水的时候，河道连带附近居民区的窨井盖里都冒出刺鼻的气味，大家都远远地躲开，船上的人因为水面开阔，倒不用刻意躲，忍一阵也就过去了。

但是，冯骁从长辈们的对话里得知，就在十几年前，这里还能下河游泳、摸鱼虾，后来就眼睁睁看着它变成臭水滨了。

学校北面的居民区规模比较小，大家平时进出防空洞的地方就在那里。

往北过一条马路，是瞿斌家所在的新村，有几幢灰色的六层楼房。再往东，就是冯骁家所处的老式弄堂德新里，很大一片，居民相当密集。德新里的最东面贴着河道，这里也是河道最北的尽头，排放污水的地方，冯骁在电视里看过瀑布，看过大坝放水，在这里，看到的则是每天开闸放污水，场面也挺壮观，不过得捂着鼻子。

学校和防空洞的西面，隔一条马路的地方就是十二弄。

十二弄的门牌号到底是不是"十二"，一直是笔糊涂账。有一种稍带传奇色彩说法是："文化大革命"的时候，那里有十二个特别能打架的人，拉帮结伙，在这一带横冲直撞，称王称霸。传说带头的人小手臂上纹了一条龙，别人称他们"十二龙"，后来七传八传，这个地方慢慢地就被叫成了"十二弄"。

另有一种说法比较容易被人接受：这里的门牌号本应是"一千二百十二弄"，但这里的居民普遍嫌麻烦，就自作主张省掉了一大半，简称自己住的地方叫十二弄。

冯骁所住的德新里、学校东边的居民区以及十二弄，里面的地形都是七转八弯的，很容易让陌生人迷路。有一种很夸张的讲法，说新中国成立前，小日本和国民党在上海抓人，住在花园洋房里的最好抓，其次是住在石库门和新式里弄里的，但是进了这种贫民窟，就头大了。

在弄堂里老人们的口中，还有更夸张的故事，说老南市区的弄堂区比这里的规模还要大、还要复杂，日本人摸进去抓人，人没找到，兜兜转转出不来，饿死在了里面……

每每听到这种对话，冯骁就走开了——我是小孩子，但我不是傻子。

学校的校门朝南。门的左面有一个小小的门卫室，一对四十多岁的外地中年夫妻坐在那里负责看守。进了门，有一个圆形花坛，后面是大操场。大操场左面是六层教学楼，教学楼四周有几个小花坛和一个自行车棚。

大操场的右面是一排矮平房，共有四个房间。

最南面是体育老师的办公室，旁边是体育器材室，再旁边是两个校工住的地方。两个校工一个是水电工，一个是木工，也都兼做一点别的事，房间里堆了不少工具。校工和门卫室的那对夫妻一样，都不是上海人，放寒暑假的时候回一趟老家，然后去其他地方打打零工。开学前几天，校工要回到学校，那些老旧的线路、堵塞的下水道、被砸坏的窗玻璃、残缺的课桌椅讲台办公桌、卡住的门锁抽屉锁等，都指望着他们两个。

最北面的房间最大，但是屋顶到了这里，却一下子残缺不全起来，门板虽不破烂但看着很老旧，永远是关着的。

冯骁他们就是从那扇门后面走出来的。谁也不曾想到，学校里竟还藏着这么一个秘密。

孩子们都从极度的惊讶中醒转过来，转为了惊喜……

冯骁的第一反应是：这个暑假没有白过，总算有了一次不同寻常的经历，比夏令营有趣多了，这可是一次真正的"探险"啊！

到了八月，拍香烟牌子的人越来越少，孩子们的兴趣总是来得快，去得也很快。不过幸好，还有电视可以看。

每天下午两点，冯骁和宋大铭、季俊杰、葛晓刚都要准时到瞿斌家报到。有时候，冯骁他们过来的时候，也会叫上鱼依婷。不过礼拜二除外，因为礼拜二下午是没有电视可看的，那个时间段是例行的电视台检修。

下午两点零五分，电视里都要放一部黑白战争片，有《董存瑞》《地道战》《地雷战》《南征北战》《上甘岭》《小兵张嘎》

《闪闪的红星》《铁道游击队》《平原游击队》等，都是孩子们爱看的。如果不是打仗的片子，大家就会失望，后来瞿斌的爸爸索性订了一份《每周广播电视》，让他们自己去看哪天放什么片子。

瞿斌家住在六楼，挺大，进门就是厨房，有一个房间专门放电视机，叫客厅，还有一大一小两间卧室、卫生间和一个能放下两张躺椅的阳台。当时这种条件，在其他人眼里，是不可想象的。

同一时期，在德新里和十二弄这样的地方，卫生间这种配置简直是天方夜谭，大家上厕所去的都是弄堂里的公共厕所，家里备一个马桶，用一张布帘遮着，深夜的时候用，早上起来再刷干净。

冯骁数过，德新里一共有七间公共厕所，只有最大的那间和第二大的那间男女厕所都有，其他五间都是只给男性用的小便池。从小时候开始，冯骁一直在想一个问题：弄堂里那么多女的，是怎么解决小便问题的呢？到了一定的年龄，也就不想这个问题了。在那个年代，这都不算什么事。

瞿斌家的电视机也挺大，是日本产的，好像是"东芝"，又好像是"日立"，反正比冯骁家里那台"金星"看着顺眼多了。不过光电视好没用，电视信号并不一直好，抽起筋来，天线怎么调整都不起作用。当时人们的做法是在金属杆子上绑几个空金属罐头插在窗外，来加强信号的接收。瞿斌家住在顶楼，有优势，罐头竖到了楼顶上。

冯骁去过楼顶，瞿斌家的"天线"上的几个罐头很特别，上面没有一个中文字，密密麻麻的都是外文，唯一让冯骁他们看得懂的就是那几个被挤得可怜巴巴的阿拉伯数字。那些外文，瞿斌倒好像识得几个，指了几串得意地向众人解释，反正旁人都不懂，由他一个人去瞎说八道。

客厅里有一个大沙发，跟床一样，也铺了凉席，但大热天只能坐三个人，人坐得太多，挨着别人就不舒服了。瞿斌作为主人，是一定要坐沙发的，这是他的特权。冯骁一直是坐地上的，只要在地上铺一张大席子，人往上面一倒，吹着大吊扇，远比窝在沙发上舒坦。不过席子再大，也容不下那么多人，有的人就往冰凉的地板上挪，倒也凉快。

瞿斌家还有一个挺大的冰箱，夏天总是放了很多瓶盐汽水和橘子水。冰箱上面的冷冻室里有一个大冰格子，可以冻三十块小冰块。每天下午大家来的时候，三只能容半升多的大搪瓷杯子被倒满饮料，扔进去几块冰，气泡一下子就涌上来，嘴巴们也一下子凑上来。还没等冰化到一半，三只杯子已经"哐当哐当"响了。于是再加满，再放冰，再仰脖子，满足后的叹气声此起彼伏。瞿斌也顾不上心痛，拧开一瓶，套着嘴就往下倒，一边"咕嘟咕嘟"地咽，一边顺手打开电视。

有时候，孩子们会碰见瞿斌的爸爸。瞿爸爸给冯骁留下的印象很深，这是个又黑又胖的中年汉子，自己开修车铺做老板，说话、做事都大大咧咧。

大家在瞿斌家看电视，威力被严重夸大的"天女散花"炸得正欢，鬼子们一个个飞起来。瞿爸爸撞开门进来，一边开冰箱门一边大声说："哈哈！小朋友都在啊！看打仗啊……地雷战啊……我们小时候不知道看过多少遍！哎——喝水喝水！"同时，那粗短有力的手指已经从冰箱里钳出四大瓶饮料，"嘁嘁嘁嘁"一一起开，塞到冯骁他们怀里，"自己倒！自己倒！不要客气，家里饮料多得喝都喝不光。"这下一搅，连日本鬼子是怎么撤退的都没看见。

防空洞还是常去的地方，自从上次探险后，他们又多了一种娱乐，就是大家拿了"兵器"，模仿古代人打仗。

防空洞里单一的地形和狭小的空间很快就不能满足他们的需要了，虽然那里的室温很适合在夏天做剧烈活动。

锯木场的木料仓库迎来了它的复兴，天再热，也挡不住孩子们喜爱户外运动的天性。这一次，地上的石子已经不是常规武器，而是成了暗器。经过几次大战的实践，大家对各种兵器的性能都有了了解，几乎可以做一个"兵器谱"了。

螺纹钢条是最强的。主要的优点是重，有分量，只要有本事舞得起来、砸得下去，是很让对手头疼的。缺点也是重，用久了自己先吃不消，回了家上半身彻底垮掉，吃饭时连筷子也拎不起来。如果互为对手的两个人用的都是螺纹钢条，一记硬碰硬，对砸两人都使上了全力的话，麻疼手掌、一条胳膊暂时失去知觉，都是很平常的事。真难想象，古代人能拿着比这还重几倍的大家伙大战几百回合，还不过瘾，还要挑灯夜战。瞿斌自从上次探防空洞用了螺纹钢条后，就一直用这种兵器。螺纹钢条属于压制型的重兵器，危险得很，一不小心撩在身上，很够消受一阵的，高悬几天"免战牌"自然不稀奇，弄不好要绑石膏。所以用这种兵器的人，要么别人都躲着他，要么被别人围攻，没有点真本事，是玩不起来的，玩了几回，螺纹钢条基本就退出兵器谱了。

排在第二的，是空心的钢管、铁管，分量上虽比螺纹钢条差了一点，但握在手里很贴掌心，长度上也更有看头，挥舞起来增加了气势。此类兵器的代表是自来水管，特别是那种一头带拐角（最好是带丁字拐角）的，战斗力特强。冯骁尝到了甜头，抛去木棍，用上了两根带丁字拐角的自来水管，一手一根，能攻能守，威力无比。用了几天后，又改用一根一米长、两头都没有拐角的光棒，双手持，号称"金箍棒"，虽然沉了点儿，但裤兜里藏几粒石子，必要时扣在手里，也能解决对手了。冯骁带头给自己的"兵器"起名字，马上就有人模仿，"青龙偃月刀""丈八蛇矛""水磨禅杖""沥泉枪""宣花开山斧"等兵器纷纷现世，都是小人书上看来的。也有用各种形状怪异的管子，有一个人的自来水管上居然还有个水龙头没有卸下来，自称用的是"龙头枴"，也算是一件奇门兵器了。冯骁看那人不顺眼，专门找了个机会，"金箍棒"同"龙头枴"捉对厮杀，怼了十几下，手里一粒石子直冲对方面门，趁着对方手忙脚乱的时候，一棒子横扫中下盘，赢了个结结实实。

木板是最常规的兵器，双手使，外形粗犷，重量也不差于螺纹钢条，而且在木料仓库里随处可见。最称手的木板应是一公分半厚，一头一虎口宽，耐击打，另一头渐细，棱角磨尽，可以用双手握住，使得出全力。整条木板状如梁山好汉用的朴刀，好来坞的孩子们都喜欢用。木板大多是锯木车间锯下来的边角料，锯木场把这些边角料都堆在木料仓库靠近小河道的一道大铁门前，定时会有船驶来，将这些边角料收去。上好的木料是很难找的，杉木、松木、柳木、杨木都不够硬、不够分量，对于那一带发育较早的孩子们来说，不具有吸引力。榉木、柞木、柏木和桦木还可以用得上手，红木、樟木和楠木在这里几乎是看不到的，不过季俊杰曾经找到过一块稍薄一点的深色木板，用它接连击断了三块其他木板，第二天却不知去向了。据说这块木板的来处是一棵成了精的老桃木。冯骁有时也用木板换换口味，但总是嫌笨重，激战时腾不出手来放暗器，慢慢就作罢了。

木条就比木板差多了，既没有重量，又没有硬度，是最不上台面的。不过也有人用，只是没什么人用长木条。长木条容易被击断，短的木条不容易被击断，对付重兵器时更耐扛。何况中国自古的兵器评论家都有"一寸短，一寸险"之说，一手一根三十公分左右的尖头短木条，形同武侠小说里的"分水蛾眉刺"之类，同持长兵器的人交战时，如果能近得了身，施展开"刺"字诀，也是了不得的事。冯骁对付这样的人最为头痛，往往一条"金箍棒"舞得密不透风，把对手远远地逼开了去，一撒手几粒暗器飞去，赶上眉心，顿时了账。如果暗器被避开了或是没什么伤害效果，又要费力再战，有时干脆待对手近了身，抛下"金箍棒"一阵拳打脚踢，最终不免在地上滚作一团。

自行车链条本应是最强"兵器"，但孩子们不知道这种"兵器"的厉害之处，再加上软"兵器"很难控制，故而用的人不多。古代有一种讲法是"九鞭十剑"，意思是学剑学到能出来现世，至少要用十年，是最长的，紧接下去就是软兵器的代表——鞭。宋大铭自从上次要弄他爸的皮带出过洋相后，倒是在自行车链条上下了一番苦心。也不知道哪个倒霉蛋的自行车被他卸了架子抽了筋，实战练习了几天后，居然也能得心应手了。有一天打"攻防战"，他竟战平了季俊杰和葛晓刚手里的两块木板，虽说居高临下占一点儿地利，但不得不让人承认他已有一定实力了。冯骁怀疑宋大铭每天晚上在家里都拿着他爸的皮带练习，否则进步不会如此之快。

用竹竿的人也不少，这东西好在轻便，不影响行动，而且挥动起来有风声，有气势。有人用橡皮筋将三根半米长的细竹竿紧紧扎在一起，形状跟小人书《岳飞传》里大将牛皋用的双锏有点像，取名"杀手锏"，也威风了几天，就是这个造型实在太碍手了。而且竹竿太脆，进可攻，退却不能守，特别是前几样东西砸过来，要是用竹竿架挡，多半是会被打裂的。那根"杀手锏"，就是在对上葛晓刚的木板时，想架住木板的当头一击，结果三根竹竿一起被劈裂，木板势大力沉，一路往下，劈到了左肩，留下一大块乌青。

每回太阳西落，"鸣金收兵"的时候，各人都将自己的兵器藏一个隐秘的地方，第二天再拿出来使。毕竟兵器有了名字，身价就上去了，也就被当成一回事了。那时候最流行的报复方法，就是探明了对头的兵器藏在何处，晚上偷偷将它扒出来，深吸一口气，双臂一用力，甩进河里。冯骁等人一般都将"兵器"存在船上，这是最保险的办法。

过了一段日子，冯骁在家中小阁楼上无意中翻出了一个破旧的樟木箱，里面居然装满了小说，古今中外都有。

冯骁在其中得了一件"宝物"——全套的《三国演义》小人书，一套四十八本，《桃园三结义》《三英战吕布》《官渡之战》《长坂坡》《火烧赤壁》……内容煞是好看。只是越往后越看得不舒服，可怜刘备诸葛亮一对难君难臣，手下良将谋士一大批，到头来一场空，出生入死的兄弟们个个死不瞑目。弄到最后，却是让"路人皆知"的司马老东西一家坐定了天下。这个结局让冯骁很不满意，但还是把书带到了瞿斌家，让大家一起看。

大家一起看的结果是：都觉得这个结局不称心，这就导致了另一场群雄逐鹿。

"到'长坂坡'去！"

木料仓库现在的名字是"长坂坡"，好来坞也暂时变成了"赤壁"。

九月开学第一天，学校开始狠抓校纪校规。

在八月份的最后一次返校中，蟑螂头已在全校广播里一再声明了：第一要整顿的，就是"迟到"这个问题！

早上七点不到，刚开校门，蟑螂头就早早地带着蒙猜纳和另几个眉眼不善的老师候在校门口，准备给迟到的人以严厉打击。

往日里，蒙猜纳总是在早上七点一刻的时候，绷着一脸横肉走进教室。她出现在教室门口的同时，班级里的气氛一下子严肃起来，几秒钟前的欢声笑语骤然无影无踪。总是有个别人意识到自己将要大祸临头，马上埋下头，以盼躲过一劫。

今天同往常不一样，到了时间，蒙猜纳还没有进来。教室里乱成一锅，嘻嘻哈哈，打打闹闹。大家进学校的时候都知道，蒙猜纳今天在校门口抓迟到，没有办法赶到这里来煞风景了。

七点一刻已过了三分钟，蟑螂头同蒙猜纳等人心里愈来愈得意——冯骁和那帮老油条们居然一个也没到，这可是百年不遇的大好事，看来这次"年级组警告"的处分他们是逃不掉了。

进校门，两边各站了一排值勤的学生，一边六男，一边六女，左臂上都套着红袖章，红袖章下面不是"三条杠"，就是"二条杠"。因为今天是开学第一天，所以十二名学生全部出自上学期高年级里评出的三好学生。

三好就是不一样，比一般学生聪明多了。从老师们期待的眼神和带着兴奋神情的窃语中，三好们意识到，今天倒霉的必定是冯骁那帮人了。现在，"冯骁"这个名字对于全校师生来说，很不陌生。虽说冯骁的一些"事迹"在很大程度上受到了蒙猜纳等老师的夸大，但他所具有的传奇性，已经可以和佐罗相媲美了。

校门口，老师们期待着：

"还没有来，已经迟到十分钟了。"

"是啊，这种学生怎么得了！"

"大概是成心作对吧……"

"那胆子也太大了！"

"七点四十分就是开学仪式了，到时候他们再不来，可就有得好看了！"这是蒙猜纳的声音，透出要大干一场的意味。

蟑螂头倒一直没有说话，一个人站门卫室旁边。在他心里，正在一遍一遍酝酿着将要在冯骁等人面前的训话，面部的表情愈来愈得意，脸上的肌肉松动了一下，嘴一咧，差一点笑出声，马上虚握拳、掩住嘴，控制一下肌肉，放开手很不自然地咳了两下，看没有人注意他，庆幸地走进门卫室，点了一根烟坐下，喷出第一口烟时，顺便轻轻地咧嘴笑了一声。

"七点半已经到了，同学们可以下楼到操场上集合排队了，我们马上就要举行开学仪式了！"广播的声音传到了学校的每一个角落，学生们陆陆续续从各个教室走出，会集到操场上，场面很是壮观。美中不足的是，校门口，冯骁等人仍没有出现，否则马上就可以把他拉到操场上，当着全校师生的面狠狠地教训一通了。

领操台上，校长不等体育老师们整好队，就已经对着下面歪歪扭扭的队伍讲起话来。这时候，继续站在校门口干等已不是明智的举动了。蟑螂头一挥手，同几个老师向操场走去。门口，留下六男六女十二个三好，继续翘首企盼，恭候"武工队"的驾到。蒙猜纳等几个班主任走到自己年级的队伍最后面，旁边班级的班主任们早已围成了一团，都是一些中年妇女，蒙猜纳加入进去，聊起了天。

蒙猜纳神情兴奋地告诉其他老师，今天冯骁那一帮人要倒大霉了。"哼！顶风作案，知法犯法！"蒙猜纳肯定以为自己这句话很幽默，咧开嘴笑了起来。正笑着，蒙猜纳突然发现其他老师都没有发出声音，也没有高兴的表情，而是用一种奇怪的眼神瞧着她。

蒙猜纳更奇怪了："怎么，有什么不对吗？"

"冯骁他们不是来了吗，你看看——你们班那队里的不是冯骁吗?"一个老师对着蒙猜纳身后的某个地方抬了抬下巴。

"冯骁一来操场上，我就看见了。"另一个老师补充道，"我班里的那几个和冯骁一起玩的老油条不也站在那里吗!"

蒙猜纳回过头，顺着望去，身子不禁战栗了一下。

冯骁正站在自己班级的队伍里，一声不吭地聆听校长在台上的长篇大论，显得格外听话。

蒙猜纳再看看自己班级的队伍，季俊杰、葛晓刚、瞿斌、宋大铭都在。再看看三年级别的班，其他令人头痛的角色们也都在。这下蒙猜纳茫然了，不过当前最尴尬的是，她刚刚在诸位班主任前面出了一个大丑。

蒙猜纳现在只能怪自己刚才兴冲冲走进操场，没有注意看看冯骁他们是不是真的没有来。她觉得有点不可思议，今天，她和另几个站在校门口的老师，是千真万确没有看到冯骁他们之中的任何人走进学校的! 难道他们长了翅膀飞进来不成!

"这当中肯定有鬼!"蒙猜纳愤怒地想到。在这些还没有戴上红领巾的学生们面前，蒙猜纳感受到了有史以来最强烈的一次被欺骗。

"肯定有鬼!"在同一时间，蟑螂头以及另几个今天站在校门口的老师们也同样产生这个想法。

蟑螂头在开学仪式结束后，马上喊了熟悉学校情况的水电工，三个人绕着学校并不长的内墙走了两圈，没有如愿找到什么可以让小孩子爬进来的地方。可惜的是，他们始终没有注意操场边一扇破烂的小门……

5

转校生和留级生

三年级开学了，第一节课就是蒙猜纳的数学课。

蒙猜纳夹着备课本走进来，脸上一如既往地展现着能令人心情莫名变坏的表情。不过，今天她的脸上，还带着些疑惑和郁闷。

蒙猜纳瞄了一眼下面的冯骁，发现冯骁虽然低着头，但眼睛的余光是对着自己的，于是随口说了一句："你们都很有本事啊！"

冯骁露出一副摸不着头脑的表情，抬头看了看蒙猜纳，又看了看两边的人。班级里的其他人也不理解蒙猜纳在说什么，只有瞿斌等少数几人微低着头，半张着嘴，装成面无表情的样子。蒙猜纳都看在眼里，心里暗骂："这群小赤佬，越来越精了！"

整节课，蒙猜纳都在机械地讲课，显得有气无力，不时地停下来，紧闭着嘴狠狠瞪上大家一眼。教室里，压抑的气氛弥漫了整整四十分钟。

好在她是有职业操守的，早上的事情硬生生忍住没带到教学上来，憋着一口气讲完整节课，感觉自己已经被搞出了内伤，下课后一回办公室，就在想着怎么给自己疗伤。

中午，吃完中饭的冯骁正准备和兄弟们上操场玩耍，只见鱼依婷慌慌张张地跑过来对他说："冯骁，班主任让你去一下办公室，教导主任也在！"

"不去！就跟蒙猜纳说，你没有碰到我！"冯骁想也没想。鱼依婷同冯骁走得近，所以冯骁跟她说话不必有什么顾忌。

鱼依婷马上又说道："没有用的，班主任找了很多人来通知你，马上就会有其他人来叫你了，你要不去防空洞里躲躲?"

冯骁的头一下子大起来了。看来蒙猜纳正式宣战了，而且肯定已经有了蟑螂头这么个军师兼靠山。以前，按照蒙猜纳的风格，应该是中午放学前突然闯进教室，把冯骁等人一并拖到办公室，先是一阵劈头盖脸的臭骂，夹杂着阴阳怪气的讥刺，然后是毫无特色的罚站。今天的情形却大不一样，蒙猜纳同蟑螂头点名要冯骁单独前往，并且动用了大量人手来通知他，这种行事的风格，明显是出自蟑螂头的大脑。在上个学期，已经有很多人领教过他的手段了，一旦被孤立，情形是很不乐观的。

其实今天的事情不用想也能知道缘由。早上一大帮人通过防空洞潜入学校，肯定惹火了那群站在校门口狩猎的人，蒙猜纳那一句"很有本事啊"早已说明了一切。其实冯骁他们早知道今天要狠抓校纪校规，也并不是存心要捣蛋，只是昨天大家一时兴起，商量出的一个玩笑，没想到竟真的捅急了一窝马蜂。

"走防空洞又没什么不对！谁规定过上学一定要走校门进学校的？谁又规定过，上学不能走防空洞？哪个学校的校规里有这一条？教育局又什么时候这样讲过了？从来没有这种讲法啊！"冯骁鼓动众人，大家纷纷表示有道理，却又感觉自己底气不足。

虽然没有违反校规，但是伤了别人的感情，心里就有点儿虚了。

大家站在楼梯口，帮冯骁一起进行思想斗争，同时自己也在思想斗争。一个平时颇受冯骁他们讨厌的中队长，嬉笑着一张圆圆白白的脸，带着幸灾乐祸的语气对冯骁说："冯骁，班主任叫你去一趟办公室，快点！"说完，一拐弯，蹦蹦跳跳地准备下楼去操场上玩儿。

冯骁看见圆白脸中队长，本就觉得很不舒服，平时经常被他打小报告，今天又来报信，不由得恶向胆边生，顾不上"两军交战，不斩来使"的古训，朝着圆白脸就扑了过去。旁边一干人见机一拥而上，圆白脸还没来得及抵抗，就被面朝下放倒在地，冯骁随即扑在他身上，众人层层叠上去，把中队长压了个结结实实。靠圆白脸近的人，趁机用手指在他身体吃疼的地方乱捅乱捏，冯骁早在其他人叠上来的时候，两只手找准了两片脸蛋，死命地拧，不过人叠得多了，他自己也有点透不过气来，喊着"好了好了！"。

随着圆白脸不停地发出杀猪般的号叫，一场实力悬殊的恶战终于结束了，圆白脸颤动着嘴唇、红着眼肿着脸在地上趴了一会儿，才晃晃悠悠地站起来，身前已经脏透了。冯骁问他："蒙猜纳叫你对我传什么话，我刚才没有听见？你再说一遍。"

到底是深讨蒙猜纳喜爱的乖巧人，马上就明白过来了，连忙对冯骁等人说："没有什么，我乱说的！"然后用可怜巴巴的眼神望着冯骁。

冯骁脸上突然显出神秘兮兮的表情，凑近圆白脸："真的没说什么？你不要骗我！"圆白脸赶忙摆摆手说没有，然后撒开腿往楼下狂奔。冯骁非常满足地直起腰板，一挥手道："我们回教室去！"大有"偏向虎山行"的气概。众人不知缘何，总觉得有一股子力量，驱使着他们跟随冯骁一起向教室的方向涌去。

到了教室门口，冯骁才回过头，对一群手下"如此这般"地吩咐了一遍，众人恍然，如醍醐灌顶。

"砰"的一声巨响，冯骁踢开教室门。因为踢的是门板最下面，虽然声音很响，门却开得不快。教室里的每个人都抬起头，看见慢慢被踢开的门后面，冯骁和一干人阴着脸站在那儿。

这时候留在教室里的都是平日里比较文静的女生，中午一般不出教室门，蒙猜纳也没有交代给她们向冯骁传话的任务。她们一直对冯骁一伙人不怎么亲近，甚至有点儿害怕，现在这群灾星突然气势汹汹地从天而降，把她们吓得不轻。在冯骁等人的注视下，女生们找出一根橡皮筋，集体出去政治避难了。

教室里就剩下他们这些人了，倒还是第一遭。要在平日，不管严寒酷暑，此刻正是在操场上撒欢的时候。

此时九月开学，还算是"夏时制"期间，中午一年级、二年级的小学生都要进教室睡半个钟头午觉，班主任们也会趁机用这半个钟头的时间给个别学生整顿整顿脑子。到了三年级就没有午睡了，大家多数在外面玩，直到上课前半小时才会走进来。

同学们陆陆续续走进教室的时候，冯骁一伙人在教室最后面围成一堆，目光凶狠地盯着每一个走进来的人。

这些人中，不乏受蒙猜纳委托的"特派员"。有的人平时一直对冯骁怀着既害怕又妒忌的敌视，今天居然有机会当功臣，配合上级组织剿匪，很是兴奋。中午，几个人在所有冯骁可能活动的地方都找遍了，甚至还靠猜拳选出了两个人飞奔到木料仓库去传达最高指示，结果都无功而返。

一帮人找了冯骁一中午，铩羽而归。回到教室，正想坐下来歇口气，只见教室后面一大帮人，有自己班级的也有别的班级的，将冯骁围在正中，死死地盯着其他人看。那几个找冯骁人的马上就紧张起来，也抱作一团，站在教室的另一处。过了几分钟，发现冯骁等人的眼光也并不都对着自己，而是平均分配给每一个人，心才稍微定了一点，又不敢确定冯骁是否已经去过了蒙猜纳那儿，几个人推来推去，始终没有上去跟冯骁说话。

不知谁喊了一声："蒙猜纳来了！"几个其他班级的人马上对冯骁等人说一声"走了"，从后门出去。教室里每个人都在找自己的位子，如果这时有一双眼睛正从房顶往下看，此时眼中的景象不亚于一窝老鼠在乱窜。冯骁的位置在第四排，两个大跨步加一个扭腰，就坐下了。

三秒钟后，大家都到达了自己的位子。喘过第一口气的时候，蒙猜纳的一脸横肉就映入了大家的眼帘。

"冯骁！你胆子越来越大了，为什么不去我的办公室！"蒙猜纳刚进门，就厉声大呵，脸上的横肉涨得通红，两步跨到讲台前，接着用两只鼓着肥肉的手撑在讲台上，上半身向前探出十几厘米，"冯骁！站起来！站起来！还好意思坐在那里！"

冯骁一脸平静，慢慢地站起来，慢慢地开口："去办公室干什么……你又没叫过我。"

"我是没叫过你，我叫了十几个同学叫你，你没听见啊！你架子倒大得吓人啦！"

"没有同学叫我啊。"冯骁一脸茫然的表情让蒙猜纳更是火冒三丈，她知道，一脸茫然的表情是冯骁对付老师们的一大武器。

中午没有找到冯骁的那几个人倒并不后悔，至少又一场好戏要开演了。没想到开学第一天，学习生活就如此丰富多彩。包括中队长在内的一些人都放松了坐姿，静候高潮的到来。

冯骁见蒙猜纳又要发作，满怀信心地说了一句："你可以随便问谁。"

蒙猜纳抬起头，狠狠地叫了一句："中午通知过冯骁的人，把手举起来！"

一切都在冯骁的掌握之中——没有人举手。

蒙猜纳的阵脚有点儿乱了，她很不相信地一个个询问那些受过她"委任"的人，却得到了一个令她万分沮丧的答案：中午没有碰见冯骁，就算碰见了，也没对他说什么。

圆白脸不但碰到过冯骁，还很愉快地向他传了话，但他还经历了一场特别有意义的遭遇——自从他记事起，就一直小心翼翼做人，身上从来没有像今天那么脏过。在面对蒙猜纳气急败坏的问话时，他谨慎地选择了同群众保持一致口径。他知道，如果据实说的话，以后的日子就难讲了。

当然也有没脑子的人。那几个苦心寻找冯骁的家伙为了讨好蒙猜纳，竟将自己中午寻找冯骁的全过程（包括去了一回木料仓库）七嘴八舌地作了汇报，把蒙猜纳的脑子越搞越乱，圆白脸也在暗中为这几个人叹了口气。

"一群饭桶！"蒙猜纳在心中暗骂，"统统都是饭桶！"

最后一个问的是鱼依婷，蒙猜纳几乎用的是审讯的语气。鱼依婷平静地说："中午家里有事，我回去了一趟，一路上也没看见冯骁。"轻言细语，仍是毫不动容的样子。

蒙猜纳看着鱼依婷的样子，忍不住要爆发了。在她的脑子里，别的孩子再怎么会骗人，总有说真话的时候，但鱼依婷在她面前说的永远是谎话。这两年来，蒙猜纳着实拿鱼依婷很没有办法，有好几次甚至更愿意用一个苦苦的笑容来代替怒呵。

蒙猜纳歇斯底里地吼了起来："鱼依婷！你别撒谎！不要骗人，没有用的，别人说的我都能相信，你说的没有人会相信！你从来没有说过一句真话，你今天中午肯定碰到过冯骁，肯定是你叫冯骁藏起来的！我知道的，你们两个最要好了！"这句话出口，下面起了骚动。出乎意料的结果是，鱼依婷的脸第一次在蒙猜纳的骂声中泛红了。冯骁则是另外一副样子，紧紧地皱着眉头，上下两边牙齿牢牢地抵在一起。

蒙猜纳骂红了眼，不依不饶地继续："鱼依婷，你这只没有爷娘、没有教养的野东西！我说的话你尽管去当耳边风好了，看我以后给你好日子过！说什么家里有事，你那也算是家？一条又脏又破的旧船，停在那种又脏又臭的地方，四周围都是一些乱七八糟的人，那种地方会出什么好货色？比十二弄出来的人还要败类！"最后一句话骂得真叫精彩，一出她两年来所受的郁气。班上所有来自十二弄和好来坞的人，脸色都为之一变，其他人也多多少少觉得这句讲得难听了。

鱼依婷的脸由红转白。蒙猜纳的矛头又转向冯骁："冯骁，你那个德新里也没有出过几个好东西，都是坏胚、烂胚！你就是这种一肚子坏水的东西，专门带头做坏事，什么事都有你的份！你给我老老实实地交代，今天早上你们是从什么地方爬进来的？"

冯骁马上理直气壮地说道："没有爬进来！"

"还要抵赖！"蒙猜纳紧跟着冯骁的话叫了一句。

"是没有爬进来了，不信你随便问谁！"冯骁的回答带着一股不可辩驳的气势。

蒙猜纳听到"随便问谁"四个字，慌了一下。她刚才已经出过一次洋相，现在多少有点顾忌，自然不敢问任何人。她知道，如果问其他人，极有可能是一问三不知；问跟冯骁一起玩的那些人，他们会说真话，除非天上掉几个太阳下来。呆站了半分钟，她决定先办正事："不是爬进来的，难道还是从天上飞进来的、从地下钻进来的？真是在放屁，全都在放屁！冯骁，放学你跟到我办公室去一趟，让你在那儿好好地放屁！这回你可听见了！"

底下坐着的宋大铭咧了一下嘴，终于没有笑出来，轻声嘀咕了一句："这下倒讲对了，就是从地底下钻进来的。"

圆白脸脸色有点不自然，刚才蒙猜纳骂冯骁住的德新里都是"坏胚、烂胚"时，没在意，这个中队长也是住在德新里的。

蒙猜纳定了一下神，突然向门外招了招手，一脸横肉揉在一起，和颜悦色地说："进来吧。"

众人都愣了一下，只见门外走进一个背书包的同龄人，才意识到是来了新同学。蒙猜纳道："大家欢迎一位新同学！"带头拍起了巴掌。下面没什么响应，稀稀拉拉的鼓掌声还抵不上蒙猜纳一个人的。蒙猜纳也不计较，向大家作了介绍。

新来的男同学名叫华磊，是从别的区转来的。蒙猜纳一边介绍，一边用手胡乱地向一个方向指了一下，以示华磊原先学校的所在地。冯骁看这个华磊还算顺眼：高瘦的个子，脸也和善，虽说细胳膊细腿细脖子细腰，但看着略带点贼的眼神，不像是个光会读书不会玩的。不过现在冯骁的心思并不在这上面，他还要用下午两节课的时候考虑一下，放学后怎么对付蒙猜纳和蟑螂头。

华磊刚才在教室外站了一会儿，已经接受了一场"震撼教育"，知道自己来的并非良善之地，进了门后一直低着头，眼睛偷偷向上翻，扫了几圈，想找找哪个是赫赫有名的、传说中的冯骁。半个钟头前，他在父母的陪同下刚到这个学校报到时，在办公室里听见的第一个名字就是冯骁。

华磊被安排坐下，旁边是葛晓刚，斜前方就是冯骁。过了几分钟，正式上课的铃声响起，蒙猜纳闭着嘴用鼻孔长出了一口气，走到教室门口，回头瞪了一眼冯骁，走掉了。全班都长舒一口气，华磊小心翼翼地问身边的葛晓刚哪个人是冯骁，葛晓刚还没反应过来，冯骁就回过头，冲着华磊严肃地问了一句："干什么？"

冯骁从办公室里出来时，天还没有开始暗下来，但时间已经不早了。

借道防空洞出了学校，没有碰到认识的人，看来大家都去了木料仓库。虽然没有带手电筒，但冯骁对这里已经很熟悉了，数着台阶下到防空洞里。在黑暗中，他完全不会失去方向。在行进的过程中，只要手指尖扫过旁边的墙壁，就知道自己走到了什么地方，并且能适时地跨过那扇被砸倒的铁门。不单冯骁，其他人也对这条道非常清楚，就像自己挖的一样。这段时间来，看门的老头已经习惯了冯骁这帮人在这里进进出出，眯着眼吐了一口烟，对冯骁说："就你一个人啊？"冯骁不接话，怏怏地回家了。

也不是冯骁没本事跟蟑螂头耗，而是想开学第一天图个高兴，早点离开这儿去和兄弟们玩儿一阵。冯骁很清楚，这件事不是一时间讲得清的，而且早晚都会被人说出来，在例行公事般地沉默了几分钟后，冯骁决定告诉蟑螂头和蒙猜纳，学校里有一条地道通着外面。

蟑螂头将信将疑，详详细细地问了冯骁整个经过，包括如何发现防空洞、如何发现这个出口、为什么管防空洞的人会放任他们这些孩子进出。冯骁略去了"占洞为王"这一节，只说因为下面凉快，一到夏天附近几个地方的孩子都到这儿来玩，前几天无意中撞倒了一面破砖墙，一大帮人拿了手电筒顺着走，就到了学校。然后冯骁又发表了自己的观点：校纪校规上没有说不能由防空洞进学校。

冯骁一个人在讲，蟑螂头、蒙猜纳和办公室里的其他几个老师就像在听天书一样，瞠目结舌，不敢相信竟有这样的事。直到冯骁最后那句话出口，老师们脸上才有了往常那种不容辩驳的威严："你在说什么！这算什么道理！校纪校规上也没有说不准杀人，你就能去杀人了吗！"

"人本来就不能杀……"冯骁常识还是有的。

"屎本来也是能吃的，你怎么不去吃屎！"蟑螂头脑子转得更快。

冯骁不说什么了，因为正常的对话已到了尽头。

蟑螂头唧唧咕咕地说个不停，好不容易喘下来喝口水，蒙猜纳又开始翻那些陈年老账，喋喋不休。冯骁不出声，站在那里，表情木然，毫不动气。

僵持了一会儿，其他几个老师先不耐烦了，蒙猜纳也觉得该收场了，反正事情已经搞清楚了，一边拉开抽屉拿东西，一边向冯骁挥挥手："走吧走吧，看着就触气！"

前面那些话，冯骁在蒙猜纳面前听得多了，早有了应付的办法，只要不回嘴，呆呆地站在那里听着，多半是没什么事的。但对于最后这句话，反应一定要快。蒙猜纳上半句出口，冯骁已经折过身，面朝办公室门做出了起跑的动作。等蒙猜纳话讲完，听到脚步声抬起头，冯骁已经不在了。

办公室里，一个年轻老师学着电影里日本鬼子的语气说道："狡猾狡猾的！"

蟑螂头本来还想训上几句解解恨，没想到冯骁脚底抹了油一般，一溜烟就不见影了，自然是大大的扫兴，瞥了蒙猜纳一眼，颇有点不满意的样子。

冯骁刚走进防空洞不到五分钟，蟑螂头和蒙猜纳就伙同几个老师到了那扇破破烂烂的门前。隔壁的两个校工也被叫了出来，被问及这件事的时候，两人竟对隔壁屋子里有一个防空洞出入口一无所知，只是奇怪早上被窗外孩子们的声音吵醒，爬起来看时，却没有看见人影子。

校工从屋子里找出两支手电筒，又到旁边体育器材室借到一支手电筒，一群人兴冲冲地推开破旧的木门，去探看个究竟。

小屋子原本积满了灰尘的地面早已被孩子们踩出一地零乱的足迹。这间已空了很多年的屋子，在短短一个月间多了不少东西：木板、木棍、钢筋、铁管等散了一地，被撕碎的或破烂的香烟牌子夹杂其中。

两个校工来到这个学校三五年了，今天是第一次进这个房间。木工看了看被拉倒在地的铁门，大致上确定那是五年前装上的，极有可能还是他的前任干的。

铁门上，冯骁他们用来拉倒它的麻绳还绑在上面，已经脏烂得不成样子。水电工上前看了看那绳子，又踏了两下倒在地上的铁门，提醒大家，这扇门是非常结实的，可不是一般的人能用蛮力拉开的。

蟑螂头问："如果是一群孩子呢——十岁上下的孩子？"

水电工想了想，道："那也得要一大帮呢——二十个说不定也不够。"

蟑螂头点了点头，暗想，这地方能一下子组织起二十几个孩子，穿过废弃了那么久的、黑洞洞的地道来拉开这扇门，倒也不是件难事。

防空洞的出入口都有这么个特点：在没有亮灯的情况下，站在台阶上面往下看，十几格台阶下去就黑洞洞了，什么也看不见，除非太阳光正好斜着射进去。一旦走到台阶下面，回头往上看，因为有自然光，亮堂堂的，什么都能看得清清楚楚，好像就不觉得自己所处的地方黑暗了。所以当台阶的上下两端各站一个人的时候，虽然只隔了五米的距离，上面的人就看不见下面的人，下面的人倒能真真切切地看清上面人的脸。

蟑螂头等一干人探头向下望去，只有无底的黑暗。打开手电筒，光束射下去，肮脏杂乱的台阶还是看不清底。

水电工犹豫地问蟑螂头要不要下去看看。蟑螂头想了一下，看了看水电工、木工和另两个办公室里的男同胞——一个年轻的语文老师和一个中年的美术老师，壮了胆子，做轻松状，说："下去看看。"

蒙猜纳自然就不下去了，借口是怕脏。蟑螂头一打算下去，蒙猜纳就发动几个同样"怕脏"的女同胞们一起离开了。

台阶还没有到尽头，一股从地底冒出来的寒气就迎面袭来。大热天，蟑螂头打了个冷战。旁边年轻的语文老师也抖了抖身子："好凉！"

到了地底，进了隔离门，五个人小心翼翼地在里面摸索前进。三支手电筒的光亮在这里实在不算什么，想当初冯骁他们第一次进来的时候，虽说有一部分人打了退堂鼓，但也有十几支手电筒开道，完全不担心摸黑。

可怜巴巴的三支手电筒在大房间里照了半天，终于发现了通道口。这时候，其中有一个手电筒逐渐暗下去了，有的人意志也开始动摇了。蟑螂头鼓励那个准备退缩的美术老师："不会走很长时间的，冯骁说，那个出口就在学校北面的路口旁边。"

"冯骁的话，你相信?"年轻的语文老师说。

"就信一回算了，再说，你高高大大的一个小伙子，胆子还没有那个小赤佬大?"蟑螂头不管到哪儿，都有他的一套。

"帮帮忙! 他们进来的时候，可是老大一群人。"美术老师明显站到了小青年这一边。

年轻的语文老师见有了帮衬，马上接话："还是回去吧，那么脏，谁知道里面还有什么东西。"

蟑螂头的手电筒照到两位校工师傅，摆在他眼前的是两张麻木的、不耐烦的脸，心沉了下去，挥挥手道："走吧走吧，回去吧，有空把这里堵了。"

开学的第二天正好是礼拜六，下午半天放假。在大家看来，今天是一个四海兄弟欢聚一堂的好日子。

早上做完操，孩子们打打闹闹地上楼进了教室，蒙猜纳已经在讲台上坐着了。大家马上像见了瘟神一样安静下来，各自回到自己位置上。读过书的人都知道，从做完早操到上第一节课之间的这一段时间，是学生们自己做习题或看书的时间，有时候也会被老师们"利用"一下。

开学第二天，大家都还没进入状态。那个时候，普通学生除了书本、练习册上的题目和老师们抄在黑板上的题目，是没有别的机会来加做习题的，除非你学习十分出众，有幸开一些"提高班""竞赛班"之类小灶，以便出去参加几次比赛争争光。所以，此时此刻当蒙猜纳坐在讲台上的时候，下面一干学生只能背着手坐在那里，与蒙猜纳对眼。

全班学生就这样和蒙猜纳眼对眼地干耗。蒙猜纳当班主任已经一年半了，大家都知道，这种看似无声的对峙其实是十分危险的。蒙猜纳往往在沉默中突然爆发，不停地展现口才，倒霉的人不外乎冯骁、鱼依婷、宋大铭等人。偶尔也会有其他人遭殃，有些女孩子遭骂的原因，仅仅是当天穿的衣服或者梳的头发让蒙猜纳看不顺眼，这几乎已经成为一种默契。

但是今天蒙猜纳心情还算不错，上半天班，又要休息了，正计划回去顺路去菜场带点好菜。那时候菜场上花色不多，那么一会儿工夫，蒙猜纳已经计划好了，又在心里默念了两遍菜谱。心情一好，一脸横肉也就松下来了，一不小心转一下眼球，猛地看见了冯骁。

这一眼，蒙猜纳心情又变糟了。她冷冷地盯着冯骁看了十几秒钟，转移视线，却发现教室的任何一个角落都有着几张讨嫌的脸。更要命的是，她居然在这短短半分钟内，把刚才想好的菜谱给忘记了。全班同学从班主任脸部的表情变化看出，老调子又要开唱了。

一阵胡乱的、嘶哑的咳嗽声从蒙猜纳的喉底发出——这是一个前奏。蒙猜纳清完了嗓子，准备开口，却被一阵"砰砰砰"的敲门声打断。扭头看去，蟑螂头不知什么时候已经站在教室门口了，一脸和悦的表情让大家很不习惯。

蒙猜纳起身迎了出去，全班都松了一口气，没想到门外一阵言语，蒙猜纳的语气激烈了起来。两个人话都说得快，又隔了一堵墙，孩子们听不清，但说话的音调还是能判断的。到后来，蟑螂头的态度一点点坚决起来，蒙猜纳只能无奈地答应下某件事，跟着蟑螂头离开了。

孩子们松了一口气，刚准备聊上几句，却发现蒙猜纳又回来了。她阴沉着脸，后面还跟着一个同样阴沉着脸的新同学。蒙猜纳也没说什么介绍的话，就开始指挥几个孩子换座位，把新同学安插进来，坐在冯骁前面。

随后，蒙猜纳才气冲冲地开口说道："这个是留级生——叫倪卿，你们少跟他搭！"然后就是一长串难听话，显然对这个留级生的到来极不欢迎。

后来冯骁才知道，这次上面留级下来六个人。本来，考虑到蒙猜纳这个班老油条扎堆的特殊情况，六个人由另三个班平均承担。但后来其他几个班主任不平衡了，闹了一回，才决定把最老实的那个给蒙猜纳。昨天，这个"最老实"的留级生居然逃了一天课，蒙猜纳以为他不来了，还小小地庆幸了一下，没想到今天又来了，空欢喜一场。

留级生倪卿面无表情地坐下。冯骁发现他长得很矮，有点儿胖，穿得很旧，上半身一件红色汗衫，前后加起来少说也有十个小洞，下面一条黄色短裤也有两处钩坏的地方，背着的是一个破洞褪色的牛仔书包，还有点儿脏。再看脸，浓眉小眼，鼻梁挺，嘴大，实在是面熟得很。

第一节课上了一小半，冯骁想起来：夏天在居委会顶上拍香烟牌子的时候，这个叫倪卿的也来过几次，香烟牌子带的不多，又总是输光，慢慢地就不来了，后来也没赶上攻占防空洞。冯骁曾看他可怜，又因为他老实，还会拍马屁，送过他两次香烟牌子。没想到，就在暑假前，这个人居然还是自己的学长。

冯骁脚一抬，重重地踢了一下倪卿的椅子。倪卿一惊，微微侧一下头。冯骁见他没什么反应，索性凑向前，捅了一下倪卿的后脖子。倪卿没有回头，但身子向后靠过来，贴在了自己的椅背上，脖子向后微仰。冯骁趴在桌子上，问他："你认得我吗？"

倪卿这才侧过身子，回头看了看冯骁，怔了一下，咧开大嘴笑了。

6

管理班和小本子

吃过中饭，大家在防空洞门口集合，然后一起奔赴木料仓库。

人都已经混熟了。华磊是因为搬家才转到这儿来的，现在他就住在新村，同瞿斌家隔了一幢楼，今天是瞿斌带他来入伙的。华磊也是个喜欢玩的，本来转学过来怕没人理，看样子要闷上一阵。没想到，隔天就被拉上山了。

倪卿更不用说了，上午第一节课结束，冯骁就和他聊上了。

"你后来怎么不来拍香烟牌子啦?"

"我都输光了，没有钱买，来了也只能看你们玩。"

"那不要紧，我会给你的，我有很多呢，送都送不完!"

"一直问你要怎么好意思。你给过我几次的。"

自己的善行居然被别人记着，冯骁很是高兴。

"唉! 你那个时候走得太早了。你不知道，后来我们打下了防空洞，那儿天热的时候很凉快，我们收拾了一群小赤佬，还拿回来很多香烟牌子大家一起分，那个地方拍香烟牌子的人水平都很臭，有很多人肯定拍不过你。"

"你们换到防空洞的事，我是知道的。"倪卿不无遗憾地说，"后来我来找过你们，没有找到，我们班级没人去你家那儿玩香烟牌子，我问也问不出来。"

"算了算了，现在不就是一个班级了嘛，可以在一起玩了嘛!"

倪卿高兴地点头。

老师已经走进教室，两个人的谈话还在继续。

冯骁说："下午一起去木料仓库玩吧，有很多人去的。"

倪卿马上点了点头，玩是求之不得的事。

冯骁说："以后你就跟着我们一起玩吧，其他人也不会玩什么。"

倪卿很是高兴，冯骁这帮人他早有耳闻，全校出了名的会玩。只要是时下流行的玩法，他们不但会玩得精通，还必定要玩得有规模。像以前扔石子，还有前一阵拍香烟牌子，最近听说冯骁他们又开始玩"打仗"，越来越刺激了。

倪卿以前没玩过这个，今天要好好地体验一下了。

倪卿已经把冯骁看作天底下最够兄弟的人了，少不得要讨好一番："你以后来我家玩啊，我爸爸是冷饮厂的，家里有冷饮，你过来吃吧。"

冷饮冯骁是喜欢的，马上问他："你家住哪里?"

"十二弄!"

到了木料仓库，已经有人在了，是河东面另一所小学的。冯骁他们不知道这所学校的名字，隐约听人说叫"××第二小学"，也就跟着叫"二小"了。

二小来的人也都是二、三年级的，他们到这儿来，要过好来坞南边的一座桥，再穿弄堂翻矮墙进来。冯骁他们的兵器一向是很随便地堆在仓库最里面的一个角落，二小的人第一次来的时候，拿了一些玩，玩过后就散了一地，还搞了一些破坏。

第二次来，让冯骁他们逮到，干了一仗，双方都没占什么便宜。后来二小的人越来越多，暑假结束后，基本固定在六十个人左右，都很扎手。冯骁没有办法，召集大伙儿联手，也有六十几个人，同二小的分庭抗礼。至于兵器，都藏在好来坞附近的那间小房子里，像军械库一样，每次开战前，大家过去拿自己的家伙。

今天来了两个新人，都志趣相投，大家很高兴，决定同二小的人开一仗。对方今天来的人也不少，刚开学，兴致也挺高，马上就应战了。

这里的规则比较特别：每方各占住仓库的两个对角，选出一个"司令"，然后各自的司令要让对方过目认一认。开战以后，既要保护自己的司令，又要找到对方的司令，并把他带回到己方的"司令部"来。

在这种游戏中，司令扮演了一个十分特殊的角色。在司令的选择上，起初大家都走进了一个误区。冯骁这里挑一个最耐打的人，以为这样的人即使被抓住，也能凭着一身蛮力挣脱回来。二小那里挑跑得最快的人，意图就更明显了。

但结果都不是很令人满意：力气再大，一旦落了单，对方三四个人一起扑上来，足以把人掀翻在地，一点脾气也没有，然后捉手捉脚地抬着走，丝毫反抗不得。除非做出拼命的样子，手里的家伙抡圆了舞，逼得没人敢近身，但这样体力又跟不上，自己人如果不能马上赶过来救驾，八成还是跑不掉。

速度快也没什么用，木料仓库是以地形复杂出名的，跑得快反而有危险。跑着跑着，冷不防拐弯抹角的地方伸出一只脚下个绊子，或者木材堆上扑一个人压下来，都是吃不消的。就算不用这种阴招，几个人一绕一堵，还不是成了瓮中之鳖。

几次游戏过后，双方终于总结出经验：作为一个司令，有一定的战斗力那是当然的，此外，还需要在面对对方的围追堵截时，能跑能跳能闪，能钻能爬能躲。一旦被逮住，架着抬着往回押，半道碰上自己的人劫牢车，要找到空子立即逃开。所以，司令也不是随便找个人就能当的，这可事关大局。

以往，司令都是冯骁钦点的一个船上的孩子，叫黄海流，比冯骁小一年。此人飞天遁地，无所不能，是少数几个会爬树的人之一，对付龙门吊车不在话下，往往能凭着一身好本事，在关键时刻"蒸发"成功，扭转乾坤。另外，在二小那边，一对一能挑得过黄海流的，也不出五个人。

今天不一样了，多了华磊和倪卿，黄海流坚决要求转型，要做一名真正的战士。也难为他，一直干着躲躲闪闪的勾当，被人护着当傀儡，只能看着别人手握兵器上阵，自己只有在胜局已定的时候才难得跳出来同别人过上寥寥数招，手早就痒得发麻了。

冯骁问两个新来的谁想当司令，没想到倪卿先一步自告奋勇。虽然当天冯骁就和倪卿铁了关系，但看倪卿短胳膊矮腿、有又有点儿臃肿的样子，冯骁实在有点儿放不下心。

冯骁看了看华磊，那小子精明，已经提了一根自来水管在手上，开始活动手脚了。再找黄海流，也已经挑了一件称手的兵器，巴巴地站在那里等冲锋号吹响，看样子今天是死都别想让他当司令了。

没有办法，只能成全倪卿当司令的愿望了。冯骁担心倪卿对这儿的地形不熟悉，倪卿说没关系，保证不会被对手逮住。冯骁想到自己这边兵强马壮，人数占优，几员大将又身经百战，也就不在乎了。

双方认了司令，冯骁他们占东北角，二小的占西南角，发一声喊，便开打了。

倪卿先是待在司令部里，身边有瞿斌、黄海流等二十个人组成的警卫排，黄海流的经验是一大法宝，关键时候是要派上用场的。打仗开始后，这帮人分作两队，沿着东墙向南走。那一带地形比较复杂，被称作"华容道"，有几台废旧的大机器可钻进去躲藏，实在不行，还能爬上去抵挡一阵。

宋大铭带了三十多人的主力，华磊也在其中，直奔对方司令部。进攻的时候，要一路上喊杀过去，造成一种"梁山好汉，全伙在此"的假象，引对方来战。碰上了对方的大部队，切记不能恋战，因为冯骁关照过，他们这一路只准败，不准胜。这都是《三国》里常用的计策，有讲究的，诈败的时候，自然是不能扔下兵器投降，也不能往回逃，要向着对方司令部的方向散开。散开后，三四个人分一组，仔细寻找二小那边的司令，一旦看见，马上招呼其他人靠拢过来。

冯骁带了季俊杰、葛晓刚等十来个人的"特种部队"，沿东墙下到底，再直突对方司令部。根据前几战得来的经验，二小的人喜欢让自己的司令和少数几人在司令部周围比较四通八达的地方游荡，以避免被活活堵死，就地生擒。而他们的司令经常活动的那几个点，正在冯骁现在的行军路线上。冯骁非常有把握，就算自己这一路没有撞上对方的司令，宋大铭那儿也肯定能有所斩获。

木料仓库很大，前面已经说过了。虽然堆满了木料和其他零零碎碎的东西，但其中的通道少说也有九横九纵。所以，有时候寻了一阵，碰不到几个对手，那是不稀奇的。但如果一个对手都看不见，那估计就是出鬼了。

那边宋大铭一路高歌猛进，这边冯骁一路衔枚疾进，一个对手都没看见。出乎意料地，两路人马居然很顺利地在对方的司令部会师了。辛辛苦苦地挥着家伙斜穿了一整个仓库，却连一个鬼影子都没有碰到，绝对是一件很令人失望的事。兵法上讲究"一鼓作气，再而衰，三而竭"，冯骁他们现在就很衰。

虽然那时冯骁还小，没有聆听过曹刿前辈的高论，但也感到了局势不妙。

《三国》是孩子们都看过的，虽然是连环画，但对劫营的危险性，大家都有深刻了解：三更造饭，四更出城，人偃旗、马摘铃，走探子勘过的林间小道，摸到敌营栅栏前，发声喊杀将进去，却发现营中空空如也，哨兵都是稻草扎的。主将叫苦，大呼中计，正要勒马回城，只听一声炮响，四周顿时火光冲天，无数敌兵从四面八方杀进来，人马立时被冲散，砍死踏死不计其数。主将在众军的保护下杀开一条血路，仓皇逃至城下，大呼开门，不料城上也是一声炮响，灯火通明，一人羽扇纶巾，向下捋须笑呼："将军来晚了，我已取了此处，还不速速下马受降。"正惊惶间，只听得一阵鼓点，城上飞箭如蝗，城门开处，敌方大将领一彪人马杀出……

此时两路人马汇在二小的司令部，不少看过《三国》的人心中，都有一股子劫了空营的感受，觉得很是失败。虽然二小的人没有从四面八方杀进来，但看不到人，大家更是担心。唯一的解释是，二小的人这次集体行动，全部沿着西墙"北伐"，折向东突袭冯骁他们的司令部去了，准备一举押回那个看上去有点儿傻相的新司令。

看来，现在真正怕的，是那一句"我已取了此人"——倪卿被二小的人提着后脖子反拗着手臂押到这儿。

幸好先前有过布置，一旦发现情况不对，瞿斌、黄海流等人带着倪卿躲进华容道，能躲得多深就躲得多深，一时半会先不要露头。要是实在躲不住，就让黄海流一个人突围，因为他是前几任司令，大家都看熟了，如果对方脑子转不过来，可以借此分散一下兵力。

冯骁马上招呼大家掉头往华容道赶。走了没几步，华容道方向已经传出喊杀声和金铁相击声，还伴随着人在铁制的机器外壳上踏过的"咚咚"声。冯骁一边跑，一边心中暗暗叫苦：

那里虽是个藏身的好地方，属于难攻易守型的，但是难攻易守也需要有人来守。听声音，二小的人应该都在那儿了。按司令倪卿的兵力和战斗力来看，只能守住华容道三个出入口其中的一条。

越想越气急败坏，上几战还都是硬碰硬地交手，今天自己用了点儿计谋，竟被对手如此利用——难道二小阵中来了高人？

其实，高人是没有的。老在一个地方打着玩，没打几回就把这地方都给摸熟了。再打几回，差不多就该玩出精了。冯骁觉得自己已经玩出精来了，其实别人也已经成精，所以今天这个情形，是正常的。

正琢磨着，已经快到华容道了。冯骁招呼大家停下，喘口气，定定神，振臂一呼，大伙儿拐过一个弯，对着二小的队伍拦腰冲过去。

二小的人攻得兴起，眼看就要冲进去了，突地斜眼里杀来一队人，把自己的队伍冲成两段，顿时阵脚大乱。冯骁手上几粒有棱角的小石子先行一步，对面马上就有两个人捂住了肘关节，眼力之准，不亚于武侠小说中的暗器高手。

各人都找到了对手，捉对厮杀。

冯骁挥动一根空心钢管，架住一根螺纹钢条，猛一交手，觉得对方不是好对付的，毕竟能把螺纹钢条使得好的人本就不多。几个回合下来，冯骁手心被震得发麻，那大个子对手还是一下一下地招呼过来，一点都没有停下来的意思。冯骁知道要智取，往后跳了一步，左手一枚石子捏在指间，连续两下作势要投。大个子知道厉害，侧过身闪，再回过来，却见石子还在冯骁手上，再闪。这样一来，大个子右半身对着冯骁，左腿立着，右腿抬起护着下半身，右手臂抬起护着头，手腕转过来，手里一根螺纹钢条直直地对着冯骁。冯骁心念一动，手里的空心钢管对着螺纹钢条套上去，一下子套住了大半根。大个子一惊，急忙往外抽。冯骁握着粗的那头，力气上占了大便宜，上下用了几次力，大个子胳膊拗不过大腿，松了手。冯骁手里分量一下子加重，垂下钢管，要放掉穿在里面的钢条。大个子冲上一步，一脚踏在钢管上。冯骁也握不住了，抛下钢管，趁大个子还没有站稳，一脚把他勾倒。大个子支起上半身，左臂架起，硬生生受了冯骁踢上来的第二脚，右手捏紧五指，一拳擂在冯骁肚子上，结结实实地。

好在那时电影电视里暴力镜头不多，孩子们打架时都以对方的身体为主要目标，掐脖子已经是最毒的手段了。冯骁被大个子一拳打闷，捂着肚子跪在地上。旁边季俊杰赶过来一板拍中大个子后背，打得大个子一时闷住，一口气好半天才喘过来。季俊杰又去对付别人，冯骁吸了几口大气，缓过神来，看见大个子也张大了嘴跪在旁边喘气。

正庆幸着，突然间脖子一紧，知道有人在后面掐上了。冯骁十分愤怒——背后偷袭，算什么英雄好汉！脚后跟一用力，踩在那人脚趾上，随后一记肘击在那人腰间，脖子上顿时一松。转过身，见那人正抱着脚捂着腰蹲在地上喊疼，砰砰两拳，打在肚子上，一脚撩过去将他勾倒在地，回过身来，在刚直起身的大个子肚子上也还了一拳，屁股上再踢一脚。

华容道三个进出口已经控制了两个，但先前里面也冲进去不少二小的人，里里外外正打得起劲。冯骁捡起钢管，攀着一堆木头往高处爬了几步，环顾四下，没有看见倪卿，也没有看见二小的司令，倒是看见几个二小的人正在和黄海流拉拉扯扯，显然还没有搞清楚今天到底谁是司令。黄海流也铆足了劲儿和对手们死斗，使出全力演戏，打得十分过瘾。

冯骁叫了几声"倪卿"，没有人回答，再仔细看了一下人，发现应该和倪卿在一起的瞿斌也不在。没有办法，只能下来继续加入战团。

他从上面跳下来，在地上摸了几粒石子，一抬头，见刚才那个大个子正往这儿走来，手上已经换了一根半米长的木棍。两个人都愣了一下，冯骁先反应过来，操起手里的石子就扔过去。大个子背过身抱着头照单全收，转回来对着冯骁挥来一棍。钢管和木棍猛烈相击，大个子"啊"地怪叫一声，木棍上一根小倒刺扎进掌心，他抛下木棍，落荒而逃。冯骁捡起木棍，用起《聪明的一休》里新右卫门的绝技，朝着大个子的两脚之间掷过去，绊了大个子一下，眼看着他摔下又爬起来，捂着手掌一瘸一拐继续跑，看样子是跑远了。

再看其他人，总体上是落了下风的。冯骁冲过去，帮宋大铭打退两个，问他有没有看见倪卿。宋大铭只顾着打，什么也没有注意，自然不知道。冯骁骂了句"饭桶"，眼看二小的人也正打得性起，也图一时痛快，先把找倪卿的事放一放，又找了一个对手练上了。

刚熟悉了新对手的招数，没过半分钟，风云突变，二小阵中好像有人喊了几声，乱了几秒钟，接着都退开了。冯骁喊了声"追"，那边几个跑得快的每人握着一把石子断后，冯骁也中了几粒，眼睁睁地看着他们一下子退去。

这才想起来找司令，问了大家，都不知道，倪卿和瞿斌也确实不在。冯骁有点儿慌了，也不知道二小的人退走有什么阴谋，没有办法，招呼大家先回司令部。

黄海流也不知道是怎么跟倪卿他们走散的。冯骁让他带路回司令部，怎么来的，怎么回，说不定能把事情弄清楚。

黄海流今天够惨，衣领被拉破了，脸上一道道黑，虽然玩得开心，但是一直在查看衣领，提心吊胆的样子，不知道回了船上如何跟家里人交代。平时他读书不怎么好，家里顶多扇几下屁股，但是衣服坏了，那就要上纲上线了。

冯骁看他面色慌张，出了一句主意："等会儿叫鱼依婷的外婆帮你缝一下。"黄海流如承天恩，神色一下子轻松了起来。

黄海流走在最前面，冯骁一边走一边环顾四周，落在后面。宋大铭走过来同冯骁并肩，神秘地说："冯骁，我突然想到了一件事。"

"什么事？"冯骁有点儿不耐烦。

"我们刚才应该跟着二小的人的。"宋大铭郑重其事地说，"他们大概看见倪卿往什么地方走，去追了。"

冯骁被这句话吓了一大跳，冲着宋大铭吼了一句："刚才你怎么不说！"

宋大铭理直气壮："刚才我怎么想得到，我腿上被他们敲了几下，痛死了！"

冯骁正要下命令，前面一下子传来欢呼声。冯骁精神一振，拨开挡在前面的人，顿时长松了一口气。

倪卿、瞿斌和另几个人坐在司令部里，安然无恙。另有一个人被他们反剪双手掐在地上，衣服已经很脏了，一脸痛苦的表情。

——那是二小的司令！

虽然读书读到留级，但是在玩上面，倪卿的运气还算不错。华容道一被合围，倪卿就发现还有一个隐秘的出入口。他和瞿斌钻进一部废弃的大型机器，爬了一阵，等二小的人开始进攻了，就从另一头钻出来，到了华容道外面，绕到了二小队伍的后面。

本来，两个人只要远远地躲开，就相安无事了。但是倪卿看见一个二小的人掉了队，而且那人又瘦又矮，看上去还神经兮兮的，欺软的本性马上就显露出来了。倪卿从背后扑过去，捂住那人的嘴，瞿斌马上帮忙把他拖到一个角落。接下去，就是瞿斌腰间的小剪刀发挥作用了，倪卿在旁边装模作样摩拳擦掌，二小的那人马上就招出来了：根据计划，二小的司令和另两个人，早就藏到了冯骁他们的司令部里。

后面的事就简单多了。两个人趁华容道大乱的时候赶回司令部，沿途遇到自己这边的几个人，一起拉上。二小的司令和两个望风的就躲在两堆木料的夹缝中，简直自投罗网。几个人一发狠，打跑两个望风的，生擒了二小的司令，死死揪着，等大部队回来。

根据规则，二小的司令被控制在己方司令部，冯骁他们已经赢了。这是一件令人高兴的事，开学第一次作战就出师大捷，倪卿还立了一大功。冯骁笑嘻嘻地命令几个低年级的孩子去告诉二小的人，他们的司令已经被抓了。

二小那里，华容道攻到一半，有人来报告，看见几个冯骁手下的人往他们自己的司令部跑去，带头的那个被大家称为"军师"，一时间有点慌，因为"最危险的地方，就是最安全的地方"，所以叫自己的司令躲在对方的司令部里，怎么会被对方知道？再看看来报信的人，衣服上沾满了尘土，一脸紧张的表情，眼睛往下看，两只手绞在一起，两条腿抖得厉害，马上就明白了。军师对着那人一阵大吼，来报信的家伙吓得全招出来了，原来他就是先前那个被倪卿和瞿斌捂了嘴拖走的人。

这时，又有人来报告，刚才被围住的那个是对方以前的司令，叫黄海流。今天冯骁他们的司令是一个矮胖子，以前没有看到过，所以认错人了。军师气极而怒，骂了句"一群笨蛋"，马上命令全体撤退，绕开华容道全速赶往冯骁的司令部。这时候，冯骁也正在为找不到倪卿等人而发急，对二小的突然撤退更是摸不着头脑，决定先回司令部。

二小的队伍没走多远，就停下了。

刚才和冯骁拼了两场的大个子歪歪地躺在地上，二小众人马上围了过去。大个子摔得可不轻，两个手掌靠近手腕的地方和两只膝盖都蹭破了，小砂粒嵌进皮肉里，拉出一条条深浅长短不一的伤口，红色的血和黑色的脏东西混在一起，一片模糊，隐隐还能看见下面白生生的肉。大个子没有哭，而是面色苍白地看着众人，不时低下头看看自己的伤口。

军师又慌了，二小的部队马上取消了原定计划。几个孩子把大个子送去附近的卫生站，清洗伤口、抹红药水。军师看看身边人手不够，举棋不定。这时，冯骁派人来传话：二小的司令已是囊中之物。

这也是意料之中的事，这场败仗算是打完了。两个学校的孩子们再次碰面，冯骁这边交还了二小的司令，二小的军师却表示：这场不算，他们的司令是自己送上门去的，下次再来过。

冯骁他们听了，哈哈大笑，喊着"赖几皮"。

大家开始自吹自擂，描述自己刚才如何勇猛，如何把对手干趴下。只有倪卿，也不怎么会说话，傻呵呵地站在那里，听别人说，然后跟着傻笑。

冯骁拉起一直跟在旁边的黄海流："走，跟我到鱼依婷家的船上去，让她外婆给你缝衣服。"

黄海流兴奋不已，大声地跟了一句："走！"

礼拜一上课，蒙猜纳宣布，本学期开始，学校要开始实行两个新的举措。

第一个举措，是开设"管理班"。

顾名思义，"管理班"的效用，就是"管理"。管理的对象有三种人：第一种人，是学习成绩差的；第二种人，是长年不完成作业的，当然，前两种人是基本重叠的；第三种人，是放学后不马上回家，要在外面玩到天黑肚子叫才罢休的。

管理班的作用，是在放学后把这些人留下来，四个班合并为两个班，让他们完成当天的作业。每天两个老师当值，大家轮流加班，只有完成了当天的作业、由老师们看过后，才能离开。管理班当然也是要收钱的，每个月两块五角钱。因为在这个学校，每个年级都有一半的人有进管理班的资格，所以学校也多了一笔可观的额外收入。

这下子，痛苦的人就多了。往后，一个礼拜有五天放学后要被强行关禁闭，只有礼拜六下午可以出来放放风，那还让不让人活了！

在管理班里，冯骁的作业写得最快，但这并不是好事。冯骁作业写完了，当值的老师总是拿过来草草地翻一遍，挥挥手就把他赶出去了。其他人写得慢，特别是数学里的应用题，半天算不出一道，真是伤脑筋。有些人甚至到了管理班结束的时候，也没做出一道应用题。冯骁出了教室，只能眼睁睁地看着里面的人继续受煎熬，想玩，又没有人出得来，自己也受煎熬。管理班在督促学生完成作业的同时，也起到了分化"坏分子"的作用。

这样过了一个礼拜，不是办法，冯骁又干起老本行。管理班里，纪律要求并没有上课那么高，允许小声地讲讲话，允许自行走出去上个厕所。当然，如果要传递什么东西的话，也不会有什么太大的困难。

冯骁的作业本又开始吃香了。抄着解题过程的草稿纸，每天都在管理班里传来传去，普度众生。为了大家能早一点离校，冯骁有时竟放弃下课时间，在管理班还没开始的时候就早早地写起当天的作业。

老师们也不是傻子。为了保卫管理班的胜利果实，老师们一致决定，在每天管理班开始的时候，把冯骁调到讲台前面的那个位子，由当值的老师专门伺候。没过上几天的好日子，就这么结束了。

第二个举措，是"联系簿"的启用。

"联系簿"，俗称"小本子"。用一本标准大小的练习簿拦腰一裁，就是两本"小本子"。像这样的小本子，市面上也有卖的，但好像没有前面那种自制的划算。

小本子的作用，首先是用来记下当天各门课须完成的回家作业。因为有一部分人不做作业的借口，就是"忘记了要做哪些"，为了彻底扑灭这个借口，才诞生了小本子。每天带回去的小本子，都要由家长签名，以便督促孩子们完成回家作业。管理班本来就有强制作用，加上小本子的辅佐，更是如虎添翼，如狼负狈。

小本子既然一开始就被称为联系簿，当然也是有联系作用的。每天早上，小本子随着作业本一起收上来，班主任们要把每个人的小本子都翻一遍，查看家长是不是都签了名。

其实，要光是签一个名，并没有什么大不了的。像十二弄、好来坞这种地方，大多数做爹娘长辈的都没什么文化，在功课上教不了孩子，又顾着自己打牌搓麻将，拿过小本子信手涂上名字就了事了。

可问题并没有那么简单，班主任们还要履行联系的义务：时不时在小本子上写下几句评语。这些评语，在大多数人看来，其实就是状纸。除了少数的好同学能隔三岔五得到几句好话，欢天喜地地拿回去外，其他人都要提心吊胆地过日子。指不定什么时候，带回家的小本子上，就安上了家庭暴力的导火索。

冯骁的那本小本子用得特别快，没过多久就要换新的。为什么？不耐用啊！蒙猜纳几乎天天都要在上面著述，能用得不快吗？

蒙猜纳写得越多，冯骁回家被爸爸妈妈收拾的次数也越多，真是恨死了这小小的本子！

礼拜一："中午午自习迟到，在校外玩。下午音乐课讲话，被罚站。"

——午自习是典型的强制性占用私人时间，跟不给加班工资是同一性质。中午迟到约半分钟，蒙猜纳并未有什么反应，但被当天值勤的中队长记下名字，可见走狗有时候比主人还可恨！下午音乐课教五线谱，难记，实在头疼，同身边的人小声交流了几句，认栽！

礼拜二："早上交作业前给别人抄袭，语文作业后半部分字迹潦草。"

——欲加之罪，何患无辞！这句话，当时的冯骁是没有听说过的，但他心里的感受，和这句话的意思也差不离。

礼拜三："活动课上与其他班级的人打架，把别人打出鼻血。数学课上不认真听讲，被罚站。"

——那个人流鼻血是出了名的，全年级的学生和全校的老师都知道。就算好好上着课，也会突然仰起头枕在后面的课桌上，举起一只手叫道："老师，我出鼻血了！"再说，这是一次正当的比武，而且是对方提出挑战的，怎么能说成"打架"，太难听了。说到罚站，这天冯骁还真没有被罚站，只因为这节数学课在活动课前面，大家都很兴奋，已经开始蠢蠢欲动了，蒙猜纳罚了很多人。偏偏冯骁一节课都在想心事，没有被找到碴。可下午蒙猜纳在写小本子的时候管不了那么多，想都不想，在冯骁的上面也添了这么一句。冯骁回家后也懒得解释，这种事是永远讲不清楚的。

礼拜四："上课不要做小动作，要认真听讲！"

——昨天打架正好碰上对手周期性流鼻血，非常晦气。今天冯骁处处收敛，没想到小本子上还是被写了这么一句，很是想不通。回家的路上，瞿斌告诉冯骁，上语文课的时候，蒙猜纳趴在教室后门的小玻璃窗上看了足足有十分钟。冯骁释然了，那十分钟，他不能保证自己没有在课桌下玩过什么东西。

礼拜五："做早操的时候与同学嬉闹，被教导主任罚站。早上缺课一节。"

——小本子上的字迹龙飞凤舞，冯骁不认得"嬉闹"两个字，但什么意思他是懂的。这天全校做完早操回教室上课，冯骁、宋大铭、季俊杰等几个人被蟑螂头留在操场上，又站了半个钟头。被放回去的时候，第一节课已经开始了，苍天无眼，正是数学课，蒙猜纳不放他们进教室。没有办法，几个人在楼道里混了大半节课，快要下课的时候，才跑去教室门口站好。"缺课一节"，由此而来。

礼拜六："今天表现尚可，希望下午不要和差生们一起玩。"

——蒙猜纳没有把冯骁归为"差生"，是以学习成绩为衡量标准的。"表现尚可"已经是天大的褒扬了。这天很少有人被找碴，为了庆祝，当天下午冯骁他们又同二小大战了三百回合。

有了小本子，老师们发布测验成绩也方便多了。每次测验或者小练习后，只要把各人的分数登记在他们的小本子上，家长们每天签名的时候，就能看见了，这增加了一部分人的痛苦。冯骁倒不怕这一招，他很自信，他的学习成绩还是不错的。

三年级了，读书开始吃力，小聪明慢慢不顶用了。语文有了作文，考一百分已经不可能了。数学有了更复杂的运算和应用题，需要更细心和一定的理解能力。几次测验后，冯骁两门主课的分数都在九十分上下。虽然账面上还看得过去，但比起上个学期，已经能感觉到压力了。

学习的难度增加后，学生之间的差距也拉开了。本来冯骁的成绩还能和那些"好学生"不相上下，但看现在的情况，好像慢慢地有点撑不住了。班级里有几个人，每次数学成绩都在九十五分以上，语文成绩也总比冯骁高那么两三分，冯骁现在差不多要跌入"第二集团"了。

其他人更惨。倪卿是留级生，自然不必说，考到 60 分就很不错了。真想不通，一样的东西读了两遍，还能学得那么差。季俊杰、葛晓刚和宋大铭等人的分数都比以前下落不少，所幸远远没到开红灯的程度，倒是鱼依婷创下了本班考分的历史最低：数学测验 49 分！好在瞿斌还能应付得过来，转学生华磊的成绩也不算差。

这下子，小本子成了绑在每个人身上的一颗定时炸弹，冯骁的圈子里，几乎人人痛而恨之。一次例行的"礼拜六大战"结束后，冯骁听说二小也有了管理班和小本子，于是决定"不耻下问"，找到二小的军师，请教有何应付的良策。

军师很高兴，难得冯骁来请教他，真是开天辟地头一回，大家又都住在德新里，于是把密计倾囊相授：二小附近有一个游戏机房的老板会模仿各种笔迹，二小的人只要在那里玩上半个钟头，他就能帮着在小本子上签一回字。说完之后，军师还得意地告诉冯骁，他从来不需要别人代签名，他在学校里表现一直很好，学习成绩也不错，而且还是"小队长"。

冯骁心里暗暗地啐了军师一口，也表情自然地告诉军师：其实自己成绩也不错，一般都是九十分上下，并不怕分数被家里人看见，只是班主任总是挑毛病。再说，他也要为大家想想办法，自从有了小本子，他们的日子可不好过。

冯骁说完，两人对视，然后各怀鬼胎地哈哈大笑。

笑完，居然有了一种英雄惜英雄的感觉。

7

兴趣课和补课

虽然学校毗邻十二弄、好来坞等名声不好的地方，生源大都来于此，但孩子毕竟是孩子，顽皮是有的，故意做坏事的还不多见。

老师们却不这么认为，来自这些地方的孩子，从小耳濡目染，什么事情干不出来？不要说是从十二弄、好来坞来的，就是冯骁、瞿斌，也不得不防。特别是冯骁，要不好好管着，这个名不见经传的小学校，说不定什么时候名声就坏了。

为此，对新转来的华磊，蒙猜纳特地找他谈过话，叫他不要老是同冯骁那帮人一起玩。华磊家就在瞿斌家的那个新村里，新工房附近没有什么一起玩的孩子，要玩，就只能跟着瞿斌在自己学校里找。他学习成绩也只能算是中等，那些"好学生"肯定是搭不上了，除了冯骁他们，还能投靠谁？上梁山都是被逼的，有什么办法？

三番五次后，蒙猜纳只能对华磊说："我对你很失望！"

从此以后，华磊也开始没有好日子过了。没过多久，华磊跟冯骁说，可以试试二小军师的办法，让那个游戏机房老板代大家签签名。

华磊不如倪卿跟自己亲近，冯骁给了他一个很简单的理由：过去路太远了。

"不远，不远。"华磊马上向冯骁说明，"过了好来坞南边的桥，走五分钟，拐个弯，再走五分钟，就到了。"

"这还不远？你一个人去吧！"华磊来了没多少日子，居然已经把这里附近的情况摸得清清楚楚，冯骁脸上没显露出来，心里却有点惊讶。

华磊表示没办法，最近他突然有点儿跟不上，这次测验数学只有 75 分，回去实在没有办法交差。但是实际操作起来，有点复杂：

在外面找人签了名，回家还要另外再拿一本新的小本子给家长签名，就说旧的那本不见了。

第二天，把那本旧的代签过名的小本子交给蒙猜纳，如果这天蒙猜纳没有再写负面的东西，那就万事大吉了。

如果蒙猜纳在上面写了什么，就麻烦了：再找人签名，再换一本新的……

一般来说，如果不想让班主任在小本子上留言，只要这一天处处小心，夹紧尾巴就可以了：下课不离教室，中午吃完饭不离教学楼；每节课不管听不听得进，都端端正正地坐在那儿熬上四十分钟，不讲话、不做小动作、不明显表现出分神；看见老师有礼貌，主动问好；特别要注意的是，千万不能让蒙猜纳看见自己和冯骁在一起。

冯骁还是好言劝华磊不要老去游戏机房找老板签名："小心点儿，蒙猜纳没有那么好骗的。"

华磊看看劝不动冯骁，只能另找了宋大铭一起去游戏机房。

宋大铭这次的测验分数也有点惨，估计回去少不得一顿好打，见华磊来叫他同去，想都没想，一口答应。下午管理班上两人坐在一起，早早地写完了作业，一前一后让值班的语文老师过了目，飞奔出学校，直取游戏机房。

游戏机房其实就是一户人家，房子有三层，上面两层住人，底楼的外间当厨房用，吃饭的时候一家人就在这里撑开一个折叠圆桌。里面是个四十多平方米的大房间，放了十台电视机，每台电视机配一个"任天堂"游戏机、两只矮凳，每个钟头收四角钱。如果要上厕所，得走上一分钟，去公共厕所。房间有扇后门，走出去离公共厕所更近，但一直关着，用一辆三八大杠和两台坏掉的电视机堵着，生怕玩游戏机的孩子赖账，从这扇门溜出去。

老板是个三十多岁的中年男人，瘦高，头微秃。华磊和宋大铭结结巴巴向老板说明来意，刚讲了没几句，老板就挥挥手，说知道了。老板让两个人拿出小本子，翻了翻前面，拿起笔在一张纸上试着签了几个，然后在小本子上一挥而就，满意地看了看，合上，还给两人。

华磊和宋大铭接过小本子，老板问他们要玩什么游戏。宋大铭记得在瞿斌家里玩过两次魂斗罗，还挺好玩，于是提出玩魂斗罗。老板拉开抽屉，满满一抽屉游戏卡，拿出一张给他们。游戏机房里来玩的人不少，从一年级的小孩到刚开始长胡子的中学生都有。两人见有三台机器空着，就去了最里面的那台。

玩得起劲，一个钟头早已过了，两人还在兴致勃勃地奋战。老板也没有叫他们，过了一会儿，才告诉他们，已经玩了一个半钟头了。两人这才惊觉，起来付钱，老板说六角，两人身上凑在一起才五角。老板挥挥手："算了，算了，第一次来，算了。"收下了五角钱。

华磊和宋大铭出了门，老板探出身道："以后还来玩啊！"

两人一起"哦"了一声。

回到家，已经很晚了，早过了吃晚饭的时间。宋大铭倒无所谓，要是有哪一天按时回去了，那才是不正常的事。

华磊就不好解释了。自从转到这个学校，三天两头玩到很晚回来，父母早就很光火了。华磊一进家门，马上感到家里气氛不对头，知道今天少不得要有一顿训，晚饭也顾不上吃，直接钻进自己的小房间，翻开书包，拿出一本练习册做起题目来。

两个大人跟进房间，问："哪里去了？"

华磊定了定神，平静地说："到宋大铭家去做作业了，今天的作业已经全部做好了。"

华磊妈妈道："那就先洗了手吃晚饭去吧。"

"吃过了。"既然谎已经撒开了，索性就圆圆实，"宋大铭家吃的。他妈妈留我吃晚饭，一开始我不肯，后来她一定要留我，我就吃了。"

"他家里有些什么菜啊？"华磊妈妈继续问道。

华磊还想继续诌下去，刚开口，后脑勺上就被爸爸重重地打了一下。华磊心虚地抬起头，看见爸爸又扬起了手，急忙一躲，脖子上终究还是挨了一下。

"你尽管骗好咧！"爸爸大吼了一声。

华磊知道事情不好，捂着被打疼的脖子，脑子飞速转动，准备随机应变。没想到，妈妈一句话如凉水一桶，当头浇到："你们班主任刚才来家访过了。"

这一下，华磊刚才还在高速编借口的脑子，一下子空白一片。

爸爸也不等华磊再说什么，劈头盖脸就是一顿好打。华磊毫无意义地躲闪着，怎奈体格上差距实在太大，被逼到房间的一个角，抱着头不敢起身。脑海里，蒙猜纳的脸和魂斗罗的画面轮流切换，最后一片空白。

华磊缩在一边，爸爸一把拿过书包，拎着包底倒提起来，用力一抖，包里面的东西稀里哗啦全都倒在地上。华磊只能眼巴巴地看着，自知大难临头，毫无办法能让自己脱险。

书包里所有的东西都被爸爸一双粗大的手一一翻捡着。那张 75 分的数学测验卷折过后夹在语文课本里，首先暴露出来。妈妈一把抢过去，欣赏上面的红叉叉。接着，一新一旧两本小本子也先后被摆到了桌子上。爸爸带上眼镜，对着旧小本子上的那个签名煞有介事地研究了一番，问妈妈："你签的?"

妈妈摇摇头："不是的。"

华磊抬起头，爸爸面露凶光，妈妈脸上的表情如同蒙猜纳生气时一样。华磊嘴唇发凉，口干舌燥，没有装过晚饭的肚子也不争气地叫了起来。

爸爸呵道："刚才死到哪里去了？说！"

华磊陡然间感到自己的心脏跳得特别快，冷汗一冒，额头一凉，身子一歪，差点儿昏过去……

读了两个多月书，学校开始改革。每周的课程中，裁掉一节语文课和一节数学课，每周三下午的两节课变为兴趣课。从三年级开始，就要培养学生们的课外兴趣，争取"德、智、体、美、劳全面发展"。

兴趣课开设了好几种，学生们可以自选一种。当蒙猜纳把兴趣课的科目抄在黑板上的时候，大家既新鲜又兴奋。冯骁看了一下：足球、生物、歌咏、编织，还有国画和书法。

所有的兴趣课老师，都由平时的任课老师担任。体育老师教足球，自然常识老师教生物，音乐老师教歌咏，编织没有什么对口的老师，随便拉了一个中年女老师来教，国画和书法则由教冯骁班级的语文老师来教。

编织班，就是教织毛线，去的大多是女生，报名的人倒也挺多。出乎意料的是，每个班都有两三个男生报了名。

音乐老师对待有音乐细胞的学生态度还是蛮好的，夸奖是每节课都有的，无非是次数多少的问题。所以，报歌咏班的人也有不少，以女生居多，加少数几个男生。

国画和书法报名的人并不多。孩子们一听是画水墨画、写毛笔字，就没了兴趣，总共只有不到三十个人，勉强也算是能组个班了。

剩下的足球和生物，是大热门，报名的人不少。报足球班的清一色是男生，这是毋庸置疑的。另外，体育老师也是个比较随和的人，从没为难过冯骁等人，深得人心。生物班的老师姓孟，性格蛮和善，相对于其他老师来讲，孟老师对冯骁这帮学生没有什么偏见，只是认为小孩子顽皮了些。

好来坞的男生齐刷刷地报了足球班，十二弄的男生就没有那么团结了，报足球、生物的都有，还有一个报编织，两个报歌咏，两个报书法。

足球班一下子人满为患。其实，这个学校比较小，没有什么特色的教学项目，也很少搞什么活动，加上附近比较封闭，接触过足球的孩子并不多。冯骁也没有踢过足球，自读书以来，不管是体育课还是活动课，大家从来没有见过足球。报足球班的人当中，真正会踢的人并不多，都是来玩儿的，好歹是在操场上上课，不用坐在教室里。

生物班也快报满了。听说是学校里为数不多的、真正和蔼可亲的孟老师来上课，孩子们一下子就感到了亲和。于是，群情振奋，踊跃报名。

其他人都报好了，季俊杰和葛晓刚自然是报足球，宋大铭和华磊也报了足球，瞿斌报生物，倪卿居然报了书法。

冯骁一直在犹豫，一直没有决定下来。足球班固然刺激、痛快、有同道中人，但生物班的内容也是他不愿放弃的。吃过中饭，冯骁正准备招呼人下楼玩儿，鱼依婷走过来了。旁边的人见状，起一下哄，都下楼去，撇了冯骁在教室里。

鱼依婷表情自然地问道："冯骁，你报什么班？"

冯骁说："我也没有想好，反正不是足球就是生物吧。你报什么？"

鱼依婷说："我想报生物，也想报编织。"

"那随便你了。"冯骁搞不懂，鱼依婷问他这个干什么。

鱼依婷倒很爽快："要么你就报生物吧，你报生物我也报生物。"

"好吧，就报生物吧!"在鱼依婷的帮助下，冯骁终于下定决心，如释重负地出了一口气，下楼去了。

礼拜三终于在众人的期待中来临了。

上午，兴趣课的教室安排就已经做好了。足球班自然是在操场上，歌咏班在音乐教室，生物班在实验室，编织班和书法班在普通的教室里。中饭吃完，很多人都兴奋得不得了，到操场上去玩，或者到学校附近的小地摊上买东西。

礼拜三对于冯骁他们班来说，更是开心到底了。早上两节作文课连在一起，接着是一节体育课和一节音乐课。

作文课就是混。前一节课，讲评上次写的文章。所谓"讲评"，就是挑几篇写得好的文章读出来，而且总是读这几个人的文章，很没意思。冯骁也承认，那几个人的文章确实写得好，但自己的文章也不错，却从来没有在作文课上露过脸。

语文老师有时候也会调节调节课堂的气氛，读几篇写得惨不忍睹的文章博大家一笑。而且也总是固定的几个人有幸为大家提供笑料。冯骁倒也没有十分反感，这可比听笑话带劲多了。也难怪，宋大铭等人的文章写得实在不争气：字数还不到规定的一半，错别字占了半壁江山，还写得拖泥带水、狗屁不通，流水账也比这听得顺耳，形容词用来用去就这么几个，自从多学了几个词，通篇都是"因为""所以""不但""而且"，听上去结结巴巴，纠缠不清。现在又多了一个倪卿，变本加厉，笑料无穷。

后一节课就是写文章。作文题目在前一节课结束时就已经布置下来了，大家抓紧课间时间写，到了第二节作文课的中段，很多人已经完成了。

语文老师有一个习惯：先写完作文的人一律请到教室外面去，以免影响别人。有了这道"圣旨"，出了教室的人就可以直接到操场上去玩，不用再等到下课。那些劣质文章的出产，跟这个也大有关系。为了赶时间，多玩上几分钟，那几个没有创作灵感的，都是在作文本上乱涂一气，交上去后头也不偏，出了教室门一路小跑下到操场。

第三节是体育课。本来，第二、三节课之间的下课时间就比其他课间多出五分钟，后面再跟一个眼保健操，足足有二十分钟。一年级、二年级的时候，体育老师还让大家站在操场上做眼保健操，到了三年级就没有这个要求了。全校广播在播音，伴随着音乐，播音员的声音严肃又昂扬："为革命，保护视力，预防近视，眼保健操，开始!"与此同时，全班男生几乎都在操场上追闹，女生们则在跳橡皮筋。

体育老师戴着一副深茶色的墨镜，双手抱在胸前，并不管他们。

也就是说，冯骁他们这个班，在体育课正式开始之前，有至少半个钟头的自由活动。而体育课结束后的那节音乐课，更像是休息放松。音乐老师已经对冯骁那帮人彻底失去希望，她清楚地知道，这些人永远也不会成为贝多芬或者柴可夫斯基，只要他们上课不捣乱，讲话声音不要压过她，也就忍了。好在她这段日子情场上大有斩获，孩子们带来的这一丝烦恼，不做多想。

一个上午就这么混过，吃过中饭，就可以准备迎接丰富多彩的兴趣课了。

说是"好运日"，有两点特别令人高兴。一是从这学期开始，礼拜三没了数学课，这绝对是令人身心愉悦的。

二是往后礼拜三没了回家作业，管理班也失去了意义。放学后，冯骁这帮人可以光明正大地离开学校。

每一个人都显出很开心、很期待的样子。神采奕奕的脸，略带激动的话语声，再配上平时并不常见的肢体语言，空气里的每一个分子都在奔走相告：今天是一个快乐的日子！

这种情形，在冯骁的记忆中，只有在两种情况下才会发生。一是每学期春游、秋游那两天的早上，在学校集合准备出发的时候——书包里破天荒地装满了食物、饮料，而不是书本和练习簿。

另一个是每次放假前的那天，老师们发着假期作业，吩咐着一些无关紧要的话，下面的人个个漫不经心——每个人心里都在摩拳擦掌，迎接假期。对差生们来说，惨不忍睹的考试分数和撕心裂肺的家长会之夜已经成为回忆，而未来的这段时间，才是他们应该拥抱的。

玩归玩，午自习还是跑不了的。中午没有什么事可干，就坐在教室里磨时间。大多数人都在讲话，少数几个好学生埋着头，他们总有写不完看不光的东西。蒙猜纳进来看了一下，很不满意，翻开随身带着的教案，开始在黑板上抄运算题。众人的表情一下子凝滞了，万般的无奈从每个人的心底涌上来，不情愿地拿出习题本。

没想到好事随即而来，第一道题还没抄完，蟑螂头在门外一声召唤，蒙猜纳就跑到门口去了。蟑螂头这回真是做了一桩救苦救难的大善举，否则，大家一天的好心情就要打个折扣了。

题目是不用做了，蒙猜纳也离开了，众人的高兴自然不在话下。教室里一下子热闹起来，声音越来越大，也不见蒙猜纳探头进来。过了一分钟，宋大铭在冯骁的怂恿下偷偷打开教室后门，往走廊里看了看，立即回过头来大声报告："蒙猜纳跑掉啦！"

今天真是一帆风顺。离下午上课还有一刻钟，足球班的那些人已经按捺不住，不约而同起身下楼。冯骁和瞿斌、倪卿目送他们出教室，继续吹牛皮。

才说了几句，忍不住了，瞿斌抬腕看了看新买的日本电子表，说："还有十分钟。"

于是冯骁站起，喊了一声鱼依婷的名字，说，走吧。

生物班的人都走出去了，其他人也陆续起身离开教室，往各个指定的教室走去。冯骁班的教室没有兴趣课任务，一下子空荡荡的，因为放学后没有管理班，所以不上足球课的人，把书包也都带走了。

实验室比普通教室大了一半，一面是讲台和黑板，一面是窗，窗前是矮橱柜，上面摆满了一盆盆植物，另两面全是橱窗，展示着各种标本。实验室的座位分布同一般教室不一样，共有六个大方桌，每个大方桌能坐八人。按正常算，实验室应该可以让四十八个学生上课。有些班级人数超过了五十，上课时不免动用"加座"。这次生物兴趣班一共报名了近六十个人，实验室挤得像难民营一样，但大家情绪还是很高涨的，在抢座位上首先体现出来了。

冯骁、鱼依婷和瞿斌等人走进实验室，眼前的景象令人兴奋。孟老师还没有来，一班和二班的几个人为了一张靠窗桌子的占有权已经动上手了，每班各四人，乒乒乓乓扭成一团，正不可开交。也没有人上去劝，都在嬉笑着看白戏。打架的见来人越来越多，更提起百倍精神，拿出看家本事，险招迭出，拳头擂在身上"咚咚"作响。冯骁等人围观，看得甚是有趣，不时称赞一下，指点一番。

打架的八个人里面，有七个冯骁都认识。冯骁见二班的一个朋友同唯一一个自己不认识的人在过招，虽说身板上不吃亏，但招数上却落了下风，场面很不好看。冯骁出言指点："曹旗，打他肚脐眼上边！"那个叫曹旗的陡遇高人点化，心中一喜，几下虚招疾攻对手头部，想让对手护了头，肚脐眼上方那一块能露出破绽。

没想到对方也不是傻子，听了冯骁的话，处处留意自己的肚子，还瞄着机会还上几招。曹旗几下没打开局面，反挨了对手几拳，很是着急，渐渐又用回了自己的招数，气势上早已落了下风。对手终于找了个机会，抓住曹旗的左臂用力一拗，把曹旗的身体整个翻转过来。曹旗被拗得生疼，一边呻吟一边还忘不了骂上几句，突然听到冯骁又在旁边叫："打他肚子呀！"一抬头，自己虽被拗得弯了腰，又疼又没面子，但看见对手的肚子就在眼前，操起右拳狠命地砸上去。

冯骁也没有想到战局竟然转变得那么快。曹旗那几拳头，正好砸在了对手的胃部，起了很大作用。大家眼睁睁地看着那人捂着肚子一阵作呕，把刚吃下去的中饭全部吐了出来，然后整个人撑在身旁的桌子上，呼呼地喘气，脸上的表情十分痛苦。

一班的人见吃了亏，自然不放过曹旗，冲上去围攻。二班的其他人还没有反应过来，曹旗就已经被放倒在地上的一摊秽物上了。双方混战了起来，四班的人也加入进去。冯骁在一边看得有滋有味，时不时出声指点几招，大有一派武林宗师的感觉。

孟老师进来的时候，实验室里已经天下大乱了：地上脏兮兮地躺着一个，桌子上前气不接后气地趴着一个，另外还有几个人影上下翻飞，正打得起劲。蒙猜纳、蟑螂头和另三个班级的班主任随后进来，有幸观摩了一场拼杀。让蟑螂头大感意外的是，冯骁这个平时喊打喊杀的小崽子，今天居然耐得住性子，没有上阵，只是和自己班里的瞿斌、鱼依婷站在一旁悠闲地观战。

冯骁又不傻，打手们都去踢足球了，自己身边只有个战斗力不怎么样的瞿斌，凭什么去掺和这种拳头不长眼的混战。

架自然是停下来了。冯骁很奇怪，刚才也没看见有人去报警，怎么这群煞风景的人都过来了呢？

"真是无法无天了！"蟑螂头进来先一阵大吼，唾沫飞溅。实验室里，众人个个噤若寒蝉，旁边发出的呻吟声听起来更响了。蟑螂头狠狠地瞪着眼望过去，呻吟声顿时小了很多。

四个班主任开始逮人，也不说为什么，先把各个班级里那些学习成绩不好的人全部拉出实验室。冯骁和瞿斌眼睁睁地看着鱼依婷被蒙猜纳揪着衣角一把拎出去，他俩自己倒一点事儿也没有，心里很是奇怪：难道鱼依婷也会闯祸？

几个打架的人是最后被蟑螂头押出了实验室的，蒙猜纳正眼也没有望冯骁一下，就和其他几个老师一同走到走廊上。冯骁这才注意到，走廊里很是嘈杂，不知道聚了多少人。

教生物的孟老师也出去了，实验室里顿时又没人管了。大家探出头去看，走廊里除了蟑螂头和四个班主任，还有全年级学习成绩较差的学生，每个班都有十多个人，刚才兴冲冲地下楼上足球课的季俊杰、葛晓刚和宋大铭也在其中，留级生倪卿也跑不了。

在旁边听了几分钟，大家知道了是怎么一回事儿。原来，兴趣班又多了一门大家最不感兴趣的科目——补课。

中午，教导主任蟑螂头和三年级的班主任们临时决定，把全年级的差生集中在一起，利用每周三兴趣课的时间给他们补课。反正全年级还有四分之三的人在上兴趣课，足以应付上面的政策了。再说，期中考试是区里面出题目，听说会比平时的测验简单一些，但是区里会集中批卷子，还要在各个学校之间排名次，这回绝不能让少数人拖了学校的后腿！

孩子们好不容易盼到了兴趣课，正准备好好地玩上一把新鲜的，没想到学校突然来了这么一手，自然是很不甘心的。女生们倒还都平静，或闷声不响噘着嘴，或三三两两站在一起小声嘀咕。男生们就不一样了，特别是看到其他人可以继续上兴趣课的时候，更是不干了，有的竟死扒着楼梯扶手不放，不肯到补课的教室里去。

蟑螂头和几个班主任可不理会这一套，连拖带拉。那扒楼梯的孩子哭叫着耍赖，另有几个人想趁机从走廊另一端的楼梯开溜，当然是逃不过身经百战、经验丰富的班主任们的毒眼，一个也没有跑掉。

走廊里哭声、叫声、骂声响成一片。

实验室里一下子少了十几人，也没有座位纠纷了。操场上上足球班的，被带走的人应该更多。孟老师走进来，脸上带着无奈的笑容，反手带上门，走廊里传来的声音一下子轻了很多。

兴趣课的内容还是很让大家感兴趣的，看过了走廊里的那一出后，很多人都一边幸灾乐祸，一边待着新鲜玩意儿。

两节兴趣课之间，是例行的十分钟下课时间。孟老师没有拖堂，铃响后马上宣布下课，并预告下节课还有更好玩的内容。

走出实验室，其他班的人也聚了不少在走廊里。大家不约而同地立在补课班的教室外，透过玻璃窗户向里面张望。胆子大的站在门口向里面扮鬼脸、打手势。最过分的一个家伙，居然拿着足球在那教室门口走了几个来回，惹得里面的人一个个咬牙切齿。正在给补课班上数学课的蒙猜纳也看不下去了，走过来关了教室门。

走廊里愈来愈吵，大家都在交流着兴趣课上的内容。蒙猜纳没办法，只好宣布下课休息。补课班里的一干人如狼似虎地冲出来，刚才在外面扮鬼脸、打手势、带球散步的几个人情知不妙，四处逃散，终究还是被逮住几个，皮肉之苦是难免了。

倪卿还算老实，呆呆地坐在教室里，耷拉着脑袋。上书法课用的"文房四宝"装在一个红色的旧塑料袋里，静静地躺在课桌上。冯骁进去向倪卿发出邀请，放学后大家一起去木料仓库玩，已经约好了二小的人。这是很难得的机会，今天二小三年级下午看电影，两点半就可以结束，中午一个二小的人喘着气跑到这里找冯骁，说了一下情况，并说他们两点四十在木料仓库等着，不见不散。

倪卿一直不高兴，嘴里含糊不清地应了几声。冯骁不罢休，又缠着问，才得到了明确的答复。冯骁见倪卿兴致不高，硬拉着他到走廊上走上几步，倪卿不好推脱，也就答应了。正要站起身，蒙猜纳一脸晦气地走进教室。教室里的声音一下子低了十几分贝，倪卿刚抬起屁股的身体就像被电了一下似的，"通"的一下又坐回到椅子上。冯骁连忙低着头，正眼不瞧蒙猜纳，紧走几步，出了教室门。

第二节兴趣课，生物班开始动手做实验了。

在动手操作方面，冯骁无疑比其他人高出一筹。孟老师大多数时间都站在冯骁这个桌子旁边，时不时指点的几句，其实都是针对冯骁的。孟老师早就看出，冯骁是一棵好苗子，只是苦于恶名在外。再说，学校里从来不办什么特色教学，自然常识老师就算想要人，也找不出理由开口。孟老师空有一肚子货，在这种"主课横着走，副课像条狗"的小学校里，也只能长叹一声，怪自己时运不济。

这节课的上课铃声还没有响，补课班的教室里已经少了几个人。孩子们总是用力所能及的方法来表达自己对现实的不满。蟑螂头马上采取措施，带了班主任们杀到操场，在足球班里抓到四个，又杀回实验室堵住两个，可算来算去，还是少了一个人。一点名才知道，宋大铭已经成功越狱了，还拉走了华磊。

宋大铭和华磊去的是游戏机房，那里已不是蟑螂头等人能找得到的地方，自然没什么危险。至于明天的事，明天再说吧！

对于宋大铭和华磊近来迷上游戏机，冯骁他们也是知道的。自从两个人第一次在游戏机房尝到了魂斗罗的乐趣后，就一发不可收，近来又得游戏机房老板面授机宜，学会了如何调出三十条命，玩起来更是爽性。

冯骁苦于集团内部的小规模分裂，但没有办法。毕竟还是孩子，心一旦被其他好玩的东西收去了，是很难拉回来的。

好在现在有了倪卿这个天字第一号的大活宝，给大家增加了不少乐趣。不少人见倪卿样子傻，专爱上去欺负几下，大多数时候是踢屁股，兴许他的这个部位脚感特别好吧。

倪卿这人好欺负，踢了也就踢了，拍拍屁股傻笑几下，踢多了会恼，恼了就冲着别人红着面孔叫一声："做啥啦?!"

8

班长和小偷

"好运日"却一丝好运的影子也没有。兴趣课结束，蒙猜纳把补课对象们集中起来，每人发了半张数学试卷，规定做完才能回去。离奇的是，冯骁居然也被留下来做题目，只因为他平时也在管理班的管控范围内。

蒙猜纳抖着脸上的肉发完试卷，拖过一把椅子，重重地往讲台后一站，一屁股坐下来，低了头，抬起眼皮用阴暗的眼神扫了一遍教室，自顾自写起了东西。

所有人都心有不甘地坐下来，在试卷上写下七歪八扭的名字，开始敷衍眼前这些让人恶心的数字和符号。

前面的小题目，冯骁做得还挺快，越到后面越慢。三年级开始，数学应用题多了起来，也复杂了很多，但冯骁还是有点儿办法的。主要办法是作图，把应用题中给出的条件全画在草稿纸上，先凑出答案，再凑出解题过程。这招屡试不爽，蒙猜纳有时明知道他是这样解题的，又拿他没办法。

今天不一样，冯骁心情很不好，一点也没有兴致去收拾那些应用题。本来要好好地玩一下，凭空又多出一个管理班，谁心里也不会好受。

无聊之余，冯骁只能在草稿纸上鬼涂几笔，居然画出了一张栩栩如生的蒙猜纳肖像。见蒙猜纳正低着头，冯骁用铅笔捅了捅倪卿的后腰，把这张纸从课桌下传给了他。倪卿接过纸看了看，发出一声傻笑，惊动了讲台上的蒙猜纳。蒙猜纳站起身的一刹那，倪卿手一松，那张纸顺势往下掉，被倪卿用双腿夹住。

蒙猜纳下来巡视，见倪卿只做了几道题，而且粗略一看没几道是对的，劈头夹脑就是一顿臭骂。又往后走，看见冯骁已经做到了应用题，就转身回讲台。倪卿马上把那张纸塞进课桌，惊魂未定地回头看了冯骁一眼。

蒙猜纳刚坐下来，一个胖胖的身影出现在门口，向蒙猜纳打了个招呼。冯骁抬头一看，是大队辅导员。蒙猜纳走出去，两个人低声地说着话。蒙猜纳显出一副很仓促的样子，好像忘记了什么，又向教室里看了看，大幅度地摇了摇头。大队辅导员也很急的样子，眼睛看着冯骁向蒙猜纳低语了一句，蒙猜纳一怔，也看向冯骁。

冯骁马上产生一种强烈的不祥预感，还没来得及低下头假装做题目，就看见蒙猜纳向他招了招手，接着大队辅导员也叫了一声："冯骁。"

冯骁莫名地站起来，向门口跨了几步，脑子飞快地转着，想到今天实在没干过什么让她们抓把柄的事，后面的步子也就迈得理直气壮起来。

大队辅导员一把扳过冯骁的肩膀，把他往走廊里一推，用温和的语气对他说："走。"冯骁回过头，教室里不少人露出幸灾乐祸的表情，也有几个死党面无表情地看着他。冯骁跟着大队辅导员走了没几步，后面传来蒙猜纳的声音："脑子活络点哦！"

冯骁被大队辅导员带到五楼，直接朝校长室走去，冯骁的心一阵收紧，好在只是从校长室门口经过，并没有停下来的意思。因为前面还有教导主任办公室，冯骁的心还是没有放下来，等拐过一个弯，看见一间挂着"大队处"的牌子，才稍稍松了口气。

冯骁想：我可从没同大队辅导员有过什么仇吧！

大队辅导员在冯骁背后推了一把："进去吧。"

冯骁走进去，里面摆了十几张课桌椅，已经密密麻麻地坐满了人。再仔细一看，我的妈呀，个个都长着张斯文脸，左臂上不是"二条杠"就是"三条杠"，或红或绿——这是搞什么鬼啊！冯骁强烈地感觉到，自己肯定来错了地方！

别人也用奇怪的眼神看着冯骁，毕竟他在学校里也是个名人，只是想不到会在这种地方见到他。冯骁被看得浑身不自在，捡了个靠墙的位子坐下来，后面马上有人用手指点点他的背，问道："冯骁，你是你们班的班长?!"

冯骁被问得一头雾水，回头一看，原来是四年级一个班的中队长，跟自己住在一个弄堂里。冯骁没好气，扔了句话过去：

"是个屁！"后面那位碰了一鼻子灰，也不再出声了。

今天本要每个班的班长来开会的，蒙猜纳这两天不长记性，不但没记住开会的事，就连在班里选班长这事，都给忘了。

大队辅导员见三年三班的班长迟迟未到，就跑来找蒙猜纳。蒙猜纳据实以告，班里的好学生都已经回家了。大队辅导员让她马上找一个脑子活络一点、记性好一点的人去代替一下。蒙猜纳望着一教室上管理班的人，两手一摊。大队辅导员一眼看见了冯骁，正合"脑子活络、记性好"的条件，马上向蒙猜纳提出。蒙猜纳也没办法，万般不情愿，只好接受事实，矮子里选高个。

直到今天，冯骁才知道，大队辅导员姓祁。祁老师果然是个能说会道的人，一直在滔滔不绝地讲。冯骁起先没有听懂她在讲些什么，浑浑噩噩地听了半个钟头，终于晕头晕脑地听出来，原来是在讲一个"克服困难、树立伟大志向"的故事，故事的主人公们都是一些虚无缥缈人物，印在香烟牌子上很合适。冯骁见周围的人都面无表情、乖乖地侧耳倾听，还时不时若有所思地点一点头，实在是很佩服他们。冯骁听不下去，没有办法，只能想想心事，熬过这段时间。

临结束的时候，祁老师提到了一件与三年级学生息息相关的事：期中考试过后，三年级中有一批人就要戴红领巾了。

说到"有一批人"的时候，祁老师用眼角扫了一眼冯骁，让冯骁很是不舒服。他知道，第一批戴红领巾，肯定是轮不到他的，这一点他心里有数，从来没有幻想过有什么奇迹发生。但是，祁老师对他扫的那一眼让他很不舒服，仿佛明摆着是在告诉他——你是没有份的！

回教室的时候，管理班还没有结束。教室里剩下的几个人刚刚还心不在焉地在草稿纸上乱涂乱画，现在都抬起头，一路看着冯骁走进来，注意着他脸上的表情。

冯骁坐下来准备继续做题目，蒙猜纳走过来对他说："你不用做了，回去吧，把刚才开会说的东西写下来，明天给我。"一边说，一边收走了冯骁的试卷。冯骁整理完书包，在别人羡慕的眼光中慢慢走了出去。整理书包的时候，倪卿问他干什么去了。

冯骁说："听人讲故事，没劲……"

第二天清早，冯骁向蒙猜纳递上会议记录。蒙猜纳面无表情地接过，看了一眼："字那么难看，要好好练练了！"随即招呼大家下楼去做广播操。

下到操场，还算早，既没有放集合的音乐，也没见体育老师站在领操台上。冯骁等几个人跳进沙坑垒起了沙堡，前天晚上刚下了场小雨，刨去沙坑表面的干沙子后，下面的湿沙子很容易定型。不到三分钟，一个碉堡的雏形就已经有了，几个高手跪在沙坑里，屁股撅得老高，开始在下面挖地道。这是一项高难度工程，稍有不注意就前功尽弃。

倪卿最晚下楼，看见班里好几个男生都在沙坑里垒碉堡，玩心大起，三步并两步跑过来跳进沙坑。众人正在对碉堡进行精加工，不料倪卿这一跳，在沙坑里着陆的时候脚下一个趔趄，向前跳了一大步，还是没有站稳，眼睁睁看着自己整个身体扑倒在碉堡上。跪在四周的人先是一怔，见倪卿要挣扎着爬起来，同时拥上去将他揿回到沙堆里，下面刚挖成的地道吃不住力，猛地一塌，把倪卿半个头都埋了进去。旁边其他班的老师看不下去，大喝一声。众人放开手，倪卿爬起来就跑，其他人发声喊，一起追上去……

做完操上来，有十分钟晨会，照例是班主任蒙猜纳坐在讲台前看着大家。其间，总有人为了些鸡毛蒜皮的小事举手告状，蒙猜纳闲来无事，也乐得借此小题大做，发挥一番。

今天最后一个举手告状的，是个矮小的女生，状告昨天放学后宋大铭在她家门口用皮带抽她。蒙猜纳觉得可以做做文章，马上让宋大铭站起来，那个女生又接着说，宋大铭昨天只是把皮带从腰上解下来吓唬吓唬她，并没有真的打她，因为这时候，女生的爸爸正好下班回来。

蒙猜纳无言以对，张着大嘴一时没缓过来。

这个时候，大队辅导员祁老师又在门口站定了。全班的眼光一起集中过去，有几个人又转个方向来看看冯骁。冯骁一副很无所谓的样子，反正本该是"班长"来应付祁老师的，这次死活也轮不到自己了。

祁老师并没有要找冯骁的意思，很客气地点头跟蒙猜纳打了个招呼，就径直走到讲台前对着下面说开了。

就在刚才，隔壁四班有一个学生做完早操后回到教室，发现自己放在文具盒里的五块钱不见了——四张一块的和两张五角的钞票。那个时候，五块钱对一个小学生来说，可不是一个小数目。如果每天中午休息和下午放学的时候都去地摊上买零食的话，可以大手大脚地吃上两个礼拜，还能时不时地招待招待别人。如果像冯骁这么大的小孩出去春游秋游一次，家里一般也就给两三块钱。

学校里出了这种事，老师们岂可坐视不理。丢钱事小，坏了学校的声誉事大，如果连偷钱的人都找不到，那就更没有面子了。四班的班主任问遍了班里的学生，没有人自首，于是开始组织互相搜身。闻讯赶来的祁老师自告奋勇去其他班级问问，所到之处，每个教室的学生都相互摸来摸去，不时发出几声怪叫。

蒙猜纳询问大家，自然没有人那么傻，说自己是贼，于是开始互相搜身。

小学生大都是男女同桌的，冯骁身边坐的女同学是班里的中队长，三年级刚开学后没几天，被蒙猜纳"指派"来盯着冯骁。

那时候的小学生，思想很纯洁，互相搜身的时候，不会感到有什么害羞的。照着侦探电视剧里的样子，两只手在对方身上从脖子到脚一阵"噼噼啪啪"地拍过，再掏一下口袋，经过裤裆的时候，都很自觉地避开。冯骁和同桌也如法炮制，倍感新奇地互相搜身，又互相检查了书包和课桌里面。

搜身完毕，只有几个人身上摸出一些零零碎碎的毛票和分币，最大的面值只有五角。有的人平时就爱打打闹闹，这下正好浑水摸鱼，下手重了些，当场被告了状。

蒙猜纳一阵大喝，镇住场子，大家都在她的瞪视下乖乖坐好。刚坐定，祁老师就发问了："刚才做早操，班级里谁没有下去吗？"

大家齐声回答："没有——"

蒙猜纳又不满意了："谁让你们回答的！我问谁没有下去，你们都在下面，怎么知道谁没有下去！"

大家一下子呆住，蒙猜纳又重复了一遍："刚才谁没有下去?!"

这次，没有人回答。

都下去做早操了，就没人有偷钱的嫌疑了。

蒙猜纳朝祁老师摊摊手，摇摇头，意思是小偷不可能在自己班级了，你可以走了。

祁老师不依不饶，脚挪都不挪一下，依然站在讲台前面朝大家，用亲和的语气问道："那么，大家回忆一下，刚才做早操是谁最后一个下去的？"

大家都愣了一下，马上就有人举手了，站起来的是华磊："最后一个下去的是倪卿！"话音刚落，马上就有好几个人随声附和，大家都记得倪卿最后一个出现，压塌了用沙子垒起来的碉堡。

说起倪卿，在学校里也算是个名人了，一年级二年级跌跌撞撞地爬上来，每次期末考试都要补考，每次简单得离谱的补考，都是被老师们费尽心机才能拉到六十分。到了三年级，实在是撑不住了，除了美术课和手工劳动课，其他科一律"大红灯笼高高挂"，就连体育也没办法达标。兵败如山倒，看课本像看天书一样，特别是数学，跟一般人读甲骨文的感觉没什么两样。到了升学补考的时候，数学老师偷梁换柱，拿了一张二年级的补考试卷给他做，结果让大家跌破眼镜，还是不及格，真是一年不如一年！没办法，只能让他留下来再念一回三年级，留给蒙猜纳来收拾。

成绩差归成绩差，相比那些闯祸大王，倪卿的一贯表现还是不大让老师们操心的，除了贪玩、偶尔逃逃课外，从没惹过什么大乱子，比起冯骁是安分多了。而且这回留级搭上冯骁，居然再也没有逃过一次课，可见冯骁还是有些凝聚力的。

不过，即使他一贯闷声不响，老师们也从没有给过他一句赞词。这是很正常的，读书不好的学生拖着班级、学校的后腿，永远被老师们讨厌。

今天的问题就严重了。在华磊和另外两个孩子七嘴八舌地讲完刚才操场上的事后，倪卿成了最大的嫌疑人。祁老师饶有兴味地听他们讲完，一旁站着的蒙猜纳面色渐渐不善，一双水泡眼死死盯着华磊。华磊毕竟还是个小孩子，哪里识得了这些时务，讲得忘了形。讲着讲着，转眼瞄到了蒙猜纳，不知班主任为什么这样看着他，心里一吓，声音一下子低了许多。

冯骁从后面看过去，倪卿整个人一直没有动过。而在蒙猜纳和祁老师的眼中，倪卿僵直的身体和涨红的脸出卖了他内心的惧怕。

"倪卿！站起来！"祁老师的嗓门有时候并不比蒙猜纳低。

倪卿并没有马上站起来，而是继续呆坐在那里，脸色都发白了。

"倪卿！你还坐在那里干什么啊！"蒙猜纳的声音更加惊人，在祁老师面前，她也需要展示一下长辈的实力。

楼道里，各班的班主任都走出教室，向这里靠拢。办公室里的老师们也大多走了出来，相互打听着。

与此同时，倪卿抖抖地站了起来，两只手死死撑着桌面，眼睛不知道看哪里好。

从教室的前门一下子涌进很多老师，靠近走廊的窗玻璃和后门的窗玻璃外，也突然出现了一个个人头。班主任都在问"抓住啦？抓住啦？"，其他老师则在问"什么事？什么事？"。

祁老师不厌其烦地向新凑过来的老师一遍一遍复述，极尽修辞之能。蒙猜纳则有一句没一句地对倪卿恶语相加，完全忘了倪卿只是个嫌疑人而已。

倪卿虽然只有三年级，但是在学校混的时间比有些老师还长，也算是有头有脸的人物了，虽说向来上不得台面，场面总是见过的。可这次不一样了，再老的油条也有被吓傻的时候。

教导主任蟑螂头闻声而到，这种时候、这种事情，是绝对少不了他的。

蟑螂头用冷冷的眼光斜斜打量着倪卿。耳边，祁老师又开始复述起来，这次由于是对领导做报告，所以说得特别仔细。

蟑螂头听完报告，一双闪着凶光的眼睛直直地看向倪卿。倪卿身上冷汗已经开始往外冒了，看着蟑螂头一步步逼过来，越来越感到自己好像处于汪洋大海中的孤立小岛上，周围所有的人都离自己越来越远，除了蟑螂头。

走到倪卿面前，蟑螂头面部表情一下子缓和了下来。倪卿看着这张突然之间变得和善的脸，也天真地松了口气。蟑螂头用一种商量的口气对倪卿说："倪卿，这样吧……你先把拿人家

136

的钱还给人家，我就让你继续在这里读书，你看怎么样?"

蟑螂头这句话，并没有让倪卿有丝毫舒服的感觉，相反，在这句话的作用下，倪卿浑身打了个战，更加害怕起来。如果拿不出钱的话，就要被赶出教室，开始漫长的停课。虽然倪卿讨厌上课，还逃过课，但是对于一个孩子来说，完全不让他上课就是另一种情况了。

看来，倪卿是贼已经毋庸置疑了，接下来就是要看他的认罪表现了。尽管倪卿哑着嗓子语无伦次地一个劲儿为自己辩解，但是在场没有哪怕一个人相信他说的话。蟑螂头一下子板起了脸:"搜他!"站在一边的祁老师马上应声:"我来!"

祁老师在搜身上展现了她高超的技巧，让在座的人大叹不如。倪卿浑身上下没有一个地方幸免，书包、课桌全部被兜底翻，乱七八糟的东西被抖了一地，就是没有找出一分钱来。

倪卿家里很穷，一家五口都挤在一间不足十平方米的房子里。奶奶长年生病，是个"药罐子"，永远睡在门边的一张床上，一年四季拉着蚊帐。爸爸一只手有残疾，在冷饮厂上班，妈妈是纺织工，一家人里收入最高的是在自行车厂上班的爷爷。而家里唯一的额外福利，就是夏天的时候，爸爸有时会用半条旧棉被包着一个小木箱子，带几根冷饮回来。

大家也知道倪卿家穷。起初，还嘲笑过他那些衣服，永远脏兮兮、油腻腻，有时候居然能脏得发亮。后来住十二弄的几个人说起他家，穷得一个月才洗一次衣服，大家想想觉得作孽，也就不嘲笑他了。

那个时候的小孩子，普遍口袋里没几个钱，手里捏一张五角钱的毛票，就算是富甲一方了。十二弄、好来坞都是穷地方，冯骁家住的德新里也是出了名的"贫民窟"，小孩子只有特别被宠的，才掏得出几张毛票、几个分币。像倪卿家这样的情况，从来就不指望大人能给几个钱。

冯骁家也从来不给零花钱的，只在春游秋游的时候，才会给点钱花花。冯骁记得很清楚，小学一年级第一次去秋游，家里给了五毛钱，结果他不会花，回来又还给了爸爸。二年级最后一次春游，家里给了三块钱，结果他花得开心，还请同学们吃东西，只剩了一分钱，回来结结实实挨了爸爸一顿揍。

冯骁手头最有钱的时候，就是暑假里攻打防空洞的那回，数着有六块多钱，大家实实在在地啃了一回光明牌大冰砖。后来冯骁还想打这个主意，却发现根本不可行了，因为这一带的孩子都穷得慌，那次是凑巧，大家都没防备，暑假出来玩身上多多少少带点儿冷饮钱。现在好了，一来有了防备，谁都不会多带钱，二来在这一带野的小孩子大多归顺了冯骁一伙，自己人也不好下手。再大一些的孩子，他们也不敢碰，虽说人多，但是发育赶不上人家，高两个年级，个个都得抬头看了。

整整一上午，倪卿没在教室里出现，好像坐实了倪卿就是小偷。中午时候，倪卿的爸爸来了趟学校，路过走廊的时候，好几个孩子都认出了他。

冯骁闻风走出去，见一个矮胖的中年男人朝办公室走去，浓眉小眼，高鼻大嘴，倪卿跟他简直是一个模子里刻出来的。同时，冯骁也注意到，倪卿的爸爸走路时，右手臂是不晃动的，看来外面的传言都是真的。

倪卿爸爸一脸惶恐地走进办公室，蟑螂头关了门，一群孩子迅速集结过去偷听。像这种新鲜事，一年里发生不了几次，孩子们都很兴奋，偷听的人群很快堵住了走廊，大家都不敢喘大气，生怕里面的老师出来赶他们走。

蟑螂头、蒙猜纳和祁老师在里面此起彼伏、慷慨激昂，就是没听见倪卿爸爸有什么动静，不过大家还是听得津津有味。一直到午自习开始，老师们纷纷开门出来，大家才看见父子俩都灰着脸站在里面。

第二天一早，蒙猜纳宣布，倪卿因为偷了五块钱，又记不起藏在哪里，被学校警告一次。因为倪卿的爸爸当天上交了五块钱，所以避免了更严重的处罚。

这一下，学校里又炸了一天。先是上午做眼保健操的时候，蟑螂头通过全校广播通报了这件事。接着，倪卿被任课老师轮流挖苦了一番。另外，在数学课上，倪卿被蒙猜纳罚站了，原因是不认真听课——要是这样的话，半数以上的课倪卿都应该被罚站的，他根本就听不懂啊。

对于班里的孩子们来说，这件事完全是震撼性的。偷窃、记过、家长来学校"受审"，这类事情，以前孩子们都没经历过。教室里肃杀的气氛，令全班人整整安静了一天，大气也不敢喘。中午冯骁还想找几个人去操场上玩玩，结果发现自己也提不起兴致，这时候，还是夹着尾巴做人吧，毕竟班主任正在火头上——这种事情发生在自己的班里，对蒙猜纳来说，是非常没面子的。

倪卿一天没跟人说话。

下午四点，管理班结束。严管了一段时间后，老师们都有点松懈了，到了这个点儿，就算是对没有完成作业的人，也全都放走了。

倪卿背着书包走出校门，马上就感觉不对。冯骁、宋大铭、季俊杰、葛晓刚、瞿斌、华磊等二十几个人聚在校门口，其中还有鱼依婷，都盯着他看。

倪卿心里发毛，有一种马上要被群殴的感觉。那一瞬间，他想跑，但是他知道，这帮人里，就连鱼依婷他也不一定能跑得过，大概只有瞿斌比他跑得慢了。

不过，看大家脸上的表情，又不像是对自己咬牙切齿的样子，反而是带着疑问。所以，当众人慢慢围过来的时候，倪卿也放慢脚步迎了上去。

开口说话的是冯骁："倪卿，你到底偷钱了没有？"

倪卿没想到冯骁问出来的是这句话，一下子眼圈就红了。还没等大家反应过来，只见倪卿退后一步，背靠学校的外墙，身子一软坐到了地上，过了几秒钟，突然大声号哭了起来，眼泪一下子涌出，接着是一声大喊："我真的没有偷钱呀！"

冯骁等人愣住了。这样大哭大叫的情形，他们这辈子也没遇到几次，何况，眼前的这个人还要比自己大上两岁。

倪卿越哭越响。校门口陆续有学生和老师走出来，这个时间，走出来的学生都是管理班里的老油条，喜欢看个热闹，不一会儿就围了个大圈。这其中，也有倪卿从前的同班同学，多是幸灾乐祸的样子，看来倪卿跟他们相处得不怎么样，或者说，在这个时期，也没人敢跟一个"小偷"太亲近。

倪卿哭得差不多了，站起来，揉着眼睛，一个人默默走开。人群也缓缓散去。

冯骁等人看着倪卿的背影，不知是不是该拉住他，即便拉住了，也不知道该跟他说些什么，甚至不知道是不是该相信他。

正在为难，鱼依婷突然站出来说了一句话："倪卿不会偷钱的。"说完，自顾自先回家了，倒是显得其他男同学很没有主见的样子。

冯骁本来打算跟鱼依婷同路的，却没迈开步子，想了想鱼依婷刚才那句话，又把大家拉在一起，讨论了起来。

很快，一伙人达成了共识：

第一，倪卿没有偷钱。他的胆小，大家都是知道的。

第二，应该找出谁才是真正的小偷。但是这一点，大家并不能做什么。

转天是礼拜六，上午上完课，下午就放掉了。一般这个上午，大家都心神不定，在想着下午怎么玩。

一早到学校，宋大铭跟冯骁说了一件事。

昨天晚饭后，倪卿的邻居到宋大铭家串门，照例是嚼些东家长西家短的事情。她说，晚饭前，倪卿的爸爸敲她家门，说要"借一个鸡蛋"。她很好奇，难道缺一个鸡蛋就做不成晚饭了吗？

追问之下，倪卿爸爸才很不好意思地告诉她，家里要烧的这道菜，只需要一个鸡蛋，而他们家的鸡蛋这天正好用完了。

一个鸡蛋，怎么烧一道菜？

打蛋的时候，加进跟鸡蛋等量的水一起打匀。锅里只需要抹一点点油，掺了水的蛋液倒进去，转两圈锅子，蛋液就在锅底凝固成了薄薄的蛋皮。把这层蛋皮从锅底揭下来，凉一下，切成丝，炒蔬菜的时候，关火前，把蛋丝倒进锅里再翻炒几下，这道菜就算是带"荤"了。

还有一种做法，就是在烧鸡毛菜土豆汤，或者冲紫菜汤的最后，打一个鸡蛋进去搅几下，这道菜也算带"荤"了，还一点都不费油。

据倪卿的邻居说，这样的菜，在将来一段时间里，会是倪卿家唯一的"荤菜"。虽然倪卿爸爸坚信自己的儿子不是小偷，但是前天中午，老实巴交的他面对老师们的围攻，根本开不了口，只想尽快交了五块钱，让儿子离开办公室，进教室上课。可正是父子俩的不开口，再加上这五块钱，让倪卿坐实了"小偷"的名头。

倪卿爸爸当天就后悔了，后悔自己没有开口替儿子争辩。这件事从头到尾没有任何证据指明倪卿是偷钱的那个人，如果他坚持的话，这件事至少会变成一桩悬案，而不会把罪名安到他儿子头上。但是，他已经记不起自己上一次争辩是什么时候了，他这辈子好像就没跟人争辩过，也没为自己争取过什么，特别是手臂残废后，他感觉这辈子已经失去了为自己争取任何东西的资本。

后悔完，他又心疼了，心疼的是那五块钱，这可不是一笔小钱。于是，倪卿爸爸宣布，家里一个月不吃肉、不吃鱼，最多就是在菜里面加一个鸡蛋。

因为营养不良，倪卿本来就长年脸色蜡黄，估计这样吃上几天，就要黄中带绿了。

冯骁以前也听别的孩子说起过，倪卿的妈妈每天都是在小菜场快收摊的时候去买，一来收摊价便宜，二来能捡到些收摊时的剩菜，回去做个杂菜。

有一次，倪卿妈妈在买收摊菜的时候，买到一小堆有点烂的蘑菇，回去把烂的地方挖掉，剩下的部分算来还是比正常价钱便宜不少。菜贩子也知道她家里作孽，摊子上还有一小棵花菜。一个大蒜头眼看卖不出去，顺手也送给了倪卿妈妈。第二天，倪卿下课时跟冯骁说，蘑菇、花菜和蒜瓣炒在一起，特别好吃。

还有一次，倪卿妈妈在一个水产摊前徘徊，看着几只刚死掉的螃蟹，想着是不是买回去给全家人开开荤，正好听到旁边有人在讨论"素蟹粉"和"赛螃蟹"这两道菜的区别。竖着耳朵听了半天，冯骁妈妈放弃了死螃蟹，买了土豆和胡萝卜回家煮烂，捣成泥，加糖醋搅匀，生姜切蓉，另找出两个干香菇用热水泡开，切成丝。烧的时候，姜蓉先在油里爆一下，土豆泥、胡萝卜泥和香菇丝一起下去，一直翻炒，等水分收得差不多了，出锅。土豆仿的是蟹肉，胡萝卜仿的是蟹黄，香菇丝仿的是蟹腿肉，一家人吃得开心。倪卿又来跟冯骁描述，说是家里烧了个菜，是螃蟹肉和蟹黄单独拆出来炒，不用自己剥蟹，又方便又好吃，冯骁听得弹眼落睛，回去问爷爷，爷爷说是有这道菜，普通人家是吃不起的。

帮倪卿摆脱"小偷"的罪名，冯骁他们是做不到的，但是这天，冯骁动了一上午捞外快的念头，再怎么说，也得让自己的朋友家里有荤菜吃啊！

最后帮上忙的，是鱼依婷。

鱼依婷说，好来坞南边不远处有个废品回收站，每天进进出出的人很多，你们可以捡点废品拿去卖。

冯骁一下子就开窍了，卖废铁啊！

当时的上海，到处是工地，建筑材料公然堆着，随处可见螺纹钢、自来水管的边角料以及一些丢弃的工具。有专门捡废品的人踩着黄鱼车到处逛，除了废铁，还有废纸、玻璃瓶子、木料等，在"下海"风潮还未来临的时候，有些人就靠着干这个活，赚到了第一桶金。

中午放学的时候，冯骁已经聚起了二十几个人，有宋大铭、季俊杰、葛晓刚、瞿斌、华磊这些自己班的，也有一些其他班的，还有方脸、尖下巴、黄海流等低年级的人。本来，大家下午也是要聚在一起玩的，但是今天有了新行动，不管是心里向着倪卿的，还是依旧喊他"小偷"的，都觉得这事新鲜，还能帮穷人，一下子感觉自己高尚了许多，个个摩拳擦掌。

倪卿在一旁，很感动的样子。

9

哑铃片和烘山芋

中午，大家分头回去吃了中饭，又到学校集合。冯骁看看，又多了十来个人头，很满意。

这个时间点，学校里的老师们都回家了，只剩下门房和校工。住得近的小孩们会回来玩，门房也不管，只要别搞破坏就行。今天门房和校工发现了一个很奇怪的情况：不上课的礼拜六下午，这群孩子居然每人都背着书包，看上去又好像都是空的。

回到学校，是因为冯骁瞄上了操场北面的一堆废弃课桌椅。那些课桌椅在沙坑旁边堆了很久，很大一堆，也没见人来处理，风吹雨淋，木板差不多都烂了，但是钢制的骨架还在。

冯骁让大部分人在操场上玩抓人，自己带着几个心腹假装在沙坑里垒碉堡，然后摸去课桌椅堆。

问题来了，那些钢骨架都是焊起来的，实在没办法拆开，只有少部分是断落的，可以装进书包。冯骁觉得，桌架是肯定拿不动的，如果每人扛一个椅架，也是出不了校门的。要是以前，他们还可以走防空洞出学校，但是现在，防空洞出口的那间小屋子已经重新装了一扇门，上了锁。冯骁觉得很可惜，防空洞里面还有一扇被大家拉倒的铁门，如果能弄出来，应该是值点钱的。

没有办法，只能趁校工不留意的时候派几个人拖住门房夫妻，剩下的每人拿一个椅架，迅速奔出去。

拖延战术很成功，黄海流假装爬树摔下来，在操场另一侧昏迷不醒，方脸、尖下巴和一群低年级的人去找门房夫妻。黄海流爬树是出了名的，夫妻俩一听就信以为真，急匆匆跑过去查看，方脸和尖下巴他们也尾随而去。此时，剩下的人每人拿一个椅架，往校门外狂奔。

这时，吱的一声，操场边体育器材室的门开了，管体育器材的小老头从里边走出来，一对斗鸡眼死死盯着众人。

大家都愣住了，没算到，学校里还有这么一号人物存在。

别看小老头已经到了快退休的年龄，但是一身肌肉，健步如飞，说话中气十足，虽然平日里对孩子们一视同仁，但是今天有他在，卖废铁的干活，肯定就死拉死拉了。手里的椅架，都不知道是不是该放回去，一个个就地搁在脚下。

"站住！干什么的！"小老头一开口，把大家都吓了一跳。虽然是上海人，但是小老头平时都用普通话跟别人说话，而那时候的老师们，却是多数普通话混着上海话上课，这令小老头在学校显得跟别人很不一样。冯骁听说，小老头以前是当兵的，在外地生活过很多年，复员回来后，没成家，一直在学校里管体育器材，也干点别的杂事。

场面很尴尬，由于小老头是斗鸡眼，所以大家很难判断他具体瞪的是谁。眼看着煮熟的鸭子要飞了，冯骁心有不甘，决定赌一把，上前一步，把事情完完整整地跟小老头摊牌，话语间满满的委屈。

小老头听完，脸依旧虎着，喝问了一句："人呢?"

"什么人?"冯骁愣了一下。

"偷钱的人!"

"哦，是这个人。"冯骁指了指旁边的倪卿，"他真的没有偷钱。"

"偷没偷钱要你多说?!"小老头冲着冯骁吼了一句，转过头对着倪卿，仍旧是瞪着眼。这下，大家就很确定，小老头瞪的是倪卿了。

倪卿见过小老头徒手掰弯一根螺纹钢条，他想往后退一点，但是发现自己的腿已经软了，动不了。

小老头表情狰狞，对着倪卿看了足足十几秒钟，又扭过头，挨个扫了一遍在场的其他人，最后又看了冯骁几眼。

只见小老头眉头一舒，背过身往体育器材室慢慢走去，一边走，一边右手一扬，吼了句："拿走!"

大家你看看我，我看看你，才意识到小老头允许了他们的行为，原先负责吸引火力的人也去拿了东西，往学校外走。刚才还在装死的黄海流，从地上蹿起来，跑去扛了个大椅架子，一溜小跑跟上部队。

门房夫妻知道小老头虽然不是老师，但是在学校里的地位不太一般，见他放行了，也乐得省事。

小老头又从体育器材室里探出身子，喊了声"等一下"。

大家转过身，见小老头拿着块黑黢黢的哑铃片出来，往倪卿前面一扔，在水泥地上撞出一连串脆响。

"拿去一起卖了。"小老头往回走，两手背在身后，左手紧握右手手腕，两条手臂绷出漂亮的肌肉线条，"本来有一对的，另一片找不到了，这片也没用了。"

冯骁双手拎起来，看了一眼，是五公斤的。

哑铃片太重，倪卿塞书包里背着。其余的人每人拿一个椅架，浩浩荡荡往好来坞那边去，沿途看见别的废铁，一律塞进书包里，不过这一带长年有人搜罗废铁，能让他们捡到的东西也不多。

很多年以后，那一带的居民还能回忆起，那个下午，有一群举止奇怪的小学生，扛着大大小小的椅架子，一路捡着东西。

到了好来坞，往南走百多米，过一座桥，就是废品回收站，两百多平方米的地方，四面高围墙，没房顶，搭个大棚遮风挡雨，里面另外盖了间小屋，两道大铁门敞开着。回收站里虽然都是废品，但是收拾得整整齐齐，各种废品分门别类堆在不同地方。当中一台大磅秤，一个老师傅坐在磅秤旁，穿着蓝大褂，戴着麻手套，正用剥线钳对付一堆电线，把铜丝从塑料壳里剥出来。

卖废品，大家都没经验，在大铁门外杵了一会儿。老师傅察觉到什么，抬起头："卖废铁是伐？进来呀！"

老师傅跟废品打半辈子交道，什么世面没见过？小孩子搞点东西来换钱买糖买冰棒，是常有的事，但是今天这一大群浩浩荡荡的，绝对是他职业生涯里最难忘的。

椅架都堆在地上，孩子们一个个从书包里往外掏废铁，大到水管和车床零部件，小到钉子螺帽，最后一块哑铃片被抱出来的时候，老师傅的嘴巴已经惊讶得合不拢了。

老师傅只用了几秒钟，就凭着经验判断出来了：不是偷的，是一次有组织、有纪律的拾荒。

那年头，偷东西来卖的人不少。整个城市处于建设期，就是一个大工地，那些不要命的就直接摸进工地，往外搬各种建筑材料，因为没有正经的销售渠道，只能拿来废品回收站论斤卖。为什么说不要命呢？因为在工地里偷东西，万一被逮到了，会被民工们往死里打，包工头睁一只眼闭一只眼，警察来了也没办法，法不责众嘛。

更有些人，在工厂里做活，里应外合，趁天黑往外面掏厂里值钱的东西卖。有的厂子大，工厂里都得铺铁轨运东西，门卫和巡逻根本顾不过来；有的厂子小，就买通了门卫一起干，给国家造成的经济损失没法估量。

老师傅有一次回老家，还亲眼看见当地人弄倒了一排电线杆，旁若无人地坐在那里，把电线杆里的钢筋砸出来，把电线里的铜丝剥出来，扛上拖拉机，不知道卖去哪里。老家的村子里断了一个多月电，大家却习以为常。

那个年代，撑死胆大的。

确认了眼前这堆东西不是赃物，老师傅把各种废铁往磅秤上堆。椅架叠在一起，高高的，各种零碎东西往空隙里扔，最后咣一下，把哑铃片往上一顿。大家看着好玩，这些东西堆叠在一起的样子，有种说不出的感觉。很多年后，冯骁回想起那天的场景，脑子里泛出两个字：艺术。

　　老师傅仔细地拨完指针，从蓝大褂的口袋里掏出一个计算器，按了几下，递给孩子们看。大家看见了一个带小数点的数字，小数点左边是"10"，右边的两个数字也不小，但都没反应过来这意味着什么。

　　"十块八角九分，给你们凑个整数，十一块。"老师傅低头扫了一眼孩子们，"以后再捡废铁，记得来这里卖。"

　　大家不由自主地看向冯骁。冯骁"哦"了一声，老师傅就认定这是带头的了。从口袋里掏出钱，先给了冯骁一张九成新的"大团结"，再拿出一张略有些皱的一块钱，想了想，换了张新一点的一块钱，递给冯骁。

　　冯骁这辈子，手里还从没拿过"大团结"，感觉烫手得很。到现在为止，他还不能确认这钱的来路是不是正，但是一想到小老头都帮他们的忙，就放心了许多。

　　钱拿到手了，大家反而有点兴味索然的感觉，而且这个地方已经超出了他们平时的活动范围，一丝丝不安全感由心底而生，毕竟只是一群小孩子。

　　"走了走了。"冯骁招呼一声，大家都撤回了好来坞，脚一踏上晃晃悠悠的船板，心里反而有了底。

　　冯骁带着大家找到鱼依婷家的那艘船，船舱里堆着石子，大家就在石子堆上坐下。鱼依婷的外婆对这群孩子向来很和善，端来几大碗水，孩子们轮流喝，喝完了再续上，都喝完了，一个个坐着喘气。

冯骁坐在那里半天没发声音，大家都偷偷用眼角瞟他。

过了一会儿，冯骁捡起一颗石子，远远地扔进河里，站起来，掏出那张"大团结"，向着倪卿："给你的。"

倪卿也不知道该说什么，接过钞票，不知道该放哪里，感觉是做了什么大坏事，拿到了分赃，烫手得很。

"钞票放放好吧。"鱼依婷在一旁提醒了一句。

倪卿把钞票对折，再对折，再对折，叠成一个小方片，拿出一块脏脏的手帕，挑了一个相对干净的地方，把钞票包了起来，装进口袋里。想了想，又拿出来，放进了书包里，感觉还是放在书包里比较安全。

还剩下一块钱，冯骁觉得今天怎么样也要花掉，犒劳犒劳大家。

河岸上，烘山芋的摊头已经摆出来了。

一个大汽油桶，开了口，周围留一圈可以搁东西。最下面烧着炭，里面有两层铁条架子，下面那层用来烤山芋，烤熟了，就放到上面一层保温，放不下了，就移到桶口来，一杆生了锈的秤、一副焦黑的石棉手套、一把毛票分币，就能做买卖了。

好来坞的船工们喜欢在下午四点的时候吃上一个烘山芋。对于体力劳动者来说，这个时间点，中午吃下去的两大碗米饭早已经消耗完了，一只烘山芋，吃下去实实在在的，能让他们再干上一个多钟头的活儿，然后回船上享受晚饭。

烘山芋的香味飘过来，没有人不会动摇，更何况一群小孩子。

一块钱，买了好几个烘山芋回船上来，有大有小，掰开了大家分，整条船上都弥漫着温暖的香气。每个人拿到手的只有一小块，都吃得很仔细，贴在皮上那一层，因为烤得干，口感略硬，甜度却高一点，不能浪费，用门牙小心地刮下来吃掉。不一会儿，几个烘山芋就剩下一堆薄皮了。

船上没什么好玩的，这个时间点，再开展其他娱乐项目也有点晚了。大家四散回家，几个住在十二弄的结伴一起走，倪卿走路的步子比平时快了一些。冯骁想到，倪卿虽然从头到尾都没说过一个谢字，但是刚才准备回家的时候，他对着大家露出笑容，而且笑得有点过了，近乎谄媚。

10

收药和杀猪

第二天是礼拜天，冯骁一般不怎么出德新里，弄堂里面的一帮小孩子就够玩了，就是拍拍香烟牌子，玩玩抓人。

德新里地形很复杂，一条大弄堂贯穿整个街区，旁边几十条小弄堂，小弄堂之间或相通，或不相通，或长或短。有的小弄堂走到头，接上了旁边的小弄堂，形成一个回环；有的小弄堂走到头，又同别的大弄堂的小弄堂接上了，总之是百转千绕，其中的门牌号，就算是住了几十年的老人也没法全搞明白，唯有长期穿梭其中的邮递员才弄得清。

弄堂里面有六个大大小小的公共厕所，大的分男女，里面两排坑，可以蹲十几个人，小的就一个小便池，两个人并排站都有点挤；五家街道工厂，多数是纺织厂，也有一家是做小五金的；一座半废弃的仓库，堆了一大堆机床、旧家具什么的，太重，也没人想过打这里面东西的主意；每个人流量大的地方，都有一家杂货铺，卖得最好的东西，不外乎油盐酱醋烟酒茶、草纸和小零食。

南边的弄堂口，一边是一个老虎灶，早上卖早饭。另一边，修皮鞋雨伞的老头长年驻扎在那里。再过去是一家裁缝铺，老板脖子上挂着软尺，永远在忙，又永远不忘跟路过的每个熟人打招呼。

北边的弄堂口，一边是一家书报摊，早上也卖早饭。另一边是修自行车的摊子，门口地上的机油，再大的雨都冲不干净。隔壁是一家米铺子，去买米，自己带袋子，对着出米口等米下来，冯骁觉得这个好玩，每次家里买米，他都要跟着去。

弄堂里最像样的一幢房子，是红墙的，两层砖木结构，有正儿八经的红瓦坡顶，二楼还带一个平台甚至有一点儿洋楼的感觉，居委会就在这里面。整个弄堂里唯一一个电话间，也被安在一楼的一个角落里，哪家人来了电话，电话间的阿姨就跑去喊人，她是仅次于邮递员熟悉弄堂的人，因为毕竟有些人家从没来过电话，信件来往却是必不可少的。

像德新里这样的弄堂，上海还有很多，住的基本是低收入人群。这种弄堂跟"梧桐区"的里弄相比，最大的特点就是布局没有规律，外地来的人打算在这里安家了，就盖房子，别人见这里能盖房子，也在旁边盖起来，房子和房子之间的空隙留得大了，就变成马路，留得小了，就变成弄堂。

孩子们在弄堂里一起玩，大人们不怎么管，就算出了弄堂玩，也是成群结队的。那时候有一点不安全，就是有人贩子，大城市里的孩子养得好，就会成为理想的目标。年纪小的男孩子会被人拐去，要么当了别家儿子传宗接代，要么弄残废了去讨钱，女孩子到了能生育的年龄，人贩子才会起念头。

所以一群孩子在弄堂里玩最安全，毕竟弄堂里大人都在，谁家的孩子是谁，孩子的亲戚是谁，都认得清，看见陌生人进了弄堂，或者带着谁家的孩子往弄堂外走，多多少少会警惕。十二弄就发生过这样的事，人贩子带着拐到手的小男孩往外走，被弄堂里的人发现，也不管对方怎么解释，先一拥而上打了个半死，衣服剥掉扔在阴沟洞上，马桶里的污水往他身上一浇，再让居委会报警。

也有经常出现的外人会在弄堂里定时走动，都是些走街串巷的贩子。遇到收鸡毛鸭毛甲鱼壳玻璃瓶子牙膏壳的人，大家相对比较客气，拿这些没用的东西换几个小钱，或者有的小东西就直接送给人家。

弹棉花的在弄堂开阔处做生意，有需求的，就会将家里不再松软的棉被抱出来"进厂大修"。小孩子们好奇那声音，围过去看弹棉花，只是画面比较单一枯燥，看不了多久就跑开了，身上多多少少带了点棉絮。

喊着"磨剪子来戗菜刀"或者"削刀磨剪刀"的磨刀人来了，有的人不但拿了家里的钝刀出去磨，还会同磨刀人交流一下刀的工艺、质量，以及适合切斩什么东西。不乏有眼光的磨刀人，识得出递过来的刀是一块好铁，想掏钱买下来，回去好好打磨一下，换个漂亮的刀柄，再卖出去不止翻倍的价钱。每每这个时候，刀的主人都不舍得，天天下厨，有把好刀傍身，总好过那几块钱外快。

遇到收药的人，大家面孔就比较冷了，有时候脾气暴的人，会直接把人家轰走。冯骁不知道原因，问大人，大人们跟他说，那些人收了药，是拿去做假药的。知道了这件事，冯骁对收药人也很反感了，只要遇上有人进弄堂收药，仗着有背后的大人做靠山，联合弄堂里的孩子们用东西扔人家，下手又黑又狠，还把其中的道理讲给同学们听，搞得收药人都知道德新里和十二弄不能随时进，一定要在孩子们上学的时候才能去收药，唯恐遇上那些小魔头。

冯骁最喜欢的是爆米花大爷进弄堂，那种熟悉的声音一炸响，就知道好东西来了，缠着爷爷要吃。爷爷从不拒绝，拿一碗大米，带个布袋，就领着冯骁出去。到了那里，多是有人排队的，一边候着，一边跟邻居抽烟聊天。弄堂里的孩子不怕炸响声，在旁边嬉闹，几声炸过后，轮到自己家，大米或者千年糕片倒进锅里，加点油和糖精，等那声属于自家的炸声响过后，就可以吃上甜津津、还带着温度的爆米花了。

弄堂里不是家家都会去爆爆米花，有的人家不喜欢吃这个，有的人家说这东西"火气大"，吃了容易上火，还有的人家纯粹不舍得钱。有些小孩子，家里不给爆，自己又馋得不行，就跑来爆米花摊，看看能蹭几口谁家刚爆好的，实在不行，就去捡地上散落的爆米花吃。这当然是很没面子的事情，被家里的大人看见，免不得一顿打骂，揪着耳朵拎回去。

有一次，弄堂里来了个新玩意，是一个"哒哒哒"持续轰鸣的机器，米或者干玉米粒从上面放进去，侧面就会吐出长长的米花棒，专门有人守在出米花棒的地方，把米花棒拗成一段段等长，看着就好玩。做生意的人见周围聚了不少人，拗出不少短的米花棒，分给大家尝尝味道。冯骁吃了一根，跟爆米花一样是香脆的，带点甜口，但吃起来方便了许多，一根在手，咵呲咵呲咬就可以了，不用像吃爆米花一样，要拿手心往嘴里一捧一捧送，不小心还会塞进鼻子里。

邻居有个叔叔见过世面，说那台吐米花棒的机器，其实就是拖拉机的发动机。冯骁听到这个，感觉打开了一个新世界，拖拉机他是见过的，那时候上海的工地上，时不时会有拖拉机开过，但是眼前的米花棒竟然跟拖拉机有关，已经大大地超出了他的认知。

男孩子们永远热衷抓人游戏，地形复杂的弄堂正适合玩这个，规模大的时候，玩一次抓人，有三十几个孩子参加，小到刚上小学的，大到初二初三的。别人玩抓人，都是一个人抓，别的人躲，但是德新里太大了，又复杂，照这么玩，抓人的那个就算晃上一整天，也逮不了几个。

所以，德新里的男孩子们把这个游戏升级了一下：先亮手心手背，选出两个人，相互配合着来抓人，然后大伙儿四散跑开，抓人的人数到五十，开始行动。游戏的时候，被抓住的人就转变身份，成为抓人的人，这样抓人的人就越来越多，直到最后一个人被大家围捕。这样有两个好处：一是游戏时间被缩短了，一次可以玩好几盘；二是所有的人都可以全程参与进游戏里，否则一被抓住就退出游戏，等不到游戏结束，人都跑散了。

规则也是有的，两条，针对躲的人：

第一，不能跑到弄堂外面去；

第二，不能进任何一户人家的家门，包括自己家。

玩得好的人，不外乎有两个优势：熟悉整个弄堂的地形、运动能力好。

这种抓人游戏，在德新里有一个名字，叫"杀猪"。因为杀猪的时候，都是几个人叫叫嚷嚷地控制住一头猪，抬上桌案，与游戏最后那刻，一群人围堵一个人的场景如出一辙。

冯骁玩这个还算在行，虽然在发育上无法企及那些初中生，但担任抓人的角色时，总能迅速扩大自己的队伍，被抓的时候，也有几次撑到了最后一刻。甚至有一回，躲到天快黑了，还没被大家逮住，为了回去吃晚饭，只能跑到居委会门口"自首"。

礼拜天下午是最适合玩杀猪的，大把的时间，大人们自己也要打牌、搓麻将，根本顾不上孩子们干嘛。吃过中饭，孩子们就聚到居委会门口，准备度过一个礼拜里最欢乐的放飞时光。

人越聚越多，大家看着居委会里面的挂钟，下午一点正式开始杀猪。冯骁正无聊，看见两个人顺着大弄堂往这边走过来，远远看过去似乎眼熟，走近一点再看，居然是华磊和宋大铭。

两个人叫着冯骁的名字走过来，说有要紧的事情商量。冯骁看两人一脸神秘的样子，估计有什么大事，也顾不上玩杀猪，跟两人来到一旁的角落。

华磊和宋大铭支支吾吾了半天，冯骁才明白，原来两个人是看上了捡废铁的活计，觉得是个生财之道，可以长期干下去。

实际上，他们今天就打算利用这个下午干上一票。

不过单独两个人做，总感觉有点心虚，要是人多了，胆子肯定也就壮了。而且，他们还惦记着操场旁边的桌椅架子，那可是一堆明摆着的钞票啊。华磊和宋大铭用他们的黄鱼脑子想了一下，居然很清醒地认识到，自己是过不了门房这一关的，更别说小老头了，这是一个无解的难题。但是回头想想昨天的情景，的确是冯骁出面说服了小老头，如果要办成这件事，那就必须拉上冯骁。

听完了两个人的解释，冯骁用了很短的时间就作出了自己的判断：

第一，门房夫妻先不说，小老头那边肯定是行不通的。昨天小老头卖了一个面子，是因为他相信冯骁，也相信倪卿，这种好事情，不会发生第二次的。

第二，昨天出了学校，一路到废品回收站，其实没有额外捡到多少废铁。这一带工地多，一直有职业拾荒人盘踞，花一下午的大力气，估计也只能捡到点渣渣。

第三，也是最重要的，冯骁想玩杀猪了。

看着冯骁心急火燎地奔回杀猪队伍，华磊和宋大铭很是失落。

11

红领巾和四国大战

三年级上半学期的期中考试结束了。对于大多数人来说，这不是一件令人愉快的事。

学习难度上去了，分数的差距被拉开了，前两年混过来的，这回纷纷"现原形"了——这是蒙猜纳的说法。

十二弄的孩子，考分基本上以"7"打头居多，到 80 分以上就是很不错的了。但是看看其他班级，十二弄的孩子也有考出两个九十几分的，让这个班的班主任有了炫耀的资本。蒙猜纳很在意这件事，此后一段时间里，时常把这本旧账拿出来翻一翻。班级里来自十二弄的"猛将"之一宋大铭"发挥正常"，语文 70 分，数学 76 分，基本上属于倒数行列了。

好来坞的孩子，甚至比十二弄的更差。毕竟住在船上，晚上家里熄灯早，家长又真的不看重学习，多数没有把对孩子的希望放在读书上。但是不看重归不看重，分数低，还是需要揍一顿意思意思的。季俊杰和葛晓刚都考了70多分，鱼依婷语文考了78分，还算可以，但是数学只有66分，不过比起先前那次测验的超低分，还是好看了很多。

冯骁语文95分，数学91分，看着还是不错的，蒙猜纳也拿他无话可说。同样住在德新里的白圆脸中队长，这回发挥失常，语文94分，数学90分，都比冯骁低了一分，顿时让冯骁在弄堂里很抬得起头了。毕竟附近的孩子们都在这个小学读书，每次大考试结束，相互打听分数、评点各家孩子，是大人们的一大乐趣。

一起玩的人里，住在新村的瞿斌考得最好，语文和数学都是95分，估计瞿爸爸这回又得奖励他钱了。但同样是住在新村的华磊，语文考了76分，数学考了81分，就有点儿难看了。

倪卿语文考了68分，总算及格了，数学的55分也是正常发挥。这在三年级，算是罕见的低分了，报分数的时候，倪卿几乎被蒙猜纳的口水淹没了，再加上"小偷"这个名头还扣在他头上，就愈加倒霉触气了。

就是从这次考试开始，学校里开始给学生排名了，每个年级的总分前五十名写在一张大红纸上，贴在教学楼一层大厅最显眼的那面墙上。贴排名的当天晚上，是家长会。冯骁放学的时候去看了一眼，全年级四个班，他排在第四十九名，虽然低了点，但"冯骁"两个字是实实在在写在上面的，顿时大为得意。

再往上面看，三个并列第一名的，居然都是两个100分。冯骁失落了几秒钟，再看看榜上自己的名字，又欣慰起来。

他看了一下其他年级，发现五年级、六年级的，总分比自己这边高了很多，仔细一看，多了一门叫"英语"的学科，顿时背脊发凉。再看六年级的第一名，语文97分，数学100分，英语100分，一下子感觉非常无趣，悻悻地走开了。

这天晚上是家长会，学校要做准备，管理班取消，但是所有孩子在放学后都选择准时回家。很多人今晚铁定要经历一场暴风骤雨，早点回家，准备准备，想想老师会跟家长说什么，自己需要撒什么谎应对，才能不被揍得很惨。

这次家长会后，冯骁果然没吃什么苦头。第二天去上学，看见不少人脸上都挂着怨气，想来昨晚没少吃派遣。当然，考了80分以下的，也有表情轻松的。鱼依婷是个女孩子，父母不在身边，家里宠着她，自然不会因为这点分数被打。倪卿家里的情况大家也都知道，对于读书这件事早就放弃了，就盼着他混到能工作的年龄，直接上班去。

蒙猜纳今天倒是很神气的样子，毕竟，昨晚的家长会，她是中心人物：学校的计划需要她来公布给家长；班级的情况需要她传达给家长；喜欢的学生，她要一个个夸过来；讨厌的学生，她要一个个骂过来。家长们对她的态度，大都是毕恭毕敬、唯唯诺诺的，只有少数几个好学生的家长，才表现得不卑不亢，不过大体也是对她很客气的。

趁着意气风发，蒙猜纳宣布了一件事：下个礼拜三，全年级都要去少年宫，摘下现在脖子上的绿领巾，换上神圣的红领巾。

"不过——"蒙猜纳很严肃地环顾了大家一眼，提高音量，

"不是每个人都有资格戴红领巾的，这次戴红领巾是分批的，你们当中的有些人，只能看别人戴上红领巾！"

说这句话的时候，蒙猜纳的眼神继续在全班游走，看向那些"差生"。这一回，冯骁很镇定，老子怎么说也是考了年级前五十名的！

"明天我会告诉大家，哪些人没资格戴红领巾。"蒙猜纳最后很神气地结束了晨会。

冯骁踢了踢前面倪卿的椅子，倪卿的身子往后靠过来。冯骁问："你去年戴过红领巾吗？"

"戴过。"倪卿瓮声瓮气地回答。

"分批戴的？"

"忘记了。"

"你的红领巾呢？怎么不戴？"

"你们不戴，我不能戴。"说着，倪卿手伸进书包，掏了一阵，扯出一条皱成卷的红领巾，几乎变成一根绳子，边上有几处破了，还沾着油迹。

冯骁拿过来，看了一眼，实在太脏，还给了倪卿："蒙猜纳肯定不让你戴红领巾，下个礼拜三你带着，到时候自己戴上。"

倪卿接过红领巾，傻笑了一下。冯骁又问："对了，上次的十块钱给你爸爸了吗？"

"给了，那天一回家就给了。"

"你爸爸说了什么？"

"没说什么，他哭了。"

冯骁不知道该说什么，打开铅笔盒理了理里面的东西。倪卿回过头说："那天晚上家里吃了肉丝，榨菜炒的，蛮好吃的。"

转眼到了戴红领巾的日子。下午兴趣班取消，学校包了四辆公共汽车，半个钟头的车程，全年级到了少年宫。

少年宫的主建筑很气派，前面还有很大一块草坪，孩子们都好奇地四处张望。领队的是大队辅导员祁老师，看得出，她跟少年宫里的人很熟，轻车熟路地组织全年级进了大礼堂，面对舞台，席地而坐。

几个班主任站在最后面，都等着看戏。前几天定下了名单，每个班都有六七个人今天没资格戴红领巾。冯骁因为考试成绩还不错，躲过一劫，宋大铭、季俊杰、葛晓刚都在名单上。鱼依婷因为是女孩子，虽然不讨蒙猜纳喜欢，但毕竟不是常惹祸的，有了戴红领巾的资格。

有趣的是倪卿等几个留级生，因为去年都戴过红领巾，在今年是不是要被剥夺戴红领巾的问题上，老师们进行了一场生动的讨论。最后，虽然老师们很不想让他们戴，但这几个都进过少先队，不让他们戴，又总觉得哪里不对。想来想去，不了了之，最后倪卿没有上名单，腾给了其他人。

今天的流程是这样的：先是少年宫的领导致辞，再看一段舞蹈表演，然后是祁老师就"红领巾"这个话题做一段演讲，最后大家集体戴上红领巾，宣誓成为少先队的一员。结束后，还可以在少年宫里自由活动一个钟头。

活动开始前，祁老师先要去后台领红领巾。大家无所事事地坐在地上说话，班主任们只顾聊天，没有管大家。整个礼堂里非常嘈杂，少年宫的工作人员个个感觉耳朵里嗡嗡作响，实在忍不住了，便要去跟几位班主任反映一下，让她们叫孩子们安静点。

刚好这个时候，祁老师从边门跑出来，一脸严肃的样子，把四个班主任喊去了后台。这下，孩子们更加肆无忌惮，有几个顽皮的还站起来活动活动手脚。

四个班主任跟着祁老师到了后台，才知道发生了什么事。

原来，参加活动的学生人数是登记过的，少年宫准备了相应数量的红领巾，但是祁老师来领红领巾的时候，报出来的数字比总数少了二十几个。少年宫的工作人员很奇怪，问明原因后，去请示了领导。

领导表示分外震惊，学校怎么能差别对待呢？领导马上来到后台，跟祁老师说，没有一所学校是这样操作的，只要今天出现在这里的孩子，都应该戴上红领巾。

领导坚持要按照到场的学生数量，全员发红领巾。祁老师乱了阵脚，把四个班主任请来助阵。班主任们据理力争，说是学校定下的规矩，少年宫没有权力干涉。蒙猜纳更是振振有词："其他学校也有分批戴红领巾的情况，为什么我们就不可以？"

少年宫领导很是恼火："其他学校是有分批戴红领巾的情况，但人家都是这么操作的：优秀的一批学生先戴红领巾，就只是这批学生来少年宫参加仪式；其他人也不用跑来参加。你们倒是好，人全来了，有的人戴，有的人戴不上，只能看别人戴，你知不知道，这对孩子的心灵是多大的伤害？很多小孩子本质是不坏的，在学校里表现越来越差，读书越来越不行，就是你们这种行为造成的，怪不得你们学校在外面口碑一直不好！"

一下子被戳中了痛点，班主任们也不舒服，蒙猜纳回了一句："学校好不好我们又没有办法，你也不看看我们的生源。"

少年宫的领导彻底火了："那还要你们这些老师干嘛?!"

孩子们在礼堂里无聊地等着，工作人员聚到后台去看热闹，整个礼堂都没人管。一队艺术团的女孩子打扮好了，站在舞台的一端准备表演，带队老师却跑去后台，她们只能无聊地说说话。

这队女孩也是三四年级的样子，领舞穿着红色裙子，其他人穿着白色裙子，一律戴着红领巾，扎着马尾辫，脸上搽了粉，假睫毛又长又弯，唇红齿白，一个个长相可人，马上引起了大家的注意。男孩子们看着她们的时候，目光都有点呆呆的，女孩子们多数在观察她们的打扮，颇有些妒忌。

冯骁看看这个，好看，看看那个，也好看。好像学校里能跟她们比一比的，只有四年级的一个常去少年宫的女孩。

他哪里知道，这队女孩子是从几十所学校里挑出来的精英，不但长得好看，还要求品学兼优。这个艺术团，放在全国也是数一数二的。女孩子们下午第一节课都请了假，就等跳完舞回去好赶上第二节课，放学以后，依旧要来少年宫排练，仪式迟迟不开始，都开始不耐烦了。

艺术团的女孩子们站在一班坐的那端，一班和二班有几个顽皮的男生，为了引起女孩子们的注意，说话越来越响，然后变成了对骂，又动手打了起来。在女孩子面前可不能丢人，他们打架都尽了全力，但是少年宫礼堂的地板是长期打蜡保养的，孩子们的鞋底抓不住地，纷纷滑到，继而在地板上扭作一团，最弱的被压在下面，上面叠了好几个人。一时间，惨叫的、嘶骂的、撬边的、喝彩的，加上班干部微弱的劝阻，混在一起，旁边的人纷纷站起来往外挪，给几个打架的腾出一片战场。

再远一点的地方，冯骁所在三班和旁边的四班哗啦啦站起一大片人观战，胆子大的，直接爬上半米高的舞台。爬上去的人又觉得自己站着太显眼，于是在舞台边坐成一排，看得津津有味。艺术团的女孩子们也呆呆地看打架，一脸没见过世面的样子，这使得有些人热血沸腾，战团里又增加了几个人，打架的趣味性增加了很多。

"你们都在干嘛！"大音响里终于传出声音。少年宫的领导在后台处理完事情，听见外面吵闹声大得很，直接从后台走上舞台，眼前的场景令他难以置信，马上抄起话筒喊了一嗓子。这时，班主任、祁老师和其他少年宫的工作人员也从边门跑出来。

坐在舞台边的孩子们先跳下去，跑回自己的队列。冯骁和多数人没有爬舞台，只是站着看，马上原地坐下。但是一班和二班那边，打作一团的人一时间分不开，其他人在旁边围成一圈，乱成一锅粥。祁老师跟着两个班的班主任冲进去，一阵拉扯怒骂，终于把队形重新整理好、坐整齐。

领导把艺术团的领队老师训了几句，斥责她怎么也跑去后面看热闹，然后挥一挥手。领队老师招呼女孩子们退下舞台，告诉大家今天不表演了，大家各自回学校上课吧。漂亮女孩的表演，大家没有眼福看了，只留下一段难忘、还算美好的记忆。

场面搞成这个样子，班主任们也心虚。一班和二班的班主任一心想着回去怎么收拾这帮孩子，蒙猜纳和四班的班主任庆幸得很，要是自己班的活宝们也加入进去，搞不好还会弄坏什么设备。不过好在，小孩子打架，大多下不了重手，又是扭作一团的群架，顶多就是多几块淤青。

整个仪式被简化了。领导的致辞变成了训诫，只用了五分钟就说完，一脸严肃地走下台。接下来的舞蹈表演取消，祁老师上来，惶恐地把她那部分讲完，然后开始发红领巾。

大家惊奇地发现，红领巾是人手一条的，原先列过的什么名单，全都作废了。名单上的孩子欢天喜地地戴上红领巾，另外一些人却愤愤不平：为什么说好不让戴红领巾的差生，也能跟我们一起戴红领巾？

看着众生平等，冯骁很开心。倒不是他觉悟有多高，主要是名单上的那些人，都跟他关系不错，即便是其他班的，至少有一半都是平时一起玩的。

倪卿不知道是怎么想的，裤袋里居然真的塞着那条旧红领巾，还给冯骁看了一眼，说是怕今天临时又不让他戴了。冯骁见倪卿戴上了新红领巾，就把他那条旧的扯出来，绑在他左上臂，说道："来，今天戴了红领巾，再当一回小队长！"倪卿只管傻笑，远远地看见蒙猜纳往这边看，慌忙把左臂上的红领巾往下撸，偏偏冯骁系得特别紧，又打了个死结，怎么都撸不下来。

本来很庄重的仪式草草收场。按照原先约好的回程时间，接大家回学校的车子还有一个钟头才过来，所以在少年宫里的自由活动，还是照常进行。

工作人员搬来几个大筐，里面是体育器材，羽毛球、板羽球、橡皮筋、毽子，大家纷纷上去领，领完了就在大草坪上玩儿。领不到的，就找已经领到的人一起玩。班主任们在草坪边看了几分钟，便跟祁老师去休息室了，对她们来说，休息室里的沙发和茶叶更有吸引力，还是坐下来顺顺气吧，今天的事情已经很令人胸闷了。

大草坪的西面有一片假山，看上去不怎么大，但是对孩子们来说，还是很有吸引力的。虽说不允许攀爬，但是大家都想试一试，不过真往上爬的时候，才发现是有难度的，小孩子腿短，最底下那块石头又高又直，没法借力，根本爬不上去。上面的那些石头倒是有大有小，堆得叠嶂嶙峋，看来少年宫里的假山，还是有点讲究的。

爬不上去，只能去钻山洞了，找找看还有什么别的乐子。

乐子很快就找到了。假山的山洞有点曲折，面对草坪处有两个洞口，另一面有三个洞口，钻来钻去还挺好玩。孩子们从其中一个洞口钻出去，面前是一小片草坪，草坪后面有个小树林，旁边有一圈砖砌的矮墙，围着一堆建筑材料，一半是些木板、木条、竹竿之类的兵器，另一半是一大堆小石子，另外还有几包水泥、几块塑料棚、一小堆黄沙。

大家已经好久没有尽兴地玩"打仗"了，这块地方隐蔽，有假山挡着，正好可以让大家疯一下。只花了很短的时间，四个班就两两分好了组，一班和二班加起来二十个人出头，防守假山，挑了兵器，每人口袋里装满小石子，钻进山洞里，摆出严防死守的架势。三班和四班差不多相同的人数攻打假山，挑剩下的建筑材料都是他们的。虽然"弹药"丰富，但是黑白战争片看多了，都觉得攻打的那一方是占劣势的。冯骁看了一眼"阵地"，把大家聚起来，安排道：这边三个洞口，两小一大，一会儿假装集中火力攻两个小的，大的洞口不停扔石子，不让对方探头，组织最能打的几个人贴着假山摸过去，最后一口气杀进大洞口里。大家都觉得这个战术很有道理，坚决贯彻执行。为了区分敌我，一班和二班的人把红领巾解下来扎在额头上，三班和四班的人则把红领巾绑在左臂上。假山里带头的人喊一声"好了"，双方就开打了。

冯骁带着几个石子扔得准的人封死了大洞口，里面的人只能探一下头，看一下大致的方向，然后手臂甩出来回敬一颗石子，十有八九是不知道往哪里打的。

其余的人分成两批攻打小洞口，虽然是佯攻，却也认真得很：先是把兵器扔到洞口附近的草坪上，然后一边冲，一边往洞口扔石子，石子差不多扔完，也捡到了兵器，继续往洞口里冲。

小洞口只能并排走两个人，想冲进去可不容易，里面七八人围成一个半圆，兵器一律朝外，冲进来一个，没坚持几秒钟就被打退出去，然后几颗"流弹"飞出来。三班和四班的人试了几次都没有结果，发了狠，叫小胖子瞿斌打头阵，后面的人左手搭着前面人的左肩，右手拿着兵器，开着火车往里冲。没想到，假山的山洞里空间小，一下子冲进去，眼睛不能立刻适应黑暗，战斗力大打折扣。

瞿斌第一个冲进去，被打得抱着头鬼哭狼嚎，却又退不回去，后面的人冲进去了大半，发现里面已经人贴人了，连兵器都挥舞不起来。守假山的人一起发力，把攻进来的人推出了洞外，在往外推的人里，最积极的恐怕就是瞿斌，人贴人的时候，他身上不知被人掐了多少把，再不退出去，喉咙都要喊哑了。"火车"最后面的两个人，见前面的人冲进去后队伍停滞不前，只能在洞口张望，里面的人骤然被推回，一股大力涌来，把两人撞翻在地上，抬头一看，一班和二班的人正拿着石子准备往他们身上招呼，马上连滚带爬地跟着别人一起逃回去。

倪卿、宋大铭、季俊杰、葛晓刚和另外三个人偷偷地沿着假山的外墙往大洞口摸过去，准备配合冯骁，一举杀进去。不料，假山除了洞口，还有好些个缝隙，外面看里面，黑漆漆一片，里面看外面，还是能看个大概的，于是，纷纷用兵器往外戳。倪卿走在最前面，本来是打算拿他做肉盾，"总攻"的时候顶在最前面的，没想到还没摸到洞口，已经被戳得龇牙咧嘴了。偷袭的意图，防守方也知道了，一边大声叫嚷着相互提醒，一边调兵遣将。

冯骁看看不对，这么打下去没希望，于是把大家召集回来，重新布置战术。一班和二班的人看对面两个班撤回小树林，马上跑出来收集地上的石子，抓紧时间储备弹药，还不忘远远地扮几个鬼脸，挑衅一下对手。更有得意的，仗着力气大，一边扮鬼脸，一边把捡起的石子往冯骁这里甩，而且是天女散花，一把一把地甩，又把三班和四班的人往小树林深处逼远了几步。

没过一分钟，小树林里发一声喊，进攻方的人又冲出来了，防守方马上撤回山洞。冯骁带着大家兵分三路，一边冲，一边扔石子。山洞里的人胡乱往外回敬几颗石子，握紧兵器，就等着外面的人再次冲进来。

谁知三路人马突然汇集在一起，放弃了两个小洞口，一起冲向那个可以并排走五个人的大洞口。倪卿、宋大铭等几人，每人拿一块可以遮住大半个身子的塑料棚挡在前面，义无反顾地冲进洞口，用塑料棚顶住里面的人，手里的兵器一律往下三路招呼。

这里面，倪卿最卖力，因为矮，打下三路特别有效，好几个人被他敲到了脚趾、小腿骨，疼得哇哇叫。别看倪卿平时胆子小，但是旁边有人一起冲，那就不一样了，疯起来，完全是另一个人了。

随后冲进去的几个人，每人手里一把黄沙，直接往对方脸上扔，再从口袋里掏出石子继续扔。再后面的人，用力把前面的人往里推，直到所有的人都进入假山内部。这时候，守另两个洞口的对手还没有反应过来，等他们开始增援的时候，洞里面已经挤得没法下脚了。

这边进攻的人眼睛适应了黑暗，那边防守的有好几人眼睛里进了沙子，失去战斗力，还哇哇大叫，碍手碍脚。三班和四班的人既有兵器，也有"盾牌"，稳扎稳打，就像斯巴达战士的方阵，一步一步往前平推，对手的阵脚顿时大乱，终于抵挡不住了。

少年宫的领导站在草坪边，看着孩子们挥着球拍，踢着毽子，跳着橡皮筋，心情终于平复了一点。对于某些学校的教学方式，这位领导一直是不认同的，也不愿意多看、多想。好在，少年宫这个地方，平时出入的都是学生里的"精英"，读书好的、听话的、有礼貌的、长得好看的、有才艺的、积极上进的……绝大多数普通学生，一辈子可能也来不了几回，更不要提那些问题学生了。从这一点看来，少年宫还算是个清静的地方，不用去面对那些自己看不下去的教学手段。

今天这个学校，真是不知道怎么想的，不给小孩戴红领巾，却又要过来看别人戴，且不说对孩子会造成什么样的影响，传到外面去，对学校的形象也是有损害的啊！

还有，居然拿生源来说事情，上海生源比他们差的地方多了去了，大杨浦、老南市、普陀北、卢湾南，还有闸北的滚地龙，哪个地方生源不比他们堪忧？！

学生的问题也很严重，直接反映出这所学校的教学问题，才这么几分钟的时间，居然在礼堂里扭打成一片。领导记得很清楚，他从后台出来，第一眼看到的场景令他震惊：打在一起的孩子们看上全身心投入，旁边的人自动给他们让出一片"战场"，几乎所有人都看得津津有味，喝彩声不断，甚至还有人在旁边做技术指导，更有些孩子，居然爬上舞台观战。

上面的领导们最近有了新的想法，少年宫要搞创收，最好的法子就是开设各种收费的才艺班，让普通学生也能进来学一些自己感兴趣的东西，相关的老师也能有用武之地。搞创收，领导是同意的，但是让普通学生也进进出出，扰了这份清静，他有点儿抵触。好在他还算开明，知道这一天终归要来，已经在思考今后该怎么办了。

看着操场上玩耍嬉闹的孩子们，天真活泼，纯良无害，领导的思绪又回到了现实："毕竟还是孩子啊！再顽皮，本质还是好的，还是要研究研究怎么教育。"

突然，假山那边爆发出一阵呼喊声，两批孩子一前一后从假山的洞口冲出来。

前面的那批孩子，看上去是吃了败仗的样子，红领巾扎在头顶上，扯着嗓子大叫，撒了欢儿地逃，一边逃，一边还从口袋里掏出石子，不回头地往后面甩。领导记性好，定睛一看，这不刚才还在打群架嘛，怎么现在跑一块儿去了？

后面那批孩子，人手一根木条、竹竿，挥舞着，山呼海啸地往前冲，一边冲一边躲闪前面甩过来的石子。这批孩子的红领巾是绑在左手臂上的，样子相当威武，冲杀之际，脸上写满了胜利的喜悦。

两批孩子一前一后冲进草坪，原本祥和的草坪一下子鸡飞狗跳起来，石子乱飞，棍子乱舞。一班和二班的人看见四周都是同学，抹不开面子，又回过头去再战。双方打作一团，旁边好事的人，见班主任和祁老师都不在，也乐得掺和进来，球拍成了武器，由于搞不清阵营是怎么分配的，几招一过，变成每个班级一个阵营，四国混战。一时间，男孩子们喊打喊杀，女同学们惊声尖叫，草坪上，运动器材被丢弃了不少，还夹杂着几条崭新的红领巾。

领导看着草坪上的混战，看着或戴或绑红领巾的孩子们专心厮杀，不知道想起了什么事情，一下子激动起来，浑身颤抖。

回到学校，班主任们就开始收拾学生了。面子这个东西，今天已经全掉完了，少年宫一个电话打到区教育局，区教育局又一个电话打到校长办公室，车子回到学校，校长已经带着蟑螂头站在门口恭候大驾了。

其实，在班主任们闻讯从休息室里跑出来的时候，混战已经接近尾声了。

少年宫领导的威慑力还是有的。大家打着打着，发现老头子站在草坪边，脸色有异，聪明的人就知道该收手了。

冯骁见自己班级的人散得太开，只能尽力招呼了几个要好的，扔了兵器，以最快的速度撤回假山那边，然后绕着草坪的边缘小跑几步，尽量远离"战场"。一边跑，一边把口袋里剩余的石子掏出来扔进旁边的灌木丛里。

大家相互看看，觉得不对，还是瞿斌反应快，说了句："快戴好红领巾！"这才把红领巾从左臂上解下来，慌乱地绑回脖子上去。

其他班级的人也警觉起来，纷纷丢了手里的东西四散跑开。有些机灵的，已经混到打球的人群里了，不怎么聪明的，居然混去跳橡皮筋的女同学那里，又不知道该干嘛，感觉怪怪的。

班主任们赶到的时候，草坪上只剩下几个二愣子还在捉对厮杀，打得极为投入。多数刚才还在战团中的人，都远远地幸灾乐祸。不过老师们也不是傻子，一地狼藉的木条竹竿石子，加上少年宫领导和工作人员的激情描绘，这场乱子有多大，她们心里已经有底了。

所有身上带着尘土的男同学都被列为嫌疑人。假山里不怎么清扫，都是灰，大家一窝蜂挤在里面混战，身上免不了弄脏，又在草坪上打了一场。小孩子对打，弄到后来多数是滚到地上搂在一起，看谁能把对方压在下面。用不了几分钟，参与者全被揪出来了，在操场上站成一个方阵。蟑螂头和班主任们一看，基本都是"老兵"，还有几个平时不生事的，今天一激动，也加入进去了。

其他学生放回家，这边开始清算。第一件事，就是勒令大伙儿把红领巾摘了，蟑螂头亲自一条一条来收，都是狠狠地抽走："本来你们就没资格戴!"

打仗的时候，冯骁带着两个班级的人运筹帷幄，打了一场胜仗，即便后来"两军对垒"变成了"四国大战"，他还是有些得意的。但现在，冯骁有点心慌了，因为开始查带头人了。五十多个人，基本上是全年级半数的男生，虽说法不责众，但还是要挑几个典型出来重罚一下的，否则这件事就这么过去了，老师们都没办法交代。但是到了查带头人的时候，难度就上来了。整件事根本找不出是谁提议的，或者说，嫌疑人太多，一下子有十几个名字被报出来。也难怪，一些都发生得那么自然，那些木条、石子出现在众人面前时，这场大战的发生就已经注定了。

不过老师们还是摸到了一些头绪：这场大战起初是分阵营

的，一班和二班为一方，三班和四班为另一方。这下就有办法
了，一班和二班的人被拉到一边，三班和四班的人被拉到另一
边，双方隔了十多米，班主任分别质问，对方是谁带的头。

这下，火力一下子集中了，几个名字被密集提及。三班和
四班这边，还引发了孩子们的争辩，最后锁定一个人选，就是
那个一边扮鬼脸、一边捡石子往他们这边甩的人，一班的老油
条孙伟伟，也是个让老师们长年头疼的角色。

一班和二班的揭发结果也出来了，这个结果让冯骁松了一
口气，却又大跌眼镜。

两个名字被喊了出来，一个是瞿斌，一个是倪卿。

冯骁稍微想了想，原来是这样：

第一次进攻的时候，瞿斌是第一个冲进假山的，虽然被里
面的人打得屁滚尿流，但是对手都记得他，自然就供出来了。

第二次进攻的时候，倪卿虽然不是第一个冲进去的，但是
他表现得极为英勇，又伤到不少人，再加上之前打算偷袭被发
现，被揭发的时候，呼声比瞿斌还要高。

那个孙伟伟，不也是因为扮鬼脸、甩石子，才会被大家牢
牢记住吗？

——看来，躲在后方，运筹帷幄，也不是件坏事。

不过话说回来，要让三班和四班的人来讲这边是谁带队的，
那只有他冯骁英勇就义了。

这种性质极其恶劣的事情，一定要定主犯，有了主犯才能
严惩。老师们商量了一下，三个候选人里，瞿斌平时表现还算
可以的，上次考试成绩也不错，写个保证书，回去让家长签字

就可以了。

至于倪卿和孙伟伟，那是一定要来点儿新花样了。两个人历来不让老师们省心，倪卿上次偷钱的事情还没翻篇，孙伟伟这个学期已经跟外校的学生打过两次架了，声名远扬。普通的惩罚对于他们来说，根本就不痛不痒。

蟑螂头很严肃地说："我想一下，明天一早宣布！"

12

周游列国和孟母三迁

（孔子）有圣德，好学不倦。周游列国，弟子满天下，国君无不敬慕其名，而为权贵当事所忌，竟无能用之者。

——《东周列国志》第七十八回

昔孟子少时，父早丧，母仉氏守节。居住之所近于墓，孟子学为丧葬，躄踊痛哭之事。母曰："此非所以居子也。"乃去，舍市，近于屠，孟子学为买卖屠杀之事。母又曰："亦非所以居子也。"继而迁于学宫之旁。每月朔望，官员入文庙，行礼跪拜，揖让进退，孟子见了，一一习记。孟母曰："此真可以居子也。"遂居于此。

——《列女传·传一·母仪》

收拾倪卿和孙伟伟的方案，果然在第二天揭晓。在整治学生这件事上，蟑螂头还是很有效率的。

做完早操后的晨会时间，全校都在听广播。虽然只是针对三年级两个学生的处罚，但是这次的影响非常不好，值得让全校都引以为戒。

蟑螂头先是带着愤怒描述了昨天发生在少年宫里的混乱场面。不过冯骁听着，总觉得缺了点什么，场面不怎么精彩——哦！对了，是缺了他的运筹帷幄。没有谋略的战争，是不配拿出来讲的。

接着，对于这次的两个"带头人"，蟑螂头作出如下处分：从今天开始，一连三个礼拜，倪卿和孙伟伟不允许在自己的班里上课，要轮流到另外三个同年级的班里听课，站在教室最后面，书包就放在脚下，满一周换一个班，做早操也站在别人班级的最后做，眼保健操站着做，体育课和活动课不得参加，改为在体育器材室里站着。

中国的学校里，罚站历来是最常规的惩罚，但是这一次可以说是罚站的最高境界了。蟑螂头在讲话的最后说道："这个办法叫'周游列国'，你们还有谁想试试，尽管来申请。"

"周游列国"这个词，绝大多数小学生是不懂的，"子曰"这些东西，要到初中才会学到。不过这个词大家品一品，纷纷感觉有点意思，特别是聪明点的高年级生，觉得教导主任是有点水平的。

广播结束，倪卿万般委屈，眼眶通红，还没来得及抱着桌脚耍赖，就被蒙猜纳拖出了教室，回头又将桌上的书本一股脑儿塞进那个脏兮兮的书包里，也拎了出去。倪卿坐在冯骁前面，一切都在眼皮子底下发生，感受还是挺震撼的。走廊里，倪卿的哭声这才响起来，人却被蒙猜纳和一班的班主任合力拖去了一班，哭声渐渐轻下来。

同一时间，孙伟伟从一班"周游"去了二班，倒是没什么动静。后来冯骁去打听了一下，孙伟伟是一声不响理完书包，自己走去二班的——虽然在少年宫里表现得令人厌恶，现在看来真是一条汉子，值得结交一下。说不定拉来玩打仗游戏，对付二小那帮人，又能多一员猛将。

有一点可以肯定的是，倪卿和孙伟伟这回都吃了个大闷亏，临到周游列国，都没搞明白自己为什么成了带头人。倪卿只记得自己一直在听冯骁指挥，孙伟伟更是莫名其妙，平时自己打架厉害，但是遇到这种团队作战，又是守在黑漆漆的假山里，基本没得发挥。第一次守住洞口，向对面扔了几把石子，还没过瘾就结束了；第二次更是离奇，都没见着一班、二班的人，假山里就塞车了，然后被一股人流卷出假山，眼睁睁看着己方溃败，也跟着逃，偏偏人高马大，一口气跑出很远，连后面的四国混战也没怎么参与上。

其实，更搞不明白的是老师们。倪卿和孙伟伟，一个看着窝囊却敢偷东西，一个四肢发达天不怕地不怕，但脑子简单，平时话都说不明白，怎么有本事带这个头？一班和二班供出倪卿和瞿斌的时候，蒙猜纳第一时间更相信是瞿斌，但瞿斌平时也是跟在另一个人屁股后面的啊！蒙猜纳又核实了一遍，冯骁连一次"提名"都没有。没办法，谁让倪卿前一阵偷东西，伤了自己的面子，送他去周游列国，没有更好的人选了。

一班的班主任褚老师也是类似的想法。孙伟伟一直让人头疼，读书不怎么样，喊打喊杀第一名，打过外校的，也打过高年级的，更恼人的是，他还喜欢欺负人，一天到晚有人来告状。但是欺负人这种事，一来容易赖掉，二来上不得台面，孙伟伟每次不是要赖，就是虚心认错，实在没法重重收拾，这回送他去周游列国，褚老师还是很乐意的，还跟他说，送你去周游列国，主要是因为你平时喜欢欺负同学。

对于三年级这个特殊的存在，学校也额外采取了一些措施。从今天开始，一班班主任褚老师不再担任年级组长这个职务，改由蟑螂头来兼任。这让褚老师非常丢面子，但是昨天少年宫的混乱场面，不单单是几个班主任的失职，也直接反映了这个年级四位班主任对于学生的控制不够到位，一班不但参与了四国大战，之前在礼堂里，还跟二班结结实实地大干了一场。

蟑螂头是主动接下这个年级组长的，给自己的压力可想而知，但他心里也打着自己的算盘：校长再过三年就要退休了，差不多要定接班人了。这个学校声誉不怎么好，估计很少有人愿意外调进来。副校长倒是有些能力，但脑子实在太活络，心思有点飘，不大愿意继续在学校里干。外面还传闻说副校长最近跟一家出版社接触得很频繁。蟑螂头觉得，这时候多挑点担子，做出成绩来，对自己肯定是有好处的。何况，作为高年级英语老师的蟑螂头，今年送走六年级，来年就会接手四年级的英语口语课，早晚还是要面对这届学生的，不如先熟悉起来。不过，要让褚老师、蒙猜纳和另两个三年级班主任心服口服，光靠教导主任的身份还不够，一定要展示一些实在的手段，今天的"周游列国"，就是一块敲门砖。

倪卿去周游列国了，冯骁有点失落，更多的是不习惯，倒不是因为没人坐在前面给他端屁股，而是面前少一个人坐着，视野开阔，上课时做什么小动作都被老师看得清清楚楚。

不过这个问题马上得到了解决。只是解决的方式让人不那么舒服。

周一上午的最后一节课是校会课，也是最无聊的课之一，不是听广播讲道理，就是听班主任喋喋不休地教训人，最好的情况是祁老师讲少先队的课余生活，算是绘声绘色，但跟大多数人没关系，不过是酸酸地听个憧憬。

冯骁所在的小学在区里是倒数五位里的，全校有资格在课余时间走进少年宫参加活动的加起来不超过十个。在那些经常出入少年宫的人里，冯骁认识两个。其中一个是四年级四班的女生，叫曲明娜。她在学校里虽然只是一个小队长，但是少年宫里，唱歌跳舞都颇有名气，长得也美貌。

曲明娜跟冯骁一样，都住在德新里。按理说，这种能在少年宫出风头的孩子，应该都是"别人家的孩子"，但曲明娜的成绩一直不上不下，到了四年级，甚至有了点跟不上的迹象。那个年代，家长最看重的还是成绩，于是曲明娜反而成了反面教材，一有小孩想发展课外兴趣，就被大人搬出曲明娜说事："你看看曲明娜，整天唱歌跳舞，没心思读书，以后有什么用？你也想变成这个样子？说到底，考试成绩才是最重要的！"

说归说，德新里的大人们又羡慕曲明娜长得漂亮，能出入少年宫表演，这两点都是自家孩子不具备的。所以大人们凑在一起，总会酸酸地说些"光有脸蛋""长大了不知道会变成什么样子"。这些话又常常被好奇的孩子们隔着墙壁听了去，慢慢传开来。

这样一来，曲明娜在德新里很快被孤立，不管是大人层面，还是孩子层面。即便她每天进出弄堂都彬彬有礼地向邻里的大人们问好，却只能遭遇一些不冷不热的回应，甚至没有回应。

弄堂这个地方，说小不小，说大也大不到哪里去。从小看到大的邻居，慢慢地对自己冷淡了，即便只有小学四年级，曲明娜心里也是有点感知的。更何况，一直进出少年宫的孩子本来就比同龄人要成熟一点，内心更加敏感。但是冯骁就不一样，因为住得近，从小就认识，他跟曲明娜的相处一如既往。虽说隔了一个年级，终归有点隔阂，但不妨碍冯骁每隔一两个礼拜就跑去曲明娜家里玩一会儿。一两年级的时候，冯骁还会去问几道题，尴尬的是，到了三年级，冯骁去问题目，曲明娜有时居然半天说不出个所以然，只是留一个漂亮的侧脸沉思着，让冯骁看上好半天。

吸引冯骁去曲明娜家的，还有各种好玩的小东西，都是从少年宫拿回来，还有一些是小奖品，外面看不到。各种各样的小徽章、小塑料制品，居然还有一小叠香烟牌子，是全套的"西游记"，还有一些纪念邮票、火花之类。最让冯骁觉得珍贵的，是几枚外国硬币，稀奇得要命。另外，曲明娜家光红领巾就有七八条，都是全新的，这又让冯骁大跌眼镜。曲明娜跟他说："你什么时候红领巾掉了，来我这里拿一条就可以了。"

曲明娜自己最喜欢的，是一支"派克"牌钢笔，笔身是墨绿色的，笔帽是金色的，上面刻了一条条笔直的纹路，拿在手里很沉，感觉跟别的钢笔不一样。这支钢笔是曲明娜凭跳舞拿到的奖品，当宝贝一样放在笔盒里，灌足了墨水，又不舍得用。有一回，笔盒掉在地上，钢笔的笔帽上被划了一道浅浅的痕迹，墨水也溅了一点出来，让曲明娜心疼了好几天，哭着让爸爸买了一个新的塑料笔盒，有很多格子的那种，给那支派克牌钢笔留了一个单间。

曲明娜经常跟冯骁说少年宫里的事，无外乎排练、表演、对她比较好的几个老师，有时也做几个舞蹈动作给冯骁看。虽然校会课上听广播，觉得祁老师讲得很无聊，但是听曲明娜说起来，却是津津有味。

好看的除了曲明娜和鱼依婷，还有冯骁的同桌，叫许晓颖，也是另一个经常出入少年宫的人。

许晓颖是班里的中队长，老师和同学们都很喜欢她。她家里条件不错，从小弹钢琴，在少年宫里也是钢琴班的佼佼者。如果说曲明娜的面相是娇中带一丝明艳，鱼依婷是看似清秀实则藏着乡下女孩的热烈，那么许晓颖就是里里外外都很阳光，让人愿意亲近。

本来，上学期许晓颖是可以评上"三好学生"的，但是不知道为什么，投票出了状况，最后变成内定，低年级的"三好"名额莫名其妙被高年级拿去几个。这件事，蒙猜纳一直耿耿于怀。许晓颖倒是没什么感觉，夏令营对她来说不算什么，爸爸妈妈每到假期就带她出去旅游，她又是少年宫里的常客，那里活动丰富，比被拉到郊区去表演节目要有趣多了。

冯骁以前跟许晓颖打交道不多，三年级开学的时候，蒙猜纳让许晓颖坐在冯骁旁边，希望中队长能带一带冯骁，起个好榜样。这在当时的中小学里非常普遍，叫"一帮一"，听上去有点道理，但多数是以失败收尾。

怎么说呢？一个在少年宫里接受着追求上进的思想教育，跳舞弹钢琴陶冶情操；一个在防空洞里进行着前无古人的开疆辟土，并且打起了"外星人基地"的主意。冯骁这种人，怎么会被许晓颖"帮"到？

但是，那时候的老师即便经历过无数次失败，依旧孜孜不倦地喜欢"一帮一"的做法。蒙猜纳把许晓颖安排在冯骁旁边是有客观考量的：虽然冯骁也算是个小魔头，但读书成绩一直没有拉下，还是可以救一救的。

上次期中考试，许晓颖考了班级第三、全年级第十三，要说成绩，那是甩开冯骁很多的，主要是小姑娘细心，答完题有时间还会检查一遍。检查这种事，冯骁是从来不上心的，题目做完就做完了，会答的写上，不会答的空着，这就叫考试，还要回头检查一遍，那岂不是一件很难受的事情？

许晓颖的考试成绩让冯骁心悦诚服，毕竟总分比自己高了整整10分。蒙猜纳说了，三年级上学期，语文数学加起来能比别人高10分的，到了三年级下学期，可能就要高20分了。冯骁心算了一下，觉得有点不可思议，那到时候自己岂不是两门课都要落到80几分嘛？

更让冯骁不可思议的是，年级排名出来的时候，因为没有排进前十，许晓颖还趴在桌子上哭了整整五分钟，蒙猜纳安慰了几句，她却哭得更伤心了。那一刻，冯骁感到自己有那么一点脸红——不是因为考试成绩，而是他发现许晓颖哭起来，比平时要可爱一点。

这半个学期，冯骁和许晓颖相处得还算不错，各玩各的，有时下课会一起走上一段路。读书上，许晓颖也帮不上什么，最多是冯骁上课做小动作的时候稍微碰他一下。课间，冯骁喜欢欺负倪卿，许晓颖就管不了了。让许晓颖想不通的是，倪卿整天被冯骁踹屁股、用笔戳、用尺子砍，下了课还会组织大家"追杀"，逮着了就一堆人压上去，搞得倪卿杀猪似的惨叫。一回头，倪卿却继续对冯骁点头哈腰，一副忠心耿耿的样子，完全看不出比冯骁大一岁，连抄作业也只抄冯骁的，从来没对许晓颖开过口。现在眼前少了倪卿这个活宝，别说冯骁，许晓颖也有点不习惯，总觉得冷清了许多。

没想到，变动一个接一个。这周的校会课没有听广播，蒙猜纳也没有教训人，一上来就照着一张纸在黑板上写开了。写的是全班同学的名字，横竖排列，一边写一边说："今天全班换位子，一会儿我写好了，大家按照黑板上的换。"

以往的座位是八列，两两并在一起，共四个大列，基本按照个头高低从前往后坐，每人都有一个同桌，如果班级人数是单数，那最后一排就会有人落单。两个人能不能成为同桌，要看班主任的习惯。基本上是一男一女，有的同桌学习成绩相当，能有个竞争氛围；有的两人学习成绩落差很大，可以一帮一；还有些班主任会把关系比较好或者家住得比较近的两个人放在一起，营造和谐氛围。也有些学校是没有同桌的，每个人独立坐，倒也省心，班里的座位就会排成六列。冯骁在木料仓库跟二小的人玩"打仗"，多多少少有点交流，得知二小就是这样安排的。但是蒙猜纳写在黑板上的排法，完全颠覆了大家的认知。座位被分成五列，当中三个大列是两套课桌椅并在一起的，跟原先一样，靠门和靠窗却分别是两个小列，单人座，没有同桌。"这个阵型倒是挺奇特。"蒙猜纳一边写，冯骁一边在下面暗暗地想。

冯骁最近在学校的图书馆里借了一本通俗版《三国演义》，还带插图，比小人书好看多了，他看得津津有味，特别是诸葛亮摆的那些阵，都可以应用到"打仗"上。

等蒙猜纳把全班的名字都写完，冯骁就没想法了。

排位子的逻辑是这样的：当中三个大列靠前的基本都是好学生，不但读书是中等以上的水平，平时表现也算听话，越是往后，成绩就越差，也越不听话。最后一排是留给哪些人的，可想而知。

而两边的单人座，靠前的人，是蒙猜纳觉得学习上还有希望、但上课会跟同桌讲讲话的，就让他们单独坐，能专注一点。靠后的单人座，则是蒙猜纳非常讨厌的几个人，认为他们从学习、品性上都会影响其他人，一定要单独安置。

而且，这次三年级四个班的位子，都是照这个逻辑来变动的。听说，这也是蟑螂头担任三年级年级组长后的一项较大"改革"。

冯骁看见新位子的排布，有些丧气，他被排在正中间那列双人座的最后一排，同桌是转学生华磊。华磊能坐在最后一排是理所当然的，自从转学过来，他就自甘堕落，读书成绩一直往下走，还让游戏机房的老板代签小本子，被爸妈抓住，还被通报全班。这就让冯骁愤愤不平起来：自己考到年级前五十，凭什么坐在这个地方？就连瞿斌也能坐到第四排！

左边的双人座是来自好来坞的季俊杰和葛晓刚，这对活宝终于能坐到一块儿了。再过去的单人座，是十二弄的宋大铭，作为班里明面上的首席"皮大王"，宋大铭这些年帮冯骁挡了不少枪，又两次被抓到课后组织同学打牌赌零花钱，能坐上这个单人座实至名归。右边的双人座空着，班里一共46人，这个位置只放了课桌椅，并没有人坐。最右边的单人座空着，这是给倪卿留的，原因就不用多讲了。可以说，这是全班最孤立的座位，一边没人，一边是墙壁。倪卿的前面，蒙猜纳给他放了个读书不好、也不爱跟人说话的女生。

唯一让人欣慰一点的是，鱼依婷就坐在冯骁前面，也不知是不是蒙猜纳故意为之。

接下来，大家整理书包、重新排桌椅、集体挪地方。教室里乱哄哄的，拖课桌椅的声音和说话的声音混在一起，让蒙猜纳心里的烦躁顿时腾起来，又不知道该如何让学生们平静下来。

差不多是同一时间，教室外面也传来相同的声音，另几个班级也开始换位子了。最刺耳的莫过于课桌的铁质桌腿在地板上拖动的声音，这种令人难受的声音在三年级的楼道里交响了好几分钟才渐渐休止，大家顿时觉得世界清静了许多。

冯骁抱着书包在最后一排坐好，看着身边的华磊，有一丝陌生的感觉。再看看右边，一个空着的双人座，又一个空着的单人座，一派荒凉，感觉自己也被孤立了。

许晓颖在女生中个子偏高，被排在了第三排，和华磊同一列，同桌是白圆脸——住在德新里、这次考试总分没有冯骁高的那个中队长。搬到新位子，放下书包，在坐下前，许晓颖回头看了一眼最后一排的冯骁，正好冯骁也在看着她，于是马上低了一下头，又望向了冯骁。冯骁对许晓颖回敬了一个眼色，无奈中还带着很多别的情绪，却又说不上来是什么。

大家在新位子坐定，陌生之外，也感觉很异样，特别是靠门和靠窗的单人座。按理说，三年级的小孩是不会有什么深层次的感悟，但是这次座位调动实在变化太大，超出很多人接受的范围，甚至有点儿惊魂。

三年级所在的楼层渐渐安静下来，校会课还剩下小半节。蒙猜纳看了看大家，突然心血来潮："好了，位子也换好了，我给大家讲个有趣的古代故事吧。"大家都觉得奇怪，作为数学老师的班主任，平时是极少会讲故事的，而且还是"有趣的"，于是，都竖起耳朵听着。

"古代的时候，有一个人叫孟子。孟子的家住在一个有很多强盗的地方，孟子小时候就跟着周围的人打架、抢东西，不好好读书。孟子的妈妈认为这个地方不适合孟子住，跟着身边的人学不到好，就带着孟子搬家了。"

"搬到新家后，孟子的妈妈又发现这里住的都是小偷，孟子每天跟他们在一起，不是学偷钱偷东西，就是爬树、翻墙、扔石子、钻防空洞，不好好读书。"说到这里，蒙猜纳瞄了冯骁一眼,发现冯骁脸上并没有什么表情,头都没低一下,想到倪卿也周游列国去了,不免有点失望,"于是,孟子的妈妈又决定搬家了。"

"搬到第二个新家后不久,孟子的妈妈又觉得不对了,因为这里住了很多骗子。孟子跟着他们到处骗人,不说真话,连家里人都骗,更不要说好好读书了。没有办法,孟子的妈妈决定再搬一次家,这次一定要搬到好一点的地方。"

"最后,孟子的家搬到了一个有很多学校的地方,这里的人都很喜欢读书,很喜欢考试,没有人当强盗、当小偷、当骗子。孟子在这里有了好的榜样,很快就爱上读书,后来成了一个很有知识的人。"

"这个故事叫'孟母三迁'。"蒙猜纳说完,回过头在黑板上写下"孟母三迁"四个字,"这告诉我们什么道理呢?你身边的人就是你的榜样,跟好的人在一起,就要学好,跟不好的人在一起,就要争取尽快离开他们。今天搬座位也是这个意思,看看你们身边的人,哪些人好,就一起好好读书,相互学习;哪些人不好,就不要去学样子,自己好好读书,争取下次搬位子的时候能跟好的人坐在一起。"

大家懵懵懂懂地听完了这个故事,又听了一番绕来绕去的道理,似有所悟。只有那些个坐了单人座的心里还存着疑惑,却又不知该如何发问。

没上几节课,冯骁开始有点适应最后一排了:头一低,似乎干什么事老师都不知道,上课的时候跟前面的鱼依婷轻轻说个话也不会引起老师的注意,还挺自由。

礼拜四的早上，冯骁走进教室，感觉氛围有点儿奇怪。走到自己位子上，放下书包，往旁边一看，哈哈！是孙伟伟周游列国到自己班上了。

孙伟伟虽然住在十二弄，但跟冯骁这伙人不是很熟，基本没怎么一起玩过。宋大铭喜欢打听，有一回跟冯骁说，孙伟伟每个礼拜放学后要去两次少体校，在那里踢足球，好像还是前锋。据说他跟外校的人打架，也是在踢球的时候起了争执，把人家鼻子打出了血，头上缝了五针，搞得沸沸扬扬，双方的学校都知道了。这下子，可以近距离认识孙伟伟了。粗一看，还真挺结实，个子也高，就是看着没什么精神，想想也对，被拎到别的班里罚站，就算脸皮再厚也是架不住的，真不知道过去的一个礼拜里，他在二班是怎么熬过来的。

上午第四节课是自然常识课，上课的是老好人孟老师。孟老师上课从来不管课堂纪律，按理说教室里一定会乱哄哄的，但这门课比较有趣，孟老师也时不时展示一些新奇的东西，或者做个小实验，孩子们都听得津津有味，反倒颇为安静。

有时候，孟老师会把大家带到实验室，教大家操作一些简单的小实验。这时候，班上一些读书成绩差的孩子反而会大展身手，有时还会自己发挥一下，做出点不一样的东西，让大家刮目相看。冯骁动手做实验也是不差的，毕竟这双手除了拿笔写字外，做的事情可比其他小孩多了去了。

自然常识课每个月会布置一次课后作业，都比较有趣，比如收集各种树叶、寻找不同颜色的泥土、把盐水晒成粗盐等。

有一次，孟老师还让大家在礼拜天的时候跟着家长去菜场，每个人记下十种蔬菜的名字。冯骁记得，那个礼拜天的上午，在菜场里看见好几个自己班和其他班的同学，很是热闹。之后的那节自然常识课，讲的就是蔬菜，大家还学到了一种蔬菜的写法，在语文课上是绝对不会教到的——"茨菰"。

冯骁知道孟老师上课从来不管纪律，眼看孙伟伟已经站了三节课，有心想跟他深入认识一下，便趁着孟老师还没进教室，回过头看着孙伟伟说："赶紧坐，不要紧的!"一边说，一边指着他旁边的两个空座位。

孙伟伟犹豫了一下，他从自己班主任和同学的口中，多次听到过冯骁的名头，知道是个"人物"，却又不知道冯骁此举是想帮他，还是想害他。

"没有事的，这节是孟老师的课。"冯骁说道。

孙伟伟看向前面黑板的最左侧，那里每天由值日的小干部写上当天的课程表，这节课还真的是一个"自"字。他知道孟老师从来不会骂学生，站了三节课了，小腿比踢了一场球都酸胀，空座位对他的诱惑实在是大，于是慢慢挪过去，轻轻往下坐。就在这个时候，孟老师从外面走进来了。孙伟伟坐到一半，屁股还没沾实椅子，心一虚，又站了起来，往教室后面走去。

"孙伟伟!"孟老师高声喊他，"有空位子就坐下吧，那么大的个子，别整天立在那里了，以后我的课你自己找地方坐，没地方坐就找张旧报纸垫屁股坐地上，上次就想跟你说了。"

孙伟伟坐下来，朝冯骁笑了一下。冯骁右边空着的座位终于有人坐了，虽然只是一节课，但多多少少感觉踏实了。

自然常识课一如既往地有趣，上课的氛围轻松很多，课上到一半，大家都坐得不那么端正了。鱼依婷突然想到了什么，从书包里掏出一块米花糕，慢慢撕掉包在外面的透明塑料包装，掰了一块给自己的新同桌，又掰了两块回过头分给冯骁和华磊，看到坐在斜后方的孙伟伟，想了一下，又掰了一小块递过去。孙伟伟犹豫了一下，接过来，脸上露出一点笑容。大家都把脆脆的米花糕含在嘴里，先感受一下甜味，等唾液把米花糕泡软了，再抿着嘴唇慢慢地嚼下去，小心翼翼，尽量不发出声音。

　　孟老师正讲到兴头上，看见最后面的五个人，嘴都在慢慢蠕动，假装生气："吃什么好东西，不分我一口吗?!"几个人的嘴同时停了下来。其余的孩子愣了一下，一起哈哈大笑起来。

　　才半天的时间，冯骁就跟孙伟伟混熟了。

　　下午上课前，孙伟伟坐在冯骁右边的空座位上，跟大家讲少体校里的事情。除了冯骁以外，华磊、鱼依婷、宋大铭、季俊杰、葛晓刚都在听，倪卿也趁着中午的时间溜回班里，坐在孙伟伟旁边一起听。

　　孙伟伟说，体校里训练起来比体育课厉害多了，不过他们足球班还算好，跑步、带球、传球、射门，再加上下场各二十分钟的对抗训练，有时候会做些跟足球相关的游戏，不像体操、举重、乒乓球那些，练起来又累又没意思。不过，他每次都会被教练留下来加练各种射门，陪着他一起加练的还有二小一个五年级的守门员，一个往球门的四个角踢，一个往球门的四个角扑。

　　孙伟伟说的那些术语，大家多是听不懂的，平时偶尔踢一次足球，也是一群人追着一个球瞎跑。倒是孙伟伟说的一句话让大家很是羡慕："我爸爸说了，球踢得好，考试成绩再差也不怕，将来总会有出息的。很多踢球的人，都是不用读书的！"

"还有这种好事？"冯骁在心里想。他看看大家，相信其他人的心里也是这么想的。

其他的课就没自然常识课那么舒服了，孙伟伟还是得乖乖站在教室最后面。不过，因为关系熟了，互动也多了，上课的时候，只要老师在黑板上写字，最后一排的几个人就会跟孙伟伟互动一下。有时候是坐着的人朝孙伟伟丢个纸团，下个回合，孙伟伟跨一大步过来拍打一下，嘴里都不发出声响，活像一出哑剧。更多的时候，大家只是回头看一眼，跟孙伟伟默契地对视一下，似乎有了这个存在，日子过得就有趣多了。

一个礼拜后，孙伟伟去四班周游列国。同一天，倪卿完成了在一班和二班的周游列国，也来到了四班。这时候，四班的班主任和蟑螂头才感到有点不妥，班里同时来了两个"老夫子"戳在教室最后面，才半天的工夫，就跟最后一排的几个老油条打成了一片，之前还是哑剧，现在成了有声电影，课堂纪律特别糟糕。

两天后，周游列国提前结束，倪卿和孙伟伟都回到了自己的班级。

13

跑步和写字

天气渐渐冷起来。

上海的秋冬，只要是阴天和雨天，就会特别冷，是那种钻进骨子里的冷。孩子们都被家长裹了一层又一层衣服，有时候上体育课，运动线裤里还有棉毛裤和绒线裤，下半身焐足了汗，又热又黏，回到教室，纷纷把线裤脱了，露出绒线裤或者棉毛裤，坐在那里散汗。

女孩子不要紧，最多不怎么雅观，男孩子的绒线裤和棉毛裤都是前面开裆的，就很是难看了。三年级的小孩也有了羞耻心，男孩子都乖乖地坐在位子上散汗，不敢到处乱跑，就连侧身坐也有点忌惮，所以即便是下课时间，很多人都坐得挺端正。运动完散汗，很容易就着凉，有些人贪舒服，下一节课索性不穿外面的裤子，感冒的人就多了起来。

学校里下了规定，每天早操前和体育课、运动课前，一定

196

要把绒线裤换下来，等运动完了再穿上。虽然听起来是件麻烦事，强行实施了两个礼拜后，病号一下子少了很多。

这个时候，坐在最后一排的方便之处就体现出来了。换裤子的时候，大家多是往厕所间跑，只有最后一排的几个人和前面的少数几个男生能就地解决，都不用站起来。地理上的优势，还是要利用起来的。

到了十二月，天真正冷下来，早操也开始变花样了。原本的广播体操已经不是严寒的对手了，早操改成了跑步，全校学生排成两条长龙，一二三年级一条，绕着操场跑内圈，四五六年级一条，在学校外的人行道和居民区之间规划了一条线路，算"外圈"。内圈由各班的班主任站在操场当中监督，外圈则由学校里的几个体育老师分别带队。

一边跑，一边要喊口号："一、二、三、四""一二三——四""一一二二三——四——"学校里，校长亲自拿着话筒站在领操台上带领大家喊口号，学校外，则由中气十足的体育老师们领口号。每天早上的跑步时间，口号声威武雄壮，响彻校内外，这一带的居民闹钟都省了。这也苦了一些上晚班回来、刚刚睡下的人，怨气冲天，却一点办法都没有。

跑步的时候，小老头就瞪着一双斗鸡眼站在操场旁边看着大家，不时跟大家一起喊喊口号。班主任们也会像模像样地跑上几步，并不是要起榜样，而是天实在太冷了，不动儿下，身体就僵了。

内圈跑起来其实并不吃力，有一二年级的人在，要保持整体速度，三年级的压力就小了很多。即便这样，每个年级都有几个哮喘病号，没跑几下就喘得不行。班主任们心里也是有数的，怕老病号们跑出事情来，象征性地看他们跑个大半圈，就让他们坐在花坛边休息了。

比起做广播体操，跑完步回教室的过程就混乱了。广播体操做完，大家以班级为单位一队队走进教学大楼，还是挺有序的。跑步则是时间一到，再走上半圈，离教学大楼门口近的先进去，大家各自回自己的教室。这时候，就会看见不同年级、不同班级的人涌进大楼里，好在刚刚跑完步，大家正累着，乱是乱了点，没发生过推挤。

钻空子是人的天性。跑步跑了一个多礼拜，就有人发现有空子可钻了。教学楼有一个大门和一个小门，大门离领操台近，进进出出别人都看得见。小门则位于操场的西北角，只能容三个人并排走，不怎么显眼，而且门外有花坛，种着树，从领操台看过来，还是个死角。三年级有几个人就跑在队伍的最外侧，跑着跑着，趁班主任不注意，就从小门钻进去，溜回教室了。

冯骁溜过一次，发现提早回了教室也没什么事做，又预感到这件事早晚要被发现，就不再溜了。再说，跑步有一种战争片里行军打仗的感觉，跑着跑着还有点儿意思。

溜得比较积极的是宋大铭、华磊、倪卿他们几个，其他人都是觉得好玩，只有倪卿，实在是跑不动，自己又不算老病号，得不到特别照顾，所以逮到机会就溜。

溜这件事，班主任们心里也有数，只是这种跟学习成绩不搭边的事，她们也懒得多管，最多提前回教室把溜回去的人抓个现行，骂一顿，晨会的时候罚站。往往是罚一次，情况好个两天，大家又开始溜了，而且学乖了，不溜回自己教室，跑去高年级的楼层晃悠，玩点小游戏什么的。

高年级的跑"外圈"，就没法溜了。每天都是低年级的回了教室，高年级的才从校门进来，进校门时还算整齐，从校门到教室的那一段，就乱了起来。学校也不管，反正只要在外面跑个整齐，让周围的居民们感受到孩子们的威武雄壮，那就足够了，进了学校，谁看得见呢？

冯骁知道每个班都有人溜，但是有一个人十分讨厌跑步，只怪个子高、太显眼，实在没法溜，一溜班主任铁定看得出——那就是孙伟伟。

孙伟伟自从周游列国跟冯骁等人混熟后，有时也会来参加打仗。孙伟伟第一次玩这种上百人一起的游戏，觉得特别有意思，队友们不但跨越了班级、年级，对手还是其他学校的，能自己选称手的"兵器"，打起来还有分工和战术，跟踢足球有点儿像，却又刺激得多。

事实证明，倪卿这种跑不快的人不适合做司令，偶尔出一次奇兵也就算了，认真玩起来，还是需要二年级黄海流这样的人才。冯骁让孙伟伟也试着当了几次司令，效果都不怎么好，他太喜欢冲锋陷阵了，基本上不是孙伟伟带着人直捣黄龙，拿住对方司令，就是很快暴露位置，陷入重围被抓住——只要孙伟伟当了司令，一场仗都不超过十分钟，太快了，没意思。战争嘛，还是要讲艺术的，赢得太快和输得太快，都会让人提不起兴致。

温度又往下降了一点，早上上学的路上，已经可以看见路面结起的薄冰了。

冯骁上学会路过一辆卖牛奶的黄鱼车，上面用塑料格子摞了一格格牛奶。来买牛奶的人带一个空玻璃瓶子，放下瓶子，付了钱，拿走一瓶满的。冯骁家里是订牛奶的，不需要上街买，每天一早送奶工会上门，用前一天吃剩的空瓶子换一瓶新的。但不是每家每户对牛奶的需求都是定时定量的，所以有的人家就会选择上街买。

也有人不带空瓶子来，当场买当场喝，空瓶子当场就还回去。玻璃牛奶瓶是广口的，瓶身略厚，瓶口用牛皮纸封着，缠两圈棉线，棉线上沾了蜡固定。喝的时候，把棉线扯掉，取下牛皮纸，里面一圈用厚纸片盖着口，小心地揭开纸片，反面粘着一层浓稠的油脂，先舔掉，再喝光牛奶。总会有牛奶滴到地上，多数是从还回来的空瓶子里滴出来的，卖牛奶的那块地到了这个时候就会积出一片乳白色的冰。中午要是太阳出来，温度上去，结了冰的牛奶就会化开，如果一连几天是阴天，又持续低温，乳白色的冰面就会越来越大。

到了这种时候，就算跑步也不能让身体热起来，换裤子也愈加麻烦。有的家里会给小孩穿两条绒线裤，不讲究的，外面那条还比里面那条紧一点，就相当于上酷刑了。于是，一部分人选择了穿着绒线裤去跑步，反正天冷，跑完也不会很热。而坚持去厕所间换裤子的人就要花上更长的时间，每天早上的跑步前后，每层楼都很热闹，大家轰轰烈烈地换裤子。

出事的那天，又是一个阴天，最低温度降到了零下五度，牛奶结成的冰面看上有了一定厚度，冯骁上学经过的时候，甚至动了要上去踩一下的念头，但是上面已经沾了不少脏东西，这让冯骁的念头减弱了不少。他想，孟老师课上不是说过吗，黑色的东西吸热，冰块上放点黑色的东西，比不放东西要融化得快，那么沾了黑色脏东西的冰，为什么还没有融化？

跑步的时候，校长在领操台上使劲给大家打气，校门外跑"外圈"的高年级学生，口号也喊得震天响，但是所有的人都只想赶紧跑完，回到教室，关紧门窗，抵御外面的温度。

提早溜回去的人不少，才跑了一圈，冯骁就注意到宋大铭和倪卿已经不见了，又跑了两圈，整个三年级的队伍明显稀疏了。

班主任们也懒得去抓，聚在一起，站在操场中央一边跺脚一边讨论跟气温有关的话题：昨晚自来水管子爆了，冰柱子挂得非常壮观，今天早上都没法刷牙洗脸；晾在外面衣服冻住了，不敢碰，怕碰断了；谁家的傻子喝多了酒，找不到家门，坐在外面差点被冻死；这个天，可以开始准备做咸鱼和腊肉了……

跑完步回教室，依旧要乱上几分钟。多数人拿了绒线裤去厕所间换裤子，冯骁和华磊图方便，坐在自己的位子上换，这时候，还是没看见提前溜回来的那几个人，估计又跑去楼上高年级的地方打弹子了。

这是最近学校里新流行的游戏，在地摊上买几粒花花绿绿的玻璃弹子就可以玩了，赢了可以收走别人的弹子。学校里禁止大家玩这种带赌博性质的游戏，只能课后到学校外面去玩，没想到这几个人钻了空子，居然在大家跑步的时候溜去楼上没有人的楼层打，每回打完弹子再跟着换完裤子的人流混回来。

晨会上，蒙猜纳说了一件事情：戴上红领巾已经有一段时间了，班里的大队长还没有选出来，所以下个礼拜一，大家要投票选一个出来，候选人就是现在的四个中队长。另外，班里还要选一个班长，以便日后去参加学校组织的会议，省得再次出现让冯骁去开会这种事。班长的候选人也在四个中队长里面，可以跟大队长是一个人。

"你们好好想一想，谁可以做我们班的大队长，谁可以做我们班的班长，或者谁两样都可以做。"蒙猜纳很郑重地对大家说。

全班的孩子一脸迷惘，对于大队长和班长这两个名头，大家心里一点概念也没有，只知道要发生什么大事情了。

大事情来了，不是班级的大事情，而是学校的大事情。

出现在教室门口的是教导主任兼三年级年级组长蟑螂头，一个招手，蒙猜纳就跑到教室外面去了。外面走廊里，蟑螂头在说着什么，回应他的，应该是三年级的几个班主任。具体说什么听不清，但是冯骁感觉到了严肃的氛围，倒是倪卿坐在后门那边，椅子往后一推，翘起前椅子腿，耳朵贴着后门，听着听着，神情大变。

冯骁跟倪卿隔了一个空的双人座，只见他翘着的椅子差点倒下来，幸好扶了一把墙，才不至于摔得四仰八叉。

冯骁刚想问倪卿外面在说什么，蒙猜纳就走回教室了："又有人偷钱了!"

随后,她看向坐在最后面角落里的倪卿:"刚才跑步跑到一半溜回来的人,都站起来,自觉点!"

倪卿听到老师们在走廊里提及自己的名字,已经吓得半死了,再加上上次硬给他套了一个"小偷"的名头,觉得自己又要大难临头,两条腿抖得厉害,不可能站得起来。

其他人也不是傻瓜,没有一个人站起来。

从蒙猜纳的角度来看,当然也希望自己班里今天没人溜回来,那样的话,小偷就不会出在自己班里了。刚才蟑螂头在走廊里说得很明确了,今天唯一有机会作案的,就是跑步溜回来的人,而据他所知,只有三年级才有往回溜的人。天那么冷,溜回来的人肯定是有的,每个班级要先把溜回来的人统计出来,仔细排查,务必人赃俱获,不要像上次倪卿那样,定个罪也模棱两可。

这次遭殃的是四年四班,有十几个人被偷了钱物,少的几分钱,多的有六块多,还有人说不清被偷了多少,算下来少说也有十几块。那时候,小孩子放钱的地方,不是文具盒就是书包正面和侧面的小袋袋,小偷显然是很了解的,只翻了文具盒和书包小袋袋,不但把能拿的钱拿了,还顺走了一些文具,包括三支钢笔、三支自动铅笔、两块橡皮、一把折叠削笔刀。听说,四年四班的几个女孩子还因为东西和钱被偷了,直接趴在桌子上大哭,曲明娜也在其中。

在一所小学里发生这样的事,影响是很恶劣的。校方第一时间就组织"破案",破案思路也很清晰:今天四年级以上的都出去跑"外圈"了，六层的教学楼，上面三层基本空着，只有少数几个班有生病的人留在教室里，已经在排查了。四年级四班没人留在教室里，整个教室是空的，不管是以前下楼做早操，还是现在下楼跑步，教室门都不会关，这个教室紧挨着楼梯口，很方便通往别的楼层。

三年级有个别人跑步的时候溜回去，已经不是什么秘密了，小偷极大可能就出在这些人里，他们有充分的作案时间，而且极有可能之前还踩过点。所以，把今天溜回来的人全部锁定，就很有可能在短时间内找出小偷了。

思路是没有问题，实际操作起来难度就出现了。三年级的四个班，没有一个人承认今天跑到一半溜回来，且不说很多人意识到会被当作"小偷"抓起来，溜回来这件事本身，就不是件好事，只要不被现场抓到，谁会自己认？班主任们也没有办法，谁让她们今天没回来抓人，全聚在操场正中拉家常了呢？

这时候，蟑螂头又召集了班主任们传达自己新的想法：这次失窃，金额大，纸币加硬币应该有一大把，还有几件文具，不好藏，不如先封闭式搜查，看能不能找出赃物。

又一次搜身开始了。"嫌犯"被认定是溜回来的人，但为了防止遗漏，搜身是全员行动的。这时候，又一个难点出现了：本来同桌之间互搜还是比较方便的，但现在教室两头分别有一排单人座，操作起来就有点儿困难了。还好蒙猜纳脑筋转得快，宣布同桌之间不相互搜身，改搜另一边的人。大家起了兴致，纷纷站起来，轰轰烈烈地开始搜身、搜书包、搜课桌。

冯骁和倪卿当中是空着的双人座，没有搜查的对象，两人隔空看了一眼，冯骁认定应该是他们两个相互搜对方。见倪卿坐着不动，冯骁先站了起来，准备走过去。这时听见蒙猜纳大声道："倪卿我来搜！"蒙猜纳一边说，一边大踏步走过来，边走边提醒大家："都搜仔细点，角角落落也不能放过！"

上次相互搜身的时候，天还热着。这回不一样了，大冷天，个个穿得里三层外三层，又没说要脱衣服，掏完了书包和课桌，连文具盒都翻了个底朝天，对着人，反而不知道该怎么下手了。衣服当然是不能脱的，这么冷的天，要是冻出病来了，就更尴尬了。

那边，蒙猜纳搜倪卿搜得热火朝天。

蒙猜纳自己先脱了外套，让倪卿站到教室后面的角落里不许动，然后开始地毯式搜查。倪卿那个又破又褪色的牛仔书包倒是好对付，只有一条拉链，没别的小袋袋，拉链一拉，里面的东西哗啦一下全倒在桌子上，底朝天，抖几下。没想到这一抖让蒙猜纳后悔了，抖出来的"库存"包括几颗玻璃弹子、小纸团、断掉的铅笔芯、小粒的黑色橡皮泥、来历不明的塑料片和来历不明的干硬脏东西、饼干屑、小截的树枝和小片的树叶、铁渣和铁屑（应该是上次捡废铁留下的），除此之外，还有尘土、沙粒和一具压扁干枯的蟑螂尸体。

蒙猜纳的眉头一下子皱起来，一脸恶心，旁边的同学们看见了，也惊讶于一个人的书包居然能如此之脏，停下了相互搜身，饶有兴味地指指点点起来。冯骁觉得今天开了眼界，他一直知道倪卿有一只脏兮兮的书包，没想到里面别有洞天，这书包估计三年都轮不到整理一次。

蒙猜纳加大了搜查的动作幅度，书包、课桌、文具盒、身上，没有一处放过，还叫倪卿脱了外套和鞋子，一分钱也没搜出来，反而找出许多乱七八糟的东西。再抬头问大家，相互搜身有什么结果，回答她的是一堆木然的表情，于是撩起倪卿的衣服继续搜寻。

冯骁落得清静，蒙猜纳光顾着对付倪卿，没有人来搜他，为了表示表示，叫华磊来搜一下自己。华磊觉得好玩，乐得再搜一个人，就是态度马虎得很，不到半分钟就宣布搜完了，也是一无所获。

看着蒙猜纳在倪卿那边铩羽而归，冯骁一点也不感到意外，他还是相信倪卿的——主要是相信倪卿没有偷东西的胆。

但是蒙猜纳似乎要借这个机会搞一下倪卿，把他里里外外掏了一遍后，长叹一口气，再次向大家询问了搜身的结果。得到的答案是否定的，还是没有找出大把的钞票和陌生的文具，有几个人身上带了点零花钱，问下来也是家里给的，蒙猜纳先一一做了记录。

看来，小偷出在自己班级的概率不大了。蒙猜纳走出教室，走廊里，其余几个班的班主任也都表示没搜出什么。校长、副校长、蟑螂头和祁老师等人都到齐了，大家一致认为，想要找出嫌犯，还是先要查清楚哪些人早上跑步溜了。

小孩子的防线还是很容易突破的，所有老师想到的第一个办法就是"揭发"。

"大家回想一下，早上跑步的时候，都有谁离开队伍了？"类似的发问同时在三年级的四个班里响起。

听到这句话，倪卿又开始抖起来。毕竟比别人多上了一年学，读书是肯定不行，阅历却是不缺的，揭发这种手段，用在小孩子身上作用有多大，倪卿还是知道的。此时这一幕场景，在倪卿看来似曾相识——最后倒霉的，总是少不了他。

在揭发这件事上，孩子还是很踊跃的，没几下子，就有几个人被揪出来了。倪卿自然在列，还有宋大铭、季俊杰、葛晓刚等人，在跑步时候溜回来打弹子，对他们来说拥有无上的诱惑，而且相比放学后在校外找个地方打，这偷来的十几分钟似乎更为刺激。也有一些人以前溜过，今天没有溜，也照样被别人举报出来。可见，小孩子搞起揭发，真是一点也不理智。

白圆脸中队长揭发了华磊。冯骁跑完步跟华磊一起走回来，一起换裤子，知道他今天没有溜，想替他辩解一下，却又不知道该怎么开口。好在班里有别的孩子举了手，证明华磊今天是跑完步的。

冯骁看了看帮华磊证明的两个男同学，都是平时跟白圆脸不怎么合得来的，心里顿时有种看戏的感觉。但是白圆脸接下来没说什么，让他略微有点失望。

蒙猜纳自然是要一个个人证实过来，只要被揭发的，都要有确凿的人证。最后确认下来，三班今天溜回来的人有包括倪卿、宋大铭、季俊杰、葛晓刚在内的六个，当场被请到了教室外的走廊里。

其他三个班也陆续完成了群众揭发，一共拎出来近二十个人，加上三班的六个人，乌泱泱站在走廊里，全是男生。蟑螂头气得不行，四个班级出去跑步，溜回来的人快凑成半个班了，这还怎么搞得好？

四个班主任的表情都不太自然。蒙猜纳提议，要马上弄清楚这些学生当时在干什么，蟑螂头点了头，紧绷的场面稍稍化解了一些。

被请出来的孩子上午第一节课没得上了，都被拉到了年级组办公室，门一关，开始一个个交代，今天跑步溜回来的这段时间在干什么。

溜回来的多数是些差生，表达能力不怎么样，好几个像倪卿这样话也说不清楚，一阵七嘴八舌，蟑螂头和班主任们脑袋都发胀了，连声阻止："停停停！一个一个地说！"

于是，足足交代了半个钟头，大清早的，班主任们脸上居然开始挂上了倦意，蟑螂头更是无奈到了极点的样子。

孩子们交代出来的事情，归纳一下主要有三点：

第一，所有溜上来的孩子分成了两堆，在五楼五年级的走廊里玩打弹子；

第二，所有的孩子都能相互证明，没有人在打弹子的中途离开；

第三，没有人承认偷东西。

为什么是五楼呢？蟑螂头在想这个问题。

稍微动动脑子，他就分析出来了。

跑步的时候，四、五、六三个年级的学生和班主任全部在校外，留在楼层里的除了请病假的学生，就剩下那些不是班主任的老师。学生自然不会管其他年级的孩子打不打弹子，但是老师们还是要管一下的。

但是五楼没有老师。因为每个楼层除了本年级教室外，还有一个本年级老师的办公室，以及另外一到两个别的房间。五楼除了五年级教室外，校长办公室、教导主任办公室和大队处都放在了这层。这样一来，五年级老师的办公室就搬去了六楼。

校长每天都站在领操台上给学生们鼓劲；副校长和大队辅导员则站在校门外，给跑外圈的学生加油；蟑螂头自己也一直杵在操场边，跟几个体育老师聊些男人间的话题：足球、家务、不怎么争气的儿子、喜欢无理取闹的老婆……

所以跑步的时候，整个五楼没有一个老师。

这帮孩子真是精啊！

每天跑步的时候，五楼的走廊就成了三年级学生的游乐场。

蟑螂头和班主任们都很无奈——这件事对抓小偷一点儿帮助都没有，反而又多了严肃纪律和管理打弹子两件事。事情的重心一下子被搞偏了。

蟑螂头能做到教导主任，还是有点脑子的。直觉告诉他，小偷就算不在这些溜回来的孩子中，也是三年级的。全校六个年级，今天一共有十三个班级的十八个学生请假留在教室里，他一个一个了解过，都没有问题。唯有三年级，一直让他感觉扎手，溜回来的、没溜回来的，坏胚子实在不少，中饭前要是没能查出谁是小偷，上午第四节课的下课铃一打，赃物可能就会被转移到校外，再也找不到了。

突然，蟑螂头想到学校里还藏着一个防空洞的出入口，可以通到外面，不禁又添了一分担忧，赶紧去问了小老头，得知那条路早已经走不通了，才定了心。

"第二节课下课时候，我们再搜一次。"蟑螂头对班主任们说。四个班主任也认同，中午前不破案，这事情就没辙了。

蟑螂头继续说下去："但是这次搜，要有明确的对象。我们先列一个名单，觉得有嫌疑的都写下来，一会儿只搜名单上的这些人。"

最了解自己班级里学生的莫过于班主任了。短短五分钟，四个班级的名单就已经列好了，除了那些今天早上溜回来的人，每个班级还添了几个名字。

蟑螂头把四年级的四个班主任和另外几个老师也叫到了一起，大家分了工，到时候每个班主任搜自己班学生的时候，都能有三个老师在旁边帮忙。蟑螂头已经断定，这次搜查就是破案的最后一次机会了，一定要动用到全部人力。

上午第二节课的下课铃响了，三年级每个班的门口都堵好了四个老师，由本班的班主任带队。进了教室，先是报名字，报到名字的人不许出教室，没报到名字的人随意活动。

三班的名单上，除了倪卿、宋大铭、季俊杰、葛晓刚等六个今天溜回来的，另外增加了六个人，其中还有冯骁和同桌华磊。冯骁听到了自己的名字被蒙猜纳喊出来，有一点光火，更多的是伤心，居然被当成了小偷的候选人，他没有想到。

那一刻，冯骁感觉到有两道射向自己的目光特别刺眼，一道来自白圆脸，一道来自许晓颖。

但是下一刻，他又听到了一个名字，是鱼依婷。

不管怎么说，冯骁都感觉这回蒙猜纳带着报复心理，名单上面全是她不喜欢的学生。但是，把鱼依婷也放进名单，就有点儿过分了。大家都知道，鱼依婷虽然读书不怎么样，但是跑步很厉害，并且以此为傲，早上跑步的时候，总是跑在班级的最前面，每个人都能看见，怎么都不可能有偷东西的嫌疑。

在其他几个老师的助阵下，搜查进行得很顺利，名单上每个人的书包、课桌里外、身上都被地毯式地搜了一遍。因为有男女老师搭配，孩子们的衣服里也尽最大可能被搜了个干净。这种侮辱式的搜身让冯骁感觉很无助，却一点办法也没有，只能暗暗地记在心上。

结果让老师们极度失望——一点儿收获也没有。

这就意味着，抓住小偷的希望再度渺茫了。

第三节课的上课铃打响，老师们离开了教室。蟑螂头先去了副校长办公室，打算跟这位关系还不错的朋友商量一下这件事该怎么继续处理。副校长说自己马上要接待几位客人，接着还要陪他们吃个中饭，委婉地拒绝了和蟑螂头的交谈。失落之余，蟑螂头只能跑到校长办公室，把这件事情从头到尾汇报了一遍。校长想了一下，淡淡地说了一句："你尽量解决吧。"

——意思很明确：三年级你是年级组长，要是小偷出在三年级，这事情你来担责任。

三班的第三节课是写字课。

到了三年级，多数人告别木头铅笔，用上了自动铅笔。同时，又多了一门"写字课"，要求用钢笔写字。

钢笔写出来的字没法用橡皮擦掉，要是涂去，纸面上就不整洁了。所以用钢笔写字，不单单是为了练习真正的硬笔字，也是锻炼孩子们在写字的时候少出错。

对于孩子们来说，人生中的第一支钢笔是一件大事。冯骁记得，那时候爸爸很郑重交给他一支"永生"牌钢笔，虽然看上去普通，但那一刻，仪式感满满，再配上一小瓶蓝黑色的"英雄"牌墨水，一下子感觉自己长大了几岁。

同学们的钢笔也都是普通的居多，"英雄616""永生""金星""长江"之类，基本都是家里大人用过，再传到小孩子手里。

写字课没什么好玩的，压力也不大。给大家上课的甚至都不是老师，而是另一个老校工，姓郑，上海人，字写得好，专门给学校的几块黑板写板报，顺便兼任三、四年级的写字课老师，一个礼拜上八节课，日子过得挺充实，孩子们喊他一声"郑老师"，听着也舒服。

老郑上课不管纪律，只在孩子们写字的时候到处走走，看见有人字写得好，就夸几句，看见有的字实在惨不忍睹，就叹一口气，转身走开。

读书好的孩子干什么都上心，写字也认真。读书不好的，最大的本事就是敷衍，别看写得快，其实都在画天书，就想早早写完，找点别的乐子。这些人里，唯一好好写字的就是倪卿，他是真的喜欢写字，只可惜书法兴趣课，他却没资格上。

冯骁跟这帮人待久了，也变得老油条，写字课就想早早写完然后玩墨水。

拿一张白纸对折再打开，滴几滴钢笔墨水上去，再合起来，用手指推挤里面的墨水，推出各种奇怪的形状，最后将纸打开。

这时，虽然墨水在纸上被弄成无意义的、怪异的形状，但是两边对称，凭空生出一种美感，看着竟会感觉挺舒服。差不多三次就会出现一次让冯骁感觉满意的"作品"，等墨水一干，就可以给坐在附近的人传看了。

看完，大家纷纷效仿。一堆千奇百怪的抽象作品出现在大家手中，孩子们交换着欣赏，指指点点，这个像龙，那个像虎，虽然一群人都坐在教室最后两排，却有着自己的乐趣。

冯骁完成了两张墨水作品，都不怎么满意，准备制作第三张，歪头一看，同桌华磊居然还在写。平时的写字课，华磊都是匆匆交差，今天怎么还在写？凑近一看，只见华磊写得还挺认真，才发现其实他认真起来，字还是不错的。

老郑也难得地踱到最后一排来，看看倪卿的字，点点头，啧了一下嘴，又看到华磊的字，很意外地说了两个字"不错"，心里想，今天这帮孩子态度还蛮端正。再看冯骁，摇了摇头，继续看其他人，最后叹了一口气，往讲台踱去，心想，还是老样子啊！

冯骁看在眼里，有点儿惭愧，但是钢笔字写完了擦不掉，玩墨水的兴致也没了，就坐在那里看着华磊写字，越看越投入，一直看到下课铃响。

14

办公室和游戏机房

蒙猜纳不怎么喜欢办公室的环境，特别是冬天。

办公室里的男老师烟瘾极大，只要坐进来就烟不离手。有时候两节课连上，短短十分钟下课时间，回到办公室可以连烧三根烟，只划一根自来火就够了。看这个瘾头，一天铁打两包，是肯定的了。

其他季节还好，窗户可以一直开着，冬天实在太冷，没人开窗。办公室里靠油汀取暖，热乎乎的，但是空气不流通，烟一直在房间里逗留，看什么东西都有点儿模糊。就算没人抽烟的时候，每一次呼吸也都感觉有颗粒进出。

那时候条件有限，冬天做不到每天洗澡，身上的汗臭味、头油味附在衣帽上，进了办公室吸一天烟味，上下班路上挤公共汽车，再跟别人的味道交换一下，每天回到家中，全家人都嫌弃。蒙猜纳的老公不抽烟，还有洁癖，等她回到家，都要把她的外套挂在门外散散味道。但是进了办公室会脱外套，味道是沾在绒线衫、裤子上的，吃晚饭的时候，老公总是皱着眉头。

这学期搬来三楼，蒙猜纳争取了一个靠门的办公位，总是让门保持半开的状态，里面一有人点烟，就把门全部打开，不只是放点烟味出去，也是一种无声的抗议。

上午第三节课结束，蒙猜纳回到办公室。其他年级的老师来串门，主要是来打听偷东西的事，有坐有站的，男老师们发一圈烟，都点上，一吞一吐，办公室里的能见度就降下来了，蒙猜纳照例开门。再听他们说话，都感觉这事情不小，蟑螂头要是再查不出，家长们找上学校，说不定还要区教育局介入。

说到区教育局，大家又有了话题——上次三年级的学生在少年宫戴红领巾，结果闹得鸡飞狗跳，区教育局已经严肃批评过了，还通报了全区。这回，又发生了偷钱偷东西的事情，眼看案子破不了，到时候学校里的头头脑脑免不得又要吃批评。

老师们都觉得这批三年级的学生了不得，以前没惹过的祸事全让他们给惹上了，还打通了一条从外面通到学校地下通道。还有的老师讲了卖废铁的事："我邻居亲眼看见的，一大群，扛着废铁从他家路过，他认得两个，就是我们学校三年级的，跟他儿子同班！"

这些事，蒙猜纳多多少少知道点儿，她喝口水润了润嗓子，准备加入讨论，又怕这些话让外面走廊里的学生听到，于是把敞开的门掩上一些，留了两个巴掌宽的门缝透透烟味。一转身，正待开口，一团白色的东西从自己身后飞到办公桌上。蒙猜纳看着是一个纸团，回头看，身后和门外都没有人，赶忙起身走出办公室，走廊里的学生都很正常的样子，也没看见自己班里的人。

再回去看那个纸团，是一张普通的草稿纸揉起来的，里面又包了张揉起来的草稿纸，里面那张纸上歪歪扭扭地写了五个字。

蒙猜纳的心一下子吊到了嗓子眼，脑子里把今天发生的事全过了一遍，突然想起一个细节。她不再关心办公室里的讨论，起身离开，往五楼的教导处赶去。

那个时候，九成多的学生都是就近读小学，从学校走到家里在十五分钟以内。家里一般是三代同堂，或者住得离爷爷辈、其他亲戚家不远，所以孩子们多数是回自己家吃中饭，或者去附近的亲戚家吃。只有少数孩子需要自己带着饭菜，在学校食堂的蒸箱里热一下。学校中午十一点半放学，下午一点上课，留给大家的时间相对还是充裕的。

冯骁家住的德新里，离学校十分钟路程，爷爷奶奶在家给他准备中饭。有时候上晚班的叔叔起得早，也会帮忙炒两个菜，多数时候还是吃前一天晚上的剩菜。冯骁每天中午回家，来去二十分钟，吃饭十分钟，雷打不动的规律。吃完饭，抹一下嘴就走，路上经过锯木场的露天仓库，总能看见几个玩伴在里面，便一起玩点什么。或者弯到好来坞，跑去船上玩玩，下午回学校的时候可以跟鱼依婷一起走。

最近打弹子流行起来。锯木场再往学校走两分钟，有一片六百多平方米的空地，长年堆放建筑材料，也从来没堆满过，整块地被建筑材料隔成一块一块，很适合玩打弹子。每天中午和下午放学后，都能看见孩子们在这里打弹子，几个人占一块，玩得很专心。冯骁有时候也去玩几把，他打弹子没扔石子准，输多赢少，又没有零花钱，想玩了就用香烟牌子换几颗弹子，输了也不心疼。

拍香烟牌子又回归主流游戏，冯骁更多时候会跑到学校另一边，下到防空洞里，大家拍一会儿香烟牌子。主要原因是外面天冷，防空洞里反而暖和很多，大家都愿意过来。学校的老师自从知道了有这个防空洞存在，下来抓过几次人，奈何防空洞里地形复杂，愿意下来的老师又少，每次被抓住的都是三两个不活络的，抓了几次，觉得没意思，也就放弃了。只是，老师们也对防空洞里的暖意啧啧称奇。

其实中饭后进了学校也是能玩的。男孩子们最喜欢玩抓人游戏，德新里的杀猪游戏已经在学校里普及开了，不能出弄堂和不能进家门这两条规则，变成了不能出学校和不能进教室，大家觉得这种玩法新奇，从一年级到六年级，一到中午全校奔走杀猪。这时候，老师们都关了门午休，没人管，整座学校的活力只有孩子们才能感受得到。女孩子们主要玩跳橡皮筋。两个人轮流站桩绷着皮筋，其余人一点点往上跳难度，念着《马兰花》的口诀，玩得很投入。怎奈玩杀猪的人时不时跑过，不知道是有意还是无意，总是打断她们，不是撞到了人，就是扯到了橡皮筋，非常讨厌。

冯骁他们也不是不能在学校里玩，只是从心底里觉得学校里和学校外是很不一样的，终究是两个世界，玩起来怎么也放不开。也只有夏天的时候，偶尔一时兴起，从小老头那里借出一只球，大家在操场上一阵乱踢，出一身臭汗，还算是尽兴。

眼下是大冷天，空旷的操场没东西挡风，哪里比得上温暖如春的防空洞？

今天中午家里吃面，冯骁很快就解决了战斗，嘴一抹，一路蹦跳跑出了弄堂。上午放学时遇到方脸和尖下巴，说昨天买了一批新的香烟牌子，都是古代的将军，画得很好看，而且好些个都是女的，中午可以在防空洞里一起欣赏。冯骁一听就知道是杨家将，平时爷爷在家里听说书，他在旁边断断续续地听过一些，剧情一直没能连起来，每回也就听个快意。

"杨门女将倒是知道，但是长什么样子还真不晓得，现在竟然印在了香烟牌子上，终于可以看见长相了。"冯骁毕竟是小孩子，不知道在香烟牌子上画杨门女将，其实跟画妖魔鬼怪是一个道理。

反正今天上午过得相当刺激，中午应该找点儿乐子，压压惊。

进了防空洞，熟门熟路，几个拐弯，就到了大家经常玩的房间。

十二弄和新村离防空洞近，已经到了不少人，分成几摊拍开了。一路走进来的时候，冯骁注意到主通道里居然还有不少人在打弹子。看来防空洞冬暖夏凉的优点，大家都发现了。

见冯骁走进来，方脸谄媚地凑过来，从口袋里掏出一叠香烟牌子，用两根橡皮筋仔细地扎着，一边打开一边说："卖香烟牌子的人讲过，越是上面的，排名越高，不能弄乱了。"

冯骁接过来，看了第一张就大为失望。香烟牌子上画着一个白发老太婆，衣着华贵，头上绑了一块布，手里挂一根龙头拐杖，虽然画得还算细致，也是古代人，但跟将军怎么都搭不上边。"这个样子，是能骑马打仗的吗?"冯骁一头雾水。

翻看下一张，这回是古代将军了，只不过是个老头子，心理落差有点儿大。冯骁家里有一套《三国演义》小人书，里面有老将黄忠，大刀一柄，硬弓一张，看上去就比这个老头子要厉害很多。

再要往下翻，忽然外面传来一阵哄闹。大家以为老师们下来抓人，逃的逃，躲的躲。

当初选这个房间是有道理的：三面有通道，一条出去拐个两个弯就是主通道，离出口不远，进出方便；另一条通往防空洞最深处，里面有点儿复杂，要是被追得急了，还可以躲进"外星人的秘密基地"里；第三条通往一个仓库，里面堆放了很多笨重旧机床，也不知道是什么时候、怎么运进来的，积了厚厚一层灰，灰下面还有机油，灯泡暗得跟蜡烛光一样，往里面一钻，老师是铁定不愿意进来的。

冯骁不喜欢仓库里的味道，身子一扭一闪，就准备往防空洞深处遁去。这时外面传来喊声："小偷……抓住……三班的……"冯骁一惊，回过身不跑了，其他人似乎也听到了什么，大家停下逃亡的步子，轻声轻脚地往主通道那边摸过去。

果然，不是老师找下来了，而是学校里有同年级的同学跑出来传信，说是小偷抓住了，果然是三年级的。

"谁啊？哪个班的？"

"三班的。"

冯骁、倪卿、宋大铭、季俊杰、葛晓刚都在，知道他们是三年级三班的人，都用异样的眼神看着他们几个，希望他们说点什么。

冯骁不响。

倪卿本来就傻。

还是宋大铭先开口问了："是谁啊？"

"名字记不得了，就是那个转校来的。"

——华磊?!

大家都很震惊，一下子议论开来，还不忘问传信的："怎么抓到的？"

传信的也只是听说了大概，细节一律不知，众人一片失望。

冯骁把手里一叠"杨家将"重新用橡皮筋扎上，丢还给方脸，往防空洞外跑去。其他三年级的人也跟着跑了出去，这时候，占据上风的唯有好奇心。

这可是学校的大事情啊！中午的时候就已经传遍了全校。其他人见三年级的人都跑回学校了，也跟着跑，都想第一时间弄明白，好赶在下午上课前进自己的班级炫耀一下情报。

进学校的时候还没感觉到什么，上了三楼，空气里就有一点肃杀了。正对楼梯口的是年级组办公室，门敞开着，冯骁经过的时候侧头看了一眼，里面香烟缭绕，或坐或站，不下二十个老师。走廊里，不同班级间认识的人三三两两凑在一起，小声地说着些什么，看见冯骁走过来，马上贴上来问："你知道吗？你旁边坐的人是小偷欸！"

冯骁也不知该怎么回答。

进了自己班的教室，同学们已经到了一半以上，很热闹。男生们都聚在教室最后，围成一大圈。有人目睹了华磊被抓的全过程，正在那里眉飞色舞地讲，每有其他人到教室，都要再重复一遍。女生们则在教室前分作几堆，细声细语地讨论，看那几堆的人员构成，差不多就能知道班上的女生大致分成几个小团体了。

冯骁等人进来，当时的情况又被重复了一遍。大概是因为华磊是冯骁的同桌，又跟宋大铭等人玩得比较近，这回的描述特别详细，绘声绘色，以至于让之前听过的人感觉有点儿添油加醋了。

时间线拉回到上午第四节课下课。

下课铃响，老师宣布下课，通常情况下，这节课是不会有老师拖堂的，毕竟谁都要吃中饭。

此时，厕所迎来一个短暂的高峰。

华磊不急着回家，在位子上坐了几分钟，从书包深处掏出几张草纸，出了教室后门，神情端正，闪身进了厕所。

跟想象中的差不多，厕所里只剩两个人在小便。华磊走进大便池的最里面一格，脱裤子，蹲下来，耳朵却一直竖着。

等了半分钟，确定厕所里只剩下他一个人了。华磊穿好裤子，噌地一下爬到大便池半人高的隔墙上，一手扶墙，另一只手探进上方的水箱里，捞出一只打了死结的深色塑料袋，用草纸把上面的水擦掉，掀起衣服，把塑料袋硬生生塞进了裤裆里。刚把衣服放下来，厕所门口一阵脚步声。华磊一惊，呆立在那里，只见蟑螂头带着一个男老师走进来，直直地看着他。

蟑螂头板着脸，大手一招："华磊，你过来！"

华磊迈不出向前的步子，浑身一抖，本能地后退了一下，脸色煞白。

蟑螂头心里有底了，想控制住华磊。没想到华磊先是退到窗口，再向前一蹿，居然从蟑螂头和男老师之间冲了过去。

厕所进门的地方有一堵墙挡着视线，不让外面的人看见里面的情形。只要绕过这堵墙就是厕所门，华磊一咬牙出了门，拼尽力气往学校外狂奔。这时候，蟑螂头和男老师已经转过身来，但是速度没能提起来，眼看华磊已经绕到墙后。

厕所门就在眼前，华磊一个加速正要冲出去，突然一个人横在面前。华磊也不收，直接撞了上去，才发现正是自己的班主任蒙猜纳。

中年妇女蒙猜纳被华磊结结实实撞倒在地，华磊也因为承受了冲击力，身形重重地顿了一下，但是马上又往外冲去。坐在地上的蒙猜纳忍着痛伸手一捞，抓住了华磊的裤脚管，用力一扯，把华磊又扯了个跟跄。这时，蟑螂头已经出现在了华磊身后。华磊抬起头，才发现自己原本就没机会跑掉——已经有好几个老师在走廊两头堵好了。

"搜他的身！"大队辅导员祁老师喊道。上回发生偷东西的情况，祁老师参与搜身就表现得很积极，这回事情更大，祁老师一直想贡献一把，却没有机会，这下见逮到的华磊极有可能就是偷东西的人，马上跳了出来。

华磊刚刚站稳，祁老师一双手已经摸了上来，又被蟑螂头从后面扳住了双肩，拼命反抗也没有用，下意识间，双手捂向裤裆。祁老师顿时识破，在蟑螂头的帮助下，几下用力便褪了华磊的裤子，一只塑料袋蹦了出来，落在倒地的蒙猜纳面前。

蒙猜纳一把抓来，去解袋口，一下子没解开，才发现是打了死结，于是用大拇指的指甲一掐一划，把塑料袋弄出一个口子，里面的东西散落出来。

老师们围过来看，钞票、硬币、钢笔、自动铅笔、橡皮、一把折叠削笔刀，还有几块塑料泡沫——这样，塑料袋就可以保证一直浮在水箱里了。

祁老师在一边尖叫："小偷！"

华磊陷入了绝望，连抵抗的力气也没有了，只顾着提上裤子，可怜巴巴地往地上一蹲。祁老师不依不饶，一把将他拎起来，继续逼问："你说！上次偷钱的也是你，对吧？"

华磊点了点头。

老师们哗然，不但破了一桩大案子，还顺便把另一桩不清不楚的悬案给弄明白了。

原来，倪卿是冤枉的。

三年级留在学校里吃饭的学生大概每个班级都有三五个，吃到一半都跑出来看热闹，运气好的还在走廊看见了华磊冲出厕所的情形。这可是难得一见的场面——突围、拦截、搜身、扒裤子、掉赃物，最后是供出旧案。孩子们兴致勃勃地围观着，准备将眼前这一幕转化成在同学面前的第一手谈资。随后就是奔走相告。学校里很快就传遍了，有的人知道中午防空洞会聚一些人，便跑来传信。

在众人的七嘴八舌中，不管是第一手的信息还是被转述了好几回的内容，都让冯骁对华磊"被捕"的画面有了大概的了解。

冯骁在位子上坐下，旁边空着，华磊这会儿不在年级组办公室就在教导处，书包也已经清走了。这种事的流程大家都清楚，先是罚站，老师通知家长赶来，把事情的严重性讲明白，再讨论怎么处分，最后在广播里全校通报，剩下的，就是行刑了。冯骁估计，这回华磊怎么也要来一次周游列国了。

再往旁边看，坐在角落里的倪卿神清气爽，略微张着嘴，再张大一点就有傻笑的样子了，腰杆也挺得比以往直。华磊被抓，倪卿摘掉了小偷的帽子，自然是很开心的，直到现在，他还惦记着爸爸掏出来的那五块钱。即便冯骁带着大家捡废铁，给了他十块钱，但是爸爸的那五块钱，可是顶着冤枉拿出来的啊！发现冯骁盯着自己看，倪卿有点不好意思，抿上嘴，收了收挺直的后背，一股子卑微的气息又回来了。

冯骁暗暗松了一口气。倪卿傻是傻，但跟自己一见如故，关系一直很亲近，想欺负的时候随便欺负，想玩的时候随叫随到，虽然比自己大一岁，感觉却是个小兄弟，这回翻了案，多多少少对他家里会有点帮助。

"华磊真是活该啊！"

冯骁看着旁边华磊的位子，把整件事在脑子里过了一遍，有点兴奋，又有点后悔，决定不把这件事讲给任何人听。

那个纸团，就是他扔给蒙猜纳的，上面是他费尽心机写下的最难看的字：华磊是小偷。原因很简单——写字课上，华磊用来认真写字的，就是曲明娜的钢笔。

派克牌，墨绿色笔身，金色笔帽，上面刻了一条条笔直的纹路，还有一道浅浅的摔痕。

这支钢笔，冯骁不但在曲明娜家里见过好几次，还用它写过几个字。

别的赃物，华磊都藏进了厕所的水箱里，唯独这支钢笔他太喜欢了，想到今天有写字课，就留下来用了。写字课的时候，华磊觉得这支钢笔写起字来特别舒服，甚至可以缓解他的紧张。没想到，他只是第三个用这支钢笔的人。

这天下午，学校里来了两波家长。

第二节课下课后，管理班开始，华磊的爸爸来了。

大家都没看到华磊的爸爸来，但是都知道华磊的爸爸来了，因为从年级组办公室传来了华磊撕心裂肺的哭喊声，还夹带着华磊爸爸的咆哮。看来，华磊这次可没少受皮肉之苦。

在办公室当场打孩子，是很多家长都会干的事情。其实，这也是一种讨饶的方式，给老师们看看：我现在已经狠狠教育孩子了，回家肯定还会继续教育，学校要我做什么我一定配合，只是别处分得太厉害。

华磊爸爸今天打得实在太投入，打到华磊背靠蒙猜纳的办公桌哭得喘不上气。蟑螂头意识到再打下去就要出事了，连忙将华磊爸爸拉开，再把华磊架到椅子上坐好，发现华磊已经控制不住自己，正在神经性地大口抽泣。

办公室的老师略带惊恐地看着这一幕：打孩子他们见得多了，但是劈头盖脸抡踢捶砸的，还是第一次见——这是自己儿子啊，真下得了手！都知道十二弄和好来坞的家长打孩子凶，没想到新村的人也是硬手。

教室里留下来上管理班的孩子听着办公室那边传来的动静，自然是满满的幸灾乐祸，个个交头接耳，挤眉弄眼。

最热闹的当数三班。

蒙猜纳在办公室里处理华磊的事情，管理班没人镇守，班里乱成一片，没几个人有心思做作业，又对办公室里发生的一切非常好奇。

冯骁倒是静下心来把作业写了个差不多。语文嘛就是抄东西，这个不急，留着后面写，数学可以先做起来，今天有几道应用题，略微花了点时间。没想到，周围的人见冯骁开始写语文作业，便知道他的数学做完了，马上就把本子"借"过去抄了起来。

宋大铭喜欢来事，连抄作业也顾不上，提议组织一支"敢死队"去办公室外面偷听。这个提议马上就被响应了，季俊杰和葛晓刚这对"好来坞双宝"报名参加，其他人也跃跃欲试，但宋大铭表示三个人够了，人多动静大，万一被老师们发现，就麻烦了。

三个人从走廊尽头的楼梯下到二楼，穿过二楼的走廊，再从另一边靠近办公室的楼梯上来，偷偷摸到办公室外。这个地方容易撤退，万一有什么动静，可以马上往楼上楼下跑，或者拐去三楼的其他地方。蒙猜纳总觉得宋大铭脑子不笨，书没读好是因为脑筋都用在别的地方了，果然是有道理的。

贴着走廊的墙靠近办公室门口，宋大铭等人发现门是开着的，香烟味从里面溢出来，说话的声音也清晰地传出来。这时候华磊已经有点儿缓过来了，正带着哭腔，说自己偷东西的事情。

这是谁都不愿意错过的，办公室里的老师们个个竖起耳朵听着，本来准备下班的也不急着走了，或是给茶杯里加满水，或是再续上一根烟。办公室外，宋大铭等人也竖起耳朵，听得十分投入，猛然感觉身边有人，抬头一看，一班的班主任正站在一旁，也聚精会神地听着……

过了没多久，第二个家长来了。

蒙猜纳放下华磊那头的事来到教室，把倪卿叫了出去，顺口说了一句：做完作业的可以回家了。教室里顿时雀跃，没做完作业的赶紧做，正在抄的也抓紧抄，更有些人连抄都懒得抄，就等蒙猜纳走远了准备开溜。

冯骁一时间走不了，语文作业还没写完，数学作业正被别人抄着。

办公室里，倪卿爸爸和倪卿听老师们说了几句温和的话，木然地接过蒙猜纳递过来的五块钱。倪卿爸爸想说点什么，突然发现自己先前准备的那些话一下子都说不出来了，又看着旁边满脸怒意的华磊爸爸和奄奄一息的华磊，想来说那些话也不合适，便带着儿子出去了。

倪卿脑子简单，看见爸爸拿回了五块钱很高兴，想着今天晚上能不能吃到红烧大排，走出办公室后，脚下还带了些蹦跶。这时，看见冯骁背着书包迎面走过来，倪卿第一时间想的是：糟了，数学作业还没抄完呢。但是拿回五块钱是喜事，还是要第一时间汇报的，于是跑上去说："冯骁，我们把五块钱拿回来了！"又回头对爸爸说："爸爸，他就是冯骁!"

倪卿爸爸先是一愣，看着冯骁，慢慢走近，脸上的表情凝重起来。冯骁知道没有坏事，也不避开，看着面前这个矮胖的叔叔就是一个放大版的倪卿，感觉有一点好玩，不知为什么，又感觉有一点伤心。

倪卿看着自己的爸爸，只觉有点陌生，再一看，原来是爸爸的眼圈略有发红。在他的印象里，爸爸很少有这样的表情，这令倪卿有点不知所措。倪爸爸站在冯骁面前，左手抬起张开，犹豫了一秒，搭落在冯骁肩膀上，略微用力握了一下，开口说了句："谢谢你了。"说完，倪卿爸爸似乎意识到什么，手伸到裤兜里摸索起来。

只见他从裤兜里掏出几张钞票，用食指和中指夹住一张五块钱的纸币，努力将它和其他钞票分开，因为右手帮不上忙，显得有点狼狈。冯骁知道倪卿爸爸要干嘛，拔腿就跑。倪卿爸爸没反应过来，呆了一下，再想喊住冯骁，怎奈他一个拐弯就下了楼梯。

倪卿始终在一边傻傻地看着。

第二天，冯骁和倪卿到学校的时间都比较早——昨天的数学作业还没抄完，做什么事情都得有始有终吧。

"昨天我爸爸买了鳝丝，炒茭白吃。"现在每当家里吃了好东西，倪卿都要跟冯骁汇报，"我爸爸说，他以前炒鳝丝炒得很好吃的，现在手坏掉了，没法炒，只能让我妈妈炒，他在旁边看着，不过这次妈妈没弄好，被爸爸说了。"

冯骁家里条件还算过得去，虽然是一大家子吃饭，但是鳝丝这种东西，还是每个礼拜都能吃到的，不算稀奇。

那个时候，上海普通家里人的菜谱相对单一，肉类以猪肉和鸡肉为主，现在我们经常吃的牛羊肉，那时候都比较少见。羊肉还好，七宝、真如、浦东等地都有吃白烧羊肉的习惯，再配上点白酒，属于地域性饮食习惯。但牛肉就是很稀罕的东西了，一来价格不便宜，二来家里说了算的长辈都对牛肉的味道没有感觉。说到底，猪肉香啊！经历过困难时期的那辈人，一直被缺油水的记忆支配着，红烧肉、红烧大排、糖醋小排、腌笃鲜、黄豆猪脚……都是上海人最先想到的肉菜，只要条件允许，这些都是餐桌上的常客。

大人们总是在餐桌上隔三岔五提起那个饿肚子的年代，然后抓紧消灭眼前的猪肉。这些忆苦思甜的话，听多了也就厌了，有时候听到第一句，就知道后面要说的是什么。尽管冯骁听着全无感觉，但是其他大人总是能给出附和，时间一长，就连什么话题能得到什么应和，冯骁都能猜得七七八八了。

相比之下，冯骁还是觉得爷爷说的事情更有意思一些。爷爷喜欢说更久远的事情，多是跟老家有关。从小时候记事讲起，到日本人打进来，再到家族的几个分支来到上海，散在各处，多是跟吃有关。特别是日本人来的这段时期，讲得尤其详细，讲完就叹气，说现在吃东西都没以前那么考究了。这时，家里人就跟他开玩笑泼冷水："嗯呢！就你见识广，见过的外国人多！"

水里可吃的东西就比地上东西丰富多了。首先是海鲜，上海靠海，虽然海产品在中国沿海不算特色，但至少有梭子蟹、黄鱼、带鱼等物，特别是带鱼，油煎、红烧，都很好吃，是上海人餐桌上最常出现的海鲜。冯骁听妈妈讲三年困难时期的故事，就提起过一件荒唐事：那个时候，居然有人带孩子去十七铺看带鱼，说这个东西快绝种了，赶紧看看长什么样子，否则以后就看不到了。

淡水里的东西更多，最常吃的是鲫鱼，烧汤或者红烧，鲜味天然，现如今这种鲫鱼鲜汤已经很少能遇到了。然后是鲢鱼、鳊鱼、青鱼、草鱼，或烧汤，或红烧，或清蒸。青鱼个头大，片了鱼肉下来剁成泥，添点配料，拌点面粉和生粉，还能做成鱼丸子。黑鱼其实比这几种都好吃，但不是每家都会吃，喜欢的人家就烧汤，加一点火腿提鲜，熬到最后，再放点冬瓜片进去。

除了鱼，还有河虾、螺蛳、田鸡、大闸蟹等物，大都是热油爆炒，酱油调味。田鸡一直说要禁，总是禁不掉，每个菜场都在活杀田鸡，只怪那个时候牛蛙养殖还没做起来。大闸蟹据说以前随处可见，不稀奇，后来慢慢就贵了。冯骁记得刚上小学的时候，老家来人，带了活的大闸蟹来，公的六两，母的半斤，一家人吃得眉开眼笑。后来再来人，带来的大闸蟹就没那么大了，再后来索性没有了。

老百姓喜欢的水产品还有一个黄鳝。菜场里，卖鳝丝的摊位排成一列，摊主们一边闲聊，一边一刻不停地划鳝丝，划好的鳝丝随时准备被客人买走。客人们不必担心鳝丝是否新鲜，因为鳝丝摊的流水很快，每一条黄鳝都是活杀的。

相比鳝丝，有的家里更喜欢吃鳝筒，这就要去买大黄鳝了。摊主在长木板上一头敲一根钉子，反过来，钉尖朝上，杀大黄鳝的时候，肚皮朝上把黄鳝头捏紧，往钉子上一按固定住，下面开膛剖肚，动作极为麻利，场面也颇为血腥，可以跟活杀田鸡一较高下。冯骁每次跟家长去菜场，看见杀大黄鳝，总要津津有味地驻足看一阵。那个年代的小孩子，见惯了杀小活物，根本不放在心上，要是现在的小孩子，别说杀黄鳝杀牛蛙，就算是杀条鱼，都不敢正眼看。买鳝丝的时候，绝大多数的人家都要带上几根茭白，跟鳝丝一起炒。纯炒鳝丝吃，普通人家是要心疼的，事实上，一大家子吃大锅饭，买一斤鳝丝是要搭上两斤茭白的。

倪卿家鳝丝和茭白的比例，冯骁不清楚。但是倪卿说爸爸抱怨妈妈厨艺的时候，说了句"没有声音"，冯骁马上就懂了。冯骁看爷爷炒鳝丝，鳝丝装进盘子，撒一把葱，一点白胡椒粉，先上桌，再拿一个铁勺装了滚油往上面一淋，听得"滋啦"一声，白色的水汽冒起来，才算是完美。冯骁猜，倪卿妈妈应该是没搞出这个仪式，才令倪卿爸爸不满意。

也难怪，偶尔吃顿好的，工夫是应该下下足的。

正聊得起劲，看见华磊背着书包走进来，很晦气的样子。

大家都用异样的眼光看着华磊，看得他浑身不舒服，坐到位子上连头都不抬。

倪卿不说话了，拿着冯骁的作业本坐回自己位子上继续抄，一脸认真。

冯骁心里有鬼，也不说话，摆弄了几下文具，拿出语文课本漫无目的地翻着。

一时间，空气有点儿凝重。

倪卿马虎地抄完作业，大家把作业本交了，都等着下楼去跑步。这时宋大铭站到了冯骁背后，鬼鬼祟祟地用食指戳了他几下。冯骁回头，宋大铭指指外面，意思是出去说事。冯骁知道宋大铭跟华磊走得近，肯定知道些什么，昨天他去办公室门口偷听到的也没分享，便点了一下头，看宋大铭往门口走去，也站起身跟出去。到了后楼梯口，两人往下走，听到后面有动静，一看，倪卿也跟了出来。

宋大铭思路还算清晰，把昨天听到的和自己亲历过的整合了一下，复原了华磊的情况：

首先，华磊这两次偷钱，主要是为了玩游戏机。游戏机房的价钱是四角钱一个钟头，每天下课去玩上半个钟头左右，平均下来一天就是两角钱，但这根本不过瘾，华磊礼拜六和礼拜天的下午都要去那里报到。

一开始，宋大铭还会跟华磊一起去打游戏机。但是一段时间后，发现钱根本不够花，就决定不去玩了，反正不缺乐子。差不多两个礼拜没去玩，脑子里也就不惦记了，加上后来迷上了打弹子，游戏机的事早就抛到九霄云外去了。

不过华磊还是经常去玩，除了魂斗罗之外还玩了许多别的游戏，虽然多数时间能找到人拼一台游戏机玩，但是抵不过打游戏的时间太长，口袋里那些零花钱没多久就没了，才有了上次偷五块钱的事。后来冯骁组织大家捡废铁卖钱贴补倪卿家，华磊看收入丰厚，动了心，硬拉上宋大铭来游说冯骁，结果被冯骁拒绝，很是失望。

　　事后，华磊减少了去游戏机房的次数，但钱还是不够用，就只能写欠条，每个月拿了零花钱再还到老板这里来。游戏机房的老板是个人精，小孩子写欠条的时候，他都用一个本子记下名字、学校、班级和家庭住址，小孩子欠的钱多了，就威胁要告诉学校老师和家长。这套特别管用，只要一威胁，孩子们几乎都乖乖地短时间内弄到钱还上，老板也不关心这些钱是哪里来的。

　　也不是没有家长去游戏机房闹过，但是老板那边的手段实在丰富：一是楼上还住着老板的两个光棍亲弟弟，白天游手好闲，晚上也不知道在哪里混，一有人来讨说法就下楼去助阵，冬天还好，夏天光着膀子，一个身上文着下山虎，一个身上文着过肩龙，纹得是蛮难看，却也能让人胆寒；二是老板娘是个悍妇，看兄弟三人有点吃力了，或者是天冷没法露文身，气势起不来，就挥着把菜刀出来掠阵，骂街撒泼，喊打喊杀，弄得没人敢靠近这家人；最后，老板的老娘也是个狠角色，杀手锏就是拐杖横在身前，往门口一坐，谁要进门都得过她这一关，不管碰到没碰到，都往后一仰，躺在地上哭天抢地，三个儿子和一个儿媳配合演戏，一副全家老小打算拼命的样子。

老板除了赚游戏机的钱，还另有生财之道。见有初中生来玩，就给他们递香烟，总有抵挡不住诱惑的学生接下来，一次两次，虽然没上瘾，但也觉得好玩，叼根烟也显得特别不一样。接下来，老板就卖烟给他们，按根卖，一根烟两倍的价格，销路好得很，弄得游戏机房里乌烟瘴气。

另外，自从老板签字的本事被传播开，越来越多的小孩来找他签字，小本子上要签，测验的卷子上也要签，写个检讨书，肯定还得签。老板最讨厌小孩来找他签字，又不玩游戏机，于是宣布，签一次收两角钱。这样一来，多了一笔稳定的收入，也无所谓小孩子玩不玩游戏机了。

最绝的是，每个学期结束的时候，老板和老板娘能提供代开家长会的服务，每次收十块钱。这项服务是需要预订的，客户多是家里条件不错、零花钱多的初中生，附近几个学校的家长会时间要是能错开，就每天都有二十块的额外家庭收入。

华磊找老板签过几次字，再加上欠条，算在一起，估计在十块钱上下，这还是在刚拿过零花钱的情况下。奈何老板知道华磊在哪里上学，不去游戏机房也躲不过，有一天放学，华磊就被老板的弟弟在学校门口堵过一回，限期一个礼拜还钱，否则就直接告诉班主任。

小孩子哪里受得了这个威胁，只能铤而走险，观察了几天，趁跑步的时候溜回来偷了东西，用塑料袋装了藏到厕所的水箱里，又潜回跑步的队伍里，跑完步跟大家一起回教室换裤子。案发之后，又是搜身，又是排查，当中还被白圆脸揭发中途溜回来，提心吊胆了一个上午，到了中午放学，假装如厕，想进厕所把钱取回来，赶紧去游戏机房还掉，算着应该还能多出点钱玩游戏机，没想到被老师们堵死了，人赃俱获。

华磊万万没有想到，那支因为样子被喜欢、留在身边上课用的钢笔，却是同桌冯骁认识的。可能整个学校除了冯骁和曲明娜，没几个人知道这支笔，更不用说上面那道不怎么起眼的摔痕了。

老师们也万万没有想到，自然常识课上教的浮力小知识，居然会成为华磊藏赃物的手段。

这孩子，真是让人哭笑不得……

15

划炮和羊肉串

　　宋大铭一直说到下楼跑步，才把事情讲完整。

　　倪卿听得出神。本来，他是最应该恨华磊的，毕竟让他背了个不明不白的锅。但是这回听下来，反而觉得华磊比他更可怜，一下子也不知该说什么，转头看着冯骁。

　　冯骁也没说话。这次告密，也让他的心情颇为复杂，虽然帮曲明娜拿回了心爱的钢笔，但却让自己的同桌面临处分，而且告密的对象还是自己不怎么喜欢的班主任蒙猜纳。

　　这个心结怎么解，是个问题。

　　中饭后，防空洞里的人比平时多，看守老大爷转了一圈，觉得奇怪：虽然人多，但大家都聚在一个房间里，也不玩游戏，看着倒像是要讨论什么重要的事情。老大爷想凑上去听，大家都警惕地盯着他看，只能悻悻地走开了。

　　这次聚众议事是冯骁组织的，宋大铭负责喊人，倪卿、瞿斌、季俊杰、葛晓刚都来了，一班的孙伟伟，二年级的方脸、尖下巴和黄海流，另外还有几个平时一起玩、上次也一起捡废铁的人。女生来了鱼依婷。有意思的是，许晓颖看见冯骁、倪卿和宋大铭神神秘秘地往防空洞里钻，也好奇地跟上来，冯骁没有阻止，说一起想想办法也好。

宋大铭起头，把华磊和游戏机房情况跟大家讲了一下，因为是第二次讲，逻辑通顺了许多，很多细节也提到了。

"你们想想看，这事怎么说？"冯骁总结了一句。

在座的以读书不好的人居多，大家都有想法，但不知道怎么表达，一时冷场。还是许晓颖先说话："这个老板太坏了！你们有什么办法能警告他一下吗？"

瞿斌进出一个词："卑鄙小人！"不过在场能理解这个意思的人并不多。

宋大铭说："我们玩了那么久打仗，也去游戏机房打一仗吧？"这下大家响应得很积极，开始七嘴八舌地出主意，基本上都是些实现不了的。

冯骁若有所思，点着头，只听旁边许晓颖在问："什么是打仗？"

"以后带你一起去看看。"冯骁敷衍了许晓颖，对大家说，"我们的人还不够多，我还得去找一个人，礼拜六下午行动。"

大家摩拳擦掌，无比期待，只听冯骁又问了一句："你们有多少钱？"

晚上，吃过晚饭，冯骁溜出家门，在弄堂里七转八转，来到了二小那个军师的家，敲了门，开门的正是军师。

军师愣了一下，把冯骁迎进来，对爸妈说了句："同学来了。"就带着冯骁上了二楼，又爬梯子上了小阁楼，那是他写作业和睡觉的地方，放了一张床、一张桌子和一把椅子，另外还有个柜子，堆满了玩具、零食、书本等乱七八糟的东西，地方虽然不大，但是有自己的独立空间，令冯骁有点羡慕。

冯骁也不拐弯，直接把发生的事情跟军师说了一遍。先说华磊偷钱的事，再说华磊偷钱的原因，最后说打算"收拾一下老板"。

军师没回应，慢慢消化着信息。

冯骁提醒了他一句："游戏机房老板会签字的事，当初是你说出来的哦，否则华磊也不会跑去那里。"

军师做手势提醒冯骁说话小声点，然后趴到楼梯口往下看，确认爸妈都在一楼跟刚来的邻居闲聊，才放心地问冯骁："你们打算干什么？"

"这个人太坏了，总得想个办法教训他一下，有什么办法吗？"冯骁心里其实有初步的打算了，但还是想听听军师的想法。

"教训了他，他就不会来要钱了吗？我们好几个人都有欠条在他那里。"

"你也写了欠条？"

"嗯，五块钱。"军师有点不好意思，"后来我一直没去玩过，那个老板确实是个坏人。"

冯骁很意外，在他看来，二小的军师算是个聪明人，没想到也会栽在游戏机房。一问之下才知道，二小离游戏机房近，写过欠条的大有人在，小孩子又没有自制力，没钱了还是要打游戏机，一个个都被老板抓住了把柄，隔三岔五就来学校门口堵人，搞得大家又恨又怕。

原本冯骁是想让军师出出力，再拉几个平时一起玩的人帮个忙。这下看来，简直是多了一支同盟军，连忙跟他分析说：老板就是吓吓人，不会真的进学校或者找到家里来——要进学校早就进了，老板也是怕老师、怕校长的；德新里弄堂七绕八弯，非常复杂，他们来了也找不到哪家，再说德新里的人那么团结，老板一家就算全来了，闹起事情来，邻居们会放他们出去？

军师被冯骁一阵游说，也觉得有道理。想来想去，老板的弟弟每次来学校，只敢站在校门外，找上家里这件事，还真没听任何人说起过。

"我有一个办法，又能教训游戏机房老板，又能让大家再也不去玩游戏机。"冯骁趁热打铁，"不过我们这里人不多，你也拉点人一起吧，礼拜六下午。"

军师眼睛一亮，答应了下来。两个人开始商量计划，越讨论越起劲，直到冯骁听到妈妈在外面喊他的名字。

那时候过春节，都是要放鞭炮的，特别是除夕晚上，从晚饭就开始放，十二点的时候到达高峰，鞭炮声不单单震得耳朵要裂开，身上的每根骨头都像在被死命地砸。年初一一早，给长辈拜完年，小孩子们就出门找哑炮，从当中掰开，把里面的火药点了，听见"嗤"的一声，火星冒出来，管这个叫"老太婆撒尿"，名字不雅，却很形象，不过玩多了，也没什么大意思。

前一年的大年初六，冯骁跑去十二弄玩，前天晚上迎财神，鞭炮也放得格外猛烈，大家依旧去找哑炮。冯骁看见尖下巴找到一个"高升"的哑炮，收拾了半天，居然也掰成了两截，拿了根点着的香，打算玩个大的。冯骁感觉不妙，又好奇会发生什么，拉着宋大铭退开几步。果然，尖下巴一点，一片壮观的火光闪过，大家都被吓了一跳，再看尖下巴，点火的那只手黑乎乎一片，棉衣袖管也焦黑一片，手里还拿着的那根香居然是完整的，蹲在不远处观摩的方脸，脸上也沾了些黑黑黄黄的东西，一条眉毛不见了，头发也被燎掉了一片，两个人愣了几秒钟，一前一后大哭起来，场面十分凄惨。好在最后没什么大事，就是回了家各自被家长摁着暴揍一顿，又是一阵凄厉的哭嚎。

后来杂货铺里开始有掼炮卖，安全很多，往地上一扔就响，放在地上用脚踩也会响，用手捏也能响，还不疼。小孩子们都觉得新鲜，就算不过年、没人办喜事，也能听个响，那时候走在大街上、弄堂里，冷不防就会听到一声炸响，又无迹可寻，定是有人在玩掼炮了。有捣蛋的人还把掼炮带来学校，下课的时候故意拿来吓女同学，但是这种举动在学校里就是大动静了，几乎每回都被老师逮到，掼炮收缴，家长领人。

差不多同一时期，划炮也出现了。相比掼炮，划炮就刚烈多了，正儿八经的火药炮仗，一头像自来火一样，往红磷砂纸上擦一下就可以引火，四到五秒后炸响，威力不算小，放在普通的玻璃瓶里，足以将瓶子炸开，而且还不怕水，引燃后烧个一两秒，扔进水里照样能炸。虽然一盒划炮的价格是掼炮的三倍，但是凭着威力和可玩性，没多长时间，风头就完全盖过了掼炮，成为男孩子手里的常规武器，只是没人会胆子大到在学校里放。

至此，"老太婆撒尿"就没人玩了，掼炮也成了辅助武器，大家玩打仗的时候，开始用划炮，最大的作用就是吓唬对方、扰乱对方的计划。不过，划炮这东西是双刃剑，吓到对方的同时也会吓到自己人，冯骁一直在思索，划炮怎么用才能在打仗时发挥最大的作用，但一直没有头绪。

礼拜六只上半天课，中饭时间一过，冯骁和二小的军师来到好来坞附近的杂货铺，浩浩荡荡聚了三十几个人。

先是买东西，掼炮一角钱一盒，要三盒就够，划炮三角钱一盒，要十五盒，加起来四块八角。多数人是没有零花钱的，大家只能尽量凑，摸出来的都是毛票和分币。

家里最穷的倪卿居然拿出来五角钱，大家吃惊地看着他，甚至怀疑他是不是从家里偷了钱出来。倪卿说这是爸爸给他的，让他找个时间买点零食给冯骁吃。冯骁心里嘀咕，怎么之前不知道有这回事，这样一来，零食不就吃不上了吗？

瞿斌家里有钱，不但掏出来几张毛票，还额外拿出来一盒掼炮和三盒划炮，除此之外，还有两个打火机。有时候，划炮盒子上的红磷砂纸质量不好，划上去不一定能引得起火，但是用打火机点，是一定能点着的。

鱼依婷也拿出一把一分的硬币，加起来有一角多钱。好来坞的孩子能拿出来钱，已经很不容易了，鱼依婷说，每次家里的船跑一趟货，外婆都会给她一分钱，她都存在一个储蓄罐里，但是储蓄罐是没法打开的，这回要用钱，她只能把投币孔朝下摇了半天，从投币孔摇出这十几个一分的硬币。

军师手里早就没钱了，不过带来一样"秘密武器"，用报纸裹着，拎在手里，看着像根粗棍子。大家都很好奇，冯骁说这是"撤退"时用的，于是众人更加好奇了。

大家七七八八地凑着钱，许晓颖在旁边看，没见冯骁拿钱出来。冯骁见许晓颖一直盯着自己，有点儿不好意思，只能跟她解释，家里从来没给过零花钱，储蓄罐倒是有一个，但那个投币孔实在太窄，弄了半天也没掉下来一个硬币。

许晓颖皱着眉头想了一阵，说了句："我好像还有钱。"在众人期盼的眼神中，拉开上衣胸前口袋的拉链，拿出一个烟盒大小的红色小包，从里面拿出一张崭新的一块钱钞票。许晓颖把一块钱递给冯骁，发现冯骁接过钱的时候还盯着小包看，有点生气，瞪了冯骁一眼，把这个只有不上学的时候才会带在身边的小包收了起来。

旁边的人都很羡慕。那个时候，有一个小包专门装钱，是超出大家认知的——而且，里面还真的有钱。

冯骁很开心，觉得自己有本事，能让许晓颖也参与进来，还贡献了一块钱。于是，又买了两盒大号的划炮，盒子里划炮的数量少，但是威力要比普通划炮大很多。

游戏机房的老板今天也很开心。一般，礼拜六的生意是从下午一点开始的，今天十二点半刚过没多久，就来了一批小学生，两两一组，足足占了七台机器，加上之前就进来的几个五年级学生，一下子就满客了。而且今天来的这些明显是新面孔，有的连游戏机怎么弄都不会，一起来的人教不过来，还要老板来帮忙。

　　老板是很欢迎新面孔的，新面孔身上肯定有现钱，老面孔才会写欠条，不过老板凭着手段，绝大多数欠条还是能兑现的。做生意嘛，就要广纳新客，然后把他们变成写欠条的老客。

　　晚来的人没机器玩，只能站在一旁看着，觉得今天有人玩游戏心不在焉，水平又臭，忍不住在旁边指指点点，可是人家不听，感觉索然无趣。

　　老板在外间撑开圆桌，招呼几个高年级的学生跟自己打牌，打算额外赢点小钱。他精明得很，打这种牌看上去有输有赢，最后算下来多数是自己小赢一点。要是遇上屡次输的学生，就故意输一点给他们，每次输出去的不过几角钱，一台游戏机两个钟头就赚回来了。

　　老板娘也不闲着，给里屋的客人送水。游戏机和电视机对面，每两个凳子当中就有一个更小的矮凳，放两个玻璃杯绰绰有余。老板娘拿一个大玻璃水壶，舀几大勺白糖，烧好的开水冲进去，再兑点凉白开把温度调到适好，甜甜的，热热的，小孩子都很喜欢，一个个杯子倒满，把顾客的心完全抓牢。

　　冯骁此时跟瞿斌坐在一台游戏机前，心情复杂地玩着游戏，虽然今天是来砸场子的，但是玩了一会儿，发现还挺好玩。好在瞿斌在旁边嘀咕："这边的游戏太少了，还没我家一半多，怎么会有那么多人来？到时候放寒假，你们天天来我家里玩吧。"

冯骁心想，你天天在家打游戏，上次考试还能进年级前五十名，也真是不容易啊！转念又想到一件事，问瞿斌："一点半快到了吗？"

瞿斌看了看左手的电子表说："还有五分钟。"

同一个牌子的电子表，许晓颖也有一块。此时她跟二小的军师在一起，带着另外一帮人聚在游戏机房不远处的弄堂里，这条弄堂往前走有个分岔，变成两条差不多平行的弄堂，走出去，游戏机房就在两条弄堂出口的对面。出口处当中有棵大树，索性就造了个花坛把它围起来，四周立了膝盖高的铁栏杆，年头一长，花坛里的几棵植物也长到半人多高了，除此之外还有满满的草。

许晓颖看了看手表，说："你们可以去了。"军师带一拨人，宋大铭带一拨人，过了分岔口，分别走进一条弄堂。许晓颖没有跟上去，看他们都去"行动"了，反而笃悠悠地从来时的路退了出去。

游戏机房的老板连输两副，终于抓到一把好牌，兴致很高地理好牌，点上一根烟，准备大干一场，突然从余光里看到有什么东西飞进了家里，掉落在地上，还不止一个。老板往地下一看，几个划炮一头冒着烟在地上滚着，脏字还没来得及从嘴里迸出来，划炮就纷纷炸了。

这不是普通的炸，一炸就炸个没完，门里门外都在响，还有掉在窗台上的划炮把玻璃窗炸得嗡嗡作响。老板知道有人在搞他，一边叫骂，一边冒着"枪林弹雨"站到门口往外看，只见花坛后面，左右各一群小孩子，一刻不停地把手里的划炮划着，往自家扔过来，等落地了，差不多过一两秒就炸响。

老板也看不清小孩的脸，因为每个小孩子脸上都扎了一条红领巾，把眼睛以下的部位蒙得严严实实，气得老板抄起门旁的扫帚就往外冲。刚冲了两步，十几个划炮同时向他身上招呼过来，其中有一个好死不死掉进了上衣口袋，炸起来的时候，身上甚至起了火花，眼见又一批划炮在空中划出一道道美妙弧线，朝自己奔过来，一个转身就往回跑。老板娘看见一枚划炮在自家的煤气罐旁边炸开，吓得魂飞魄散，一个大踏步，再飞起一脚，把家门踢上了。老板被锁在门外，身边的划炮不停地炸，硝烟越来越浓，又急又气，大声招呼楼上的两个兄弟。

这房子的楼梯是在外面的，两兄弟住在三楼，昨晚搓了通宵麻将，还在睡觉，被划炮声吵醒，听着感觉不太对，又听到大哥在楼下呼喊，知道出事了，一边穿衣服一边冲出门，顺着楼梯下到一楼，看见一群红领巾蒙面的小孩子正拼了命地往这边扔划炮，气得一声大吼，嗓门盖过炮响，就往花坛冲。这时只听脚下"轰轰轰"几声巨响，震得整个人骨头都酥了，脑袋里面嗡嗡作响，像被当头敲了几棍子。兄弟三个都被吓住了，这声音听着不像划炮啊，高升也没那么吓人，是不是炸弹扔过来了?! 本来要发起的第二次冲锋又没了势头。住在二楼的老娘正好打开窗户往外看，赶上这轮响动，吓得浑身发抖，又把窗户关起来了。

接着又是几声巨响，空气里的硝烟更浓了，几乎看不见对面花坛后的情况。兄弟三个嘴里骂骂咧咧，正打算找点东西挡在身前再发起第三波冲锋，发现世界一下子安静了下来。三人知道那些小孩子可能已经逃跑了，急忙追过去，就算逮住一个，也能审出是谁干的好事。

这时，房门打开，老板娘歇斯底里地面喊着老板的名字。老板一惊，往家里跑，另外两兄弟也停下回头看了一眼，扭头继续往花坛那边追过去，等翻过花坛，已经一个人影都看不见了。这时旁边的人指点，小孩子们是从两条弄堂进去的，两兄弟分开追，追到分岔口会合，再往外面跑，一直跑出弄堂，到了马路上，也没看见一群红领巾蒙着脸的小孩子，跟别人打听，也没人说见过。

划炮声刚炸响的时候，大家都一惊，但是冯骁等人马上就镇静下来。听到外面有人叫骂，其余人都跑出去看热闹，老板娘把房门踢上时候，窗户后面尽是一张张脸，瞧着外面的好戏。

冯骁、瞿斌、倪卿、季俊杰、葛晓刚、孙伟伟等十四个人马上行动起来。有的人挪走堵住后门的两台电视机和一辆自行车，这些都是重活，力气大的八个人去做，一台电视机三个人对付，自行车需要一个人抬起锁住的后轮，另一个人握着笼头用前轮推开，将后门打开，让自行车靠在门板上。做这些事情，孙伟伟出了不少力气。

冯骁和瞿斌把准备好的掼炮轻轻地往地上放，摆成几片"雷区"。

其余的人就毒了，拿起玻璃杯就把糖水往游戏机的卡槽里倒。但是大家都是头回做这种事，手抖，糖水又倒得太快，四个人只来得及破坏掉三台游戏机，倪卿是因为把自己和旁边那人的糖水都喝完了，一时间不知该怎么做。这时，外面大划炮的巨响就来了。

冯骁和军师约定，大威力的大划炮最后放，放完就各自撤退。

没办法，虽然房间里还剩好几杯糖水可以用来搞破坏，也只能撤。从后门撤的时候，有人走得太急，踩到地上的掼炮，发出了声响。冯骁最后一个走，出后门的时候脚一勾，把自行车放倒，横在后门口，出了门，又是一脚，"咣当"一声脆响，不知道又踢翻了什么，拔腿就去追赶同伙。

老板娘听到声音，知道里面房间也出事了，跑进来看到一片狼藉，一时间没了主意，跑回去开了前门，喊自己老公。老板推开看热闹的小孩子进了里屋，顿时火冒三丈，知道人从后门跑了，赶紧去追。

老板从小在这里长大，知道后门出去只有一条路可以通到外面马路上，而且有一段路，只要速度够快，肯定能追上小孩子。刚往后门走几步，脚下就是一阵莫名其妙的爆响，吓了一跳，定睛一看，原来地上被布置了好几处掼炮，顿时怒火中烧，也不管那些掼炮怎么响，跨过自行车出了后门，丹田一收，右脚一蹬地，就开始发全力往外追，心里想着不管追上哪个，先暴揍一顿解气再说。

没想到，右脚蹬下去却没有蹬实，整个人正在发力，重心往前，飞了三米远，重重地摔在地上，左膝盖和下巴先着地，再是两个手掌一路蹭过，最后全部身体落到地上，向左翻滚，撞向自家后门的外墙。

老板娘上半身探出门外，目瞪口呆地看过来。

军师带来的"秘密武器"，也是冯骁最后踢翻的，是大半瓶油。

军师和宋大铭他们没有第一时间出弄堂，摘下蒙面的红领巾躲进了二小一个同学的家里，那人就住在游戏机房附近。这拨人多数是去打过游戏机的，今天不能进去，也不能露面，蒙了脸负责在外面"攻城"，方便"内应"行动。

玩划炮是经常的事，像今天玩得这么痛快，还是第一回，大家都在回忆刚刚发生的事，很兴奋，又不敢大声喧哗。军师和这家的小孩一直站在窗口，拉起窗帘留一条缝往外看，看到追出去的兄弟两个又回游戏机房了，才招呼大家悄悄离开，撤出弄堂。

冯骁那边异常顺利，出了弄堂都没见后面有人追上来，估计那大半瓶油多多少少是起了作用的。冯骁还是谨慎，走了几步后，招呼大家又进了另一条弄堂，躲了五分钟，确定外面真的没什么情况了，才大摇大摆地离开。

下午两点，好来坞特别热闹，三十几个孩子到了船上。冯骁等几个起头的人坐在鱼依婷家的船里，鱼依婷的外婆用煤油炉给他们烧水喝，瞿斌还不忘问一句，能不能放点白糖？被冯骁瞪了一眼。

大家互相描述刚才的壮举，手舞足蹈、神采飞扬、唾沫横飞。许晓颖坐在旁边，听得很有兴致，后悔刚才没有留下来看一眼，同时又有点后怕，万一冯骁和军师的计划有什么问题，会不会也怪到自己头上？毕竟自己也是出钱出力——如果看看手表也算是出力的话。

别人就想得更少些，都觉得今天当了英雄，非常了不起。这个说自己的划炮炸掉了窗玻璃，那个说自己破坏了三台游戏机，进攻的和内应的都夸大其词。瞿斌大谈摆掼炮的阵型，要间隔多少摆几个，进来的人怎么迈步子都会踩到，大家听得无趣，没人迎合他。宋大铭坚持说自己准头厉害，一枚划炮扔进了老板的口袋，直接把老板炸回家了，这种话当然也被当成吹牛。

鱼依婷的外婆烧完水倒给大家喝，几个人合用一个杯子，还真的放了点糖，又兑了凉水，温度正好。一时间，都停下说话，专心喝糖水。喝着喝着，有人说了一句："烘山芋好香啊！"

只见隔了几条船，有船工家的人正在吃烘山芋，上风头，香味正好飘过来。再看不远处，大家买过烘山芋的那个摊头已经摆出来了。虽然肚子不饿，但是大家的表情都有了微妙的变化，有几个人不约而同望向冯骁。

是不是，该庆个功了？

冯骁跟许晓颖和军师解释，上次大家捡过一回废铁，给倪卿家凑钱，后来剩下的零头，大家吃了一顿烘山芋。

说着，从口袋里掏出一把分币，是刚才买划炮、掼炮剩下的："你们谁去买？"

看着那一角几分钱，大家顿时兴味索然，埋头继续喝糖水。只听见许晓颖脆生生地说："烘山芋有什么好吃的？我请你们吃羊肉串！"

所有的人都耳朵一竖，眼睛一亮，糖水不甜了，烘山芋也不香了。

不知道为什么，冯骁感觉面上有光，今天带出来一个中队长，人好看，还特别大方。

"走走走！"大家知道最近的烤羊肉摊在哪里，纷纷放下手里的杯子，踩着船与船之间的跳板往岸上去。

鱼依婷有点失落的样子，看了看外婆。外婆笑得很慈祥："一起去吧，糖水我给你留着。"

烤羊肉摊就在好来坞旁边，每天下午摆出来，一角钱一串。这一带做体力活的人多，喜欢吃这个，白天来就是稍微搞几串解解馋，晚上会自己带了酒，点上一把烤羊肉串，在旁边随便找个地方一坐，边吃边喝边吹牛。另外一批客人是附近的学生，放学路上经过，禁不住烤肉香的诱惑，身上有钱的就自己买，身旁有家长的就缠着家长买。

新村门口的东边也有一个烤羊肉摊，瞿斌的爸爸喜欢这个，有时候瞿斌下课，爸爸正好有空，父子俩就站在摊子旁边，你一串我一串。冯骁放学回家经过，被瞿斌的爸爸看见，远远地把他喊过去一起吃，每回都能蹭到两三串。冯骁也不客气，这东西实在太香了，吱吱冒油的样子，根本没法抵挡。

那年头，谁家里能做得出烤肉啊?!

除了烤羊肉，还有别的小摊子，总在放学的时候摆出来。

最常见的就是卖麦芽糖的摊子，只要有学校，旁边必定有，少的一个，多的两三个，再多就不行了，毕竟是小本经营，一个摊子也赚不到几个钱。

对麦芽糖的称呼，上海人随浙江人，称之为"琴糖"。每个摊子都有加热的金属格子，让里面的琴糖不会凝固，看上去更加吸引小孩子。加热中的琴糖，本色是褐色，摊子上的琴糖因为要有噱头，都用色素染了颜色，金黄色、红色、绿色，配着琴糖加热后特有的甜香，就是最好的招牌了。

付了钞票，摊主用一根小木棍挑起一小团金黄色的琴糖，再插上另一根小木棍，搅几下递过来。如果多花钱，就能得到红色和绿色的琴糖跟金黄色的琴糖搅在一起，也能多得到一根小木棍——三根小木棍搅琴糖，看上去要比两根流利许多。不管什么颜色的琴糖，最后都会被搅成乳白色，好玩的是过程，要说味道，也就那样，总之只要是甜的，就不会让孩子们反感。

画糖画的人，那时候也不少，是这门手艺正当红的时期。糖浆是用几种糖熬的，有红糖、白糖、冰糖和饴糖，没有固定比例，所以有的摊子糖浆颜色有的偏金，有的偏红，有的偏淡。摊子上有一个转盘，一般分成十二格，画上十二生肖，有一个可以转动的指针，买糖画的人转一下指针，停在哪格生肖的格子上面，就画哪个生肖的图案，当然也可以不转，指定画某个生肖，不过自己动手转一下，参与感还是很强的。

那时候街边的糖画，都是平面的，也有画立体糖画的，先画出各个部位，再粘成一个立体的造型，就很不常见了。

除此之外就是地摊，不需要手艺，东西多，玩的用的吃的都有，有的地摊上还卖小人书，看天吃饭，不下雨就出摊。

不过最出彩的还是烤肉摊子，说到底，那可是肉啊！

在好来坞这边烤肉的是两个维吾尔族同胞，兄弟俩，据说才二十五六岁，天天在街边烤肉，又留了大胡子，看上去像快四十岁的大叔。有人问他们是哪里来的，就从嘴里蹦出一串词儿，从来没人听懂过，就听出来是"色"字打头，反正大家都不在意，只要肉烤得好，就可以了。

肉串都是事先串好的，用塑料袋装着，外面套一个大蛇皮袋。另一个蛇皮袋装的是炭，每天下午出摊，先用刨花和小木片引火，把炭烧上，一把边缘被火燎黑的破蒲扇把火扇旺，等炭烧匀了，架上第一把肉串，就开始有人聚过来了。

今天来的人有点儿壮观，浩浩荡荡一群小学生，两个女孩子，把烤羊肉摊团团围定，都一脸期盼的样子。

烤羊肉串的兄弟二人正一头雾水，许晓颖从一群孩子里走出来站到摊子前，从上衣口袋里拿出红色小包，打开后，低头在里面翻了一小会儿，两根手指夹出一张黄色的五块钱钞票，递过去说："烤五十串。"

一群孩子顿时炸了锅。

16

三条杠和铅画纸

星期一，上午第四节的班会课是选班干部。

今天有个插曲，班会课的前十五分钟是全校广播：三年级三班的华磊同学，因为偷窃钱物，影响极其恶劣，但鉴于认错态度良好，第一时间归还钱物，予以年级组警告处分。

"年级组警告"之上，还有"校警告""记过""记大过""留校察看"和"开除"五档，华磊这次，算是很客气了。

教导主任蟑螂头在广播里说话，广播的后半段引申了三个内容：

一是大家都要保管好自己的钱和贵重物品，不要让别人乘虚而入；

二是发现有些学生的钱来路不明，这种情况希望各班班主任注意调查。听说现在有人在外面捡废铁赚钱，这还是可以容忍的，但有些高年级的学生已经把脑筋动到工地上的钢筋砖块、黄沙水泥、木材板材上了，这就很严重了！

三是禁止学生去各种游戏机房，不管是大型游戏机房，还是家庭作坊式的小游戏机房，更禁止在游戏机房里赊账。

蟑螂头宣布，在游戏机房这件事上，他会联合学校的老师甚至学生家长，不定期去游戏机房抓人，只要抓住，就给处分！

蟑螂头这回是来真的了，作为教导主任，一直小打小闹是没有办法树立威望的。

全校广播结束，开始选班干部。

蒙猜纳对这次班干部选举很看重，又用了十分钟的时间跟全班同学解释班长和大队长的区别。

这回，大家对班长和大队长的概念变得清晰起来。

班长嘛，听上去是大官，毕竟是一班之长，具体做什么事情，反倒感觉有点虚，比如开会、带领大家在校门口执勤、运动会举旗子，都不是什么很厉害的。

大队长就不一样了。最大的区别就是，左上臂可以戴上"三条杠"，这可是传说中的东西啊！之前戴绿领巾的时候，班上有四个中队长，手臂上戴着绿色"两条杠"，其余的小队长戴绿色"一条杠"。现在戴了红领巾，杠杠都变成红色，唯独学校里最风光的红色"三条杠"，在三年级还没出现过。之前大家隐隐觉得大队长就是那个戴"三条杠"的人，今天蒙猜纳终于亲口证实了。

"三条杠"，才是真正的荣誉啊！当班长，身上什么标志都没有，谁知道啊？

四个候选人紧张起来。特别是跟冯骁同住德新里的圆白脸，早就知道大队长意味着什么，一直想把手臂上的"两条杠"换成"三条杠"，这样不光走在学校里，走进弄堂也是能一路抬着头的，享受邻居们或是称赞或是羡慕的指指点点，就算是说酸话，他也喜欢。

但是圆白脸也有自己的担心，就是平时关系好的同学不多，真的搞什么选举，怕是不会有人投他。

没搞好群众关系，也是圆白脸自己的原因。打小报告是圆白脸的拿手好戏，从小学一年级起，他就靠打小报告成功赢得了班主任的信任，后来蒙猜纳当了班主任，两人更是一拍即合。圆白脸经常被用来监视冯骁等人的行踪，当初蒙猜纳领着家长们观摩扔石子大战，就是圆白脸透露了地点，并且成功地预测出大战的时间。蒙猜纳视圆白脸为心腹，见他读书也尚可，干脆把他升为中队长，把另一个比较闷、从不打小报告的男生由中队长降为小队长。

但是圆白脸自从当上中队长后，对冯骁等人的监视反而越来越不得力，主要是完全没有掌握防空洞这个新据点的情报。同时，大家都知道他爱打小报告，对他颇为防备，甚至还采用过威胁的手段。

圆白脸也是韧性十足，就算困难重重也要抓住难得的素材告上一状。有一回，他看见冯骁和曲明娜一起回家，有说有笑，想到同住在德新里，漂亮的曲明娜却从来没理睬过自己，顿时难受与愤怒一起涌上心头，就赶在下课时间去办公室打小报告："冯骁和其他年级的女同学一起下课回家，还一直笑！"

当时，办公室里其他老师虽然一脸严肃，但是都忍不住要笑出声了。蒙猜纳也是哭笑不得，眉头一皱，沉声说了句"知道了"，就把圆白脸打发出去了。

虽然选举很庄重，但是过程并不复杂。大队长选一轮，班长选一轮，大家举手表决就可以了，可以重复举手，最后看总票数，要是有人两次票数都是最高的，就同时兼任大队长和班长。

先选大队长，蒙猜纳喊了第一个名字，大家犹豫了一下，稀稀拉拉举起了几个手。第二个名字，依旧没有超过十个人。

只剩下圆白脸和许晓颖了。

圆白脸突然有点儿兴奋，前两个人得票都不高，那自己的希望就大了，再看看同桌许晓颖，平时好像也没有和大家太亲密，心里暗暗评估，自己和许晓颖当大队长的机会，大概一半一半。

蒙猜纳第三个喊了许晓颖。名字喊出口的下一秒，教室里起了不小的波澜，恍惚间，看圆白脸见前面左面右面都举起不少手。他顿时慌了，回过头去看后面，举起的手也不少，特别是最后两排，所有的人都齐刷刷地举着。

冯骁一边举手，一边看左右，发现大家都举了手，一脸满意的样子。

倪卿个子矮，举手的时候生怕班主任看不见，屁股离开椅子，左手肘撑着课桌，右手努力向上举着，五根手指竖得笔笔直。前天，生平第一次吃烤羊肉串，简直惊为天物，吃完一串，正依依不舍地舔着串肉的自行车辐条，看见许晓颖又拿过来一串给他，简直像是遇见了奶奶嘴里经常提起的观音菩萨，现在就是举个手而已，值了。

华磊一脸倒霉样子，没心情参加选举，不过看平时一起玩的人都举起了手，也就跟风举了。

在这些人里，手举得最低的是鱼依婷，她低头看着桌子，手举到半高，好像有一点不情愿，但也算是把手举起来了。前天，她没等羊肉串烤完就偷偷跑了。鱼依婷觉得，大家都坐在她家的船上喝糖水，原本挺开心的，许晓颖一句话，大家就都跑去吃羊肉串，心里不免有点空荡荡。好不容易跟过去，又觉得这羊肉串不应该吃，想了想，没跟别人打招呼就离开了。跑出很远，鱼依婷回头看了看烤羊肉串摊，冯骁正一手拿着羊肉串跟许晓颖说笑得很开心。

许晓颖起初还镇定，听到同学们一边举手一边议论，也忍不住转过头往冯骁的方向看了一眼，心里有点开心，便转回来，继续保持镇定的样子。

蒙猜纳一看，全班三分之二的人举了手，心里有了底，叫大家把手放下，说道："看来大家还是蛮认可许晓颖的。"形式还是要做足的，蒙猜纳最后喊出圆白脸的名字。这时，她也有点好奇，班里到底有多少人会给他举手。圆白脸抱着最后一丝希望环顾了全班，发现竟然没有一个人举手，脸都绿了。

接下来选班长，还是依次报了四个中队长的名字，前两个人的票数稍高一些，轮到许晓颖的时候全班又举起一半的手。圆白脸听到喊自己名字，都不敢抬头看。这回，许晓颖倒是帮圆白脸举了一次手，别人也稀稀拉拉举了几个，终究还是少。

大队长兼班长就让许晓颖当了，她跑到讲台接过蒙猜纳手里的"三条杠"，脸上表情不明显，心里早就乐开了花。

选举中，两次得票数加起来第二的女生，上回考试全班第一，全年级并列第四，蒙猜纳还蛮喜欢。虽然大队长和班长都没她的份，但是班上还没有"学习委员"，顺水推舟，给她当了，算是安慰，讲出去也是个骄傲。票数排第三的女生绰号"傻大姐"，跟许晓颖是邻居，关系很好，什么都无所谓。只有圆白脸彻彻底底垂头丧气了，原本想着升个官，风光风光，没料到选举居然是一边倒，自己身边这个女同学把大队长和班长都包了，就连额外多出来的学习委员也没轮到他，顿时觉得中队长也当得无趣，甚至觉得其他人看他的眼神都像幸灾乐祸。

班会课还剩十分钟，身兼年级组长的蟑螂头进了教室，一脸严肃。

刚才因为选举，班上的氛围有点热闹，蟑螂头一进门，又冷了下来。后两排的男生们不论高矮，都伏低身子，生怕又有什么祸事惹上自己，虽然没做贼，也心虚得很。

好在蟑螂头并不是来寻晦气的，只是宣布了一些事：

区教育局准备做教学改革，从副课开始实验，希望搞出值得学习的教学案例。这回选中的科目是美术，每个学校上一堂特色公开课，老师自己命题，教育局的领导们和区里各个学校的校长轮流到每个学校来听，下个礼拜就轮到这里了。

学校决定，让兼教美术和音乐的小莫老师来上公开课。一来觉得小莫老师年纪轻，脑子活络，可以想新鲜的点子来；二来小莫老师长得蛮漂亮，个子高、皮肤白，虽然是单眼皮，却跟她的面孔搭配好，希望这样一位老师上公开课，也能给领导们留下一个好印象。

小莫老师接到任务后选了三年级三班。她的理由是：这个班级虽然纪律不怎么样，但是学生们的脑子普遍比较活络，应该能在这堂公开课上好好地发挥一下。不过有趣的是，虽然她已经想好了命题，但是一直没有讲过，也不打算提前告诉三年级三班的学生们，好像很有自信的样子。

蟑螂头千叮咛万嘱咐，到时候上公开课，一方面要守纪律，注意课堂秩序，另一方面要积极配合小莫老师，开动脑筋，拿出大家的本事来。最重要的是，一定要讲礼貌。开始上课前，老师说"上课"，班长说"起立"，老师说"同学们好"，大家鞠躬齐声说"老师好"，说完后，要面朝听课的领导和其他学校的校长们再问候一句"老师好"。下课的时候也是一样，"老师再见"要说两回。

蟑螂头和蒙猜纳组织大家排练了几回。以前上课，老师说"上课"，大家起身从没人喊"起立"，今天选出了班长，许晓颖清脆地喊出"起立"两个字，大家都感觉新奇，蒙猜纳也挺满意——这小姑娘长得好看，音色不错，到时候公开课上，也是能加分的。

冯骁心里就没底了。美术课就是画画，这件事他一点儿也不擅长。幼儿园的时候被妈妈带去学国画，画了没几次，老师就看不下去了，画树画成花菜，画虾画成蚕宝宝，一上小学就放弃了。以前上美术课，用蜡笔填填色就完，还算简单，三年级开始要用毛笔，每次用颜料调色，冯骁总是调出些莫名其妙的颜色，自己都感觉不好意思。其实不单冯骁，大半个班的人心里都没底，大家都是什么水平，还是有自我认知的，也不知道小莫老师哪来的自信。

蟑螂头接着说了另一件事，也跟教学改革有关。

学校从下个月开始实行中队长轮流制度：每个班级保留一名大队长和两名固定的中队长，全班男女生分开，各自选举出一个轮班中队长，两个月后再进行换届选举。轮班的中队长不能连任，寒暑假不记在两个月的任期里，要是犯了错误或者考试成绩没超过班级平均分，就提前结束任期。

三班是最早知道这件事的，大家都感觉新奇，也顾不得教导主任和班主任都在教室，就小声讨论起来。两个老师见马上就要下课，也不管，索性站到走廊里说事情。

"你知道吗？礼拜六下午，那个游戏机房被搞了，损失还不小呢！"

"是吗？谁搞他们的？怎么搞的？"

"听说是一群小孩子，至少三四十个，里外配合，炸了很多炮仗，还弄坏几台机器，游戏机房一家几口，等反应过来，人全跑光了。"

"这种害人的地方，被搞了也活该，至少害了附近四五个中小学的孩子。"

"你说会不会有我们学校的学生参与？如果有华磊参与，我觉得是说得通的。"

"开玩笑，华磊没那个能力，也没那个胆子。"

"华磊偷东西的那个计划，现在想起来还是蛮有头脑的，要不是那个莫名其妙的纸团扔到你桌子上，我们当时一点办法也没有。"

"嗯，不过偷东西是偷东西，带那么大一帮人搞事情就是另外一回事了。华磊带不动人，又是转校过来的，没有群众基础。要说冯骁参与了，还说得过去，不过冯骁跟这件事情更不会有关系，我派人跟过他，从没跟到过游戏机房。"

"嗯，有道理……哎！冯骁这个小孩子，要是真的去搞了游戏机房的话，我还是有点佩服他的……"

蒙猜纳接不上蟑螂头的话了。

教室里，圆白脸又紧张了。本来，四个中队长分庭抗礼，今天一个变成大队长，剩下三个，两个留下来成为固定中队长，那就意味着他们中有一个人要失去"两条杠"了。圆白脸想来想去，好像最公平的办法就是按照今天投票的票数把自己拿掉。想到这里，圆白脸一阵心惊，恨不得抽自己几个耳光——怎么会有这种愚蠢的想法冒出来！下一秒，圆白脸又开始想：要是全班分成两拨选轮班中队长，自己能不能被选上呢？要是选不上，岂不是连戴临时"两条杠"的资格都没有了？又是一阵心惊。瞄一眼旁边新晋大队长兼班长的许晓颖，她兴致正高，转过去跟后面的人聊着昨晚的电视剧，再想想自己，感觉非常落寞。

刚才，怎么就有那么多人给她举手呢？

公开课没有在教室里上，而是移到了实验室，比普通教室大上一半，后面的标本柜移开后，足以让前来听课的二十几位领导和校长坐得宽适。

本校的校长、副校长、教导主任和本班的班主任也坐在教室后面。所有前来听课的人大多穿着黑色的衣服，黑压压一大片，相互间只是偶尔小声交谈几句，实验室里的氛围略有严肃。好在小莫老师走进来的时候，一袭红色的大衣让氛围轻松了许多，再加上当时不多见的精致妆容和珍珠耳钉，白色的绒线衫和白色的高跟鞋也呼应得讲究，来听课的人感觉到一丝不一样。

实验室里六个长方形大桌子，每个可以坐八个人，围成一圈的坐法，跟普通教室也不一样。全班四十六人分开坐，其中两张桌子坐七个人，大家各自找关系好的人一起坐。冯骁坐在不前不后的地方，占了个不怎么显眼的靠墙位子，左边是倪卿，右边是鱼依婷，同桌的还有宋大铭、瞿斌和华磊。

许晓颖没有坐在冯骁那一桌，她是被老师们特地安排过的，坐在离听课人比较近的地方，但又不是最近，保证能被注意到就可以，同时也能看到她身上的"三条杠"。

上课铃响过，起立问好，孩子们问过小莫老师好，又转过身去向教室后门黑压压的一片问好。黑压压的一片脸上都没有表情，冯骁眼睛尖，看见有几双眼睛依旧瞄着讲台的方向。

坐下后，小莫老师声情并茂地揭开谜底："同学们，今天我们来一样特别的画，是你们以前都没有画过的!"说着，转身在黑板上写了三个大字。写完，不管是学生，还是来听课的人，都起了一阵小小的骚动。

——抽象画。

"抽象画，就是跟什么东西都可以像，又跟什么东西都不像。说得简单点，就是随便画，想画什么就画什么，画出来的东西，人家好像看得懂，又好像看不懂，就可以了。"小莫老师尽量把这件事情解释得简单点，让学生们听懂，然后又补充了一句，"抽象画不单单可以用毛笔画，用随便什么笔都可以画。"

悟性高的人已经听明白了，原来就是乱画嘛。跟什么东西都不像，还不简单？画别人看不懂的东西，谁不会啊！于是，群情激奋，大家跃跃欲试。

一张张铅画纸发下来，有人马上就动起手来，有人却开始苦苦思索。

许晓颖大大方方地举手："莫老师，我可以回教室拿点笔吗？"得到允许后，许晓颖走出去，后面陆陆续续还跟了几个人，没多久就都回来了，手里多了铅笔、钢笔、水彩笔、蜡笔等。

冯骁先开始调色，一如既往，调出几样脏脏的奇怪颜色，占了半块调色板，又挤了颜色最正的红黄绿蓝白，占了剩下的半块调色板，开始作画。画画的灵感来自香烟牌子上的妖魔鬼怪，平时叫他画，是断然画不出的，但是今天的要求是"不像"，那就容易多了。不求其形，只取其神，画一块就换一种颜色，脏颜色与正颜色间隔着用，画面看来触目惊心。不多时，一个"妖怪"的形象就出来了，不知道的肯定看不出是什么，一定要听讲解：这是一个盘腿坐着的老妖怪，一手拿一个宝轮，一手握一柄长长的宝剑，嘴里正吐着火球，四周烟气缭绕，各种颜色。冯骁画完，突然想到电视里齐天大圣头上的凤翅紫金冠十分威风，见白颜料还没用过，于是给老妖怪的头上添了两根长长的白色凤羽，画面随之愈加诡异起来。

看左边的倪卿还在调颜色，说是要调一个很厉害的颜色出来，但是调了半节课，效果还是不满意，整个调色板只有一种颜色，没冯骁调出来的那么脏，却也怪怪的。

公开课，冯骁不方便乱说话，拿笔点了点倪卿面前的某一管颜料，示意他加一点这个试试，倪卿也听话，小心翼翼地加了一些，调开，发现这颜色越来越见不得人。冯骁继续乱出主意，点了点褚色颜料，倪卿依计而行，也调了进去，一时间不知该露出什么表情，终于知道了冯骁调出的颜色为什么会那么脏。

右边的鱼依婷倒是很坚决地没有调色，用各种现成的颜色在铅画纸上依次涂上一条条弯弯曲曲的色带，最上面是红色，往下颜色渐渐变冷，看着是彩虹的样子，却又比彩虹要多上很多颜色。冯骁看鱼依婷画画，虽然也不知道她想画什么，但至少这纸上的颜色要比自己的正常许多。

对面的宋大铭更是天马行空，先是调了几种得意的颜色，再加水稀释到一定浓度，用毛笔蘸上，右手高高地将笔举起来，左手去挤压笔头，几滴颜料水从高处滴到纸上，溅开，再洗干净笔头，换一种颜色继续。有时候，后来的颜料水会滴到前面的颜料水上，宋大铭起先没想到这一点，有点儿失望，又发现两三种颜料水滴在一起又会出现一种新的颜色，先是觉得好玩，进而感动于自己的创意，居然得意起来，看着同桌的人傻笑。

等整张纸的一半被滴上颜色，宋大铭又掏出刚才回教室拿来的钢笔，笔头对着铅画纸用力甩了几下，几串蓝色的钢笔墨水横亘在颜料水之间，以另一种形态出现。宋大铭觉得这个效果应该是独一无二的，尾巴简直要翘上天，突然发现刚才甩钢笔墨水的时候用力过猛，甩出纸张外的墨水不但弄脏了桌子，还弄脏了衣服，乐极生悲，神情黯淡下来。

这一幕正好被冯骁看见，偷笑。

瞿斌以前也是学过画画的，但是画不出个名堂，到二年级下半学期就放弃了。他印象最深的就是画画老师最喜欢一个叫徐悲鸿的画家，画室里面还挂了一幅"奔马图"，是老师临摹的，在瞿斌看来已经很好了，自己这辈子也画不出那么像的马来。每次去学画画，瞿斌都要多看几眼那幅奔马图，久而久之，那幅画居然在他心里生根了。今天不需要画马像马，这就是一桩让人很放得开的事情了。瞿斌凭着自己还算不错的记性画起来，跟原图的颜色一样，他也只用黑色的颜料，加水稀释来画，那些马既然画不像，那就画得更加不像，但大致的形状和布局还是要有的，就像抄数学作业，照着抄，每个步骤都抄下来，但是每道题目都故意抄错，也是蛮有趣的。画着画着，心随意动，自己都觉得有趣。

华磊最近做什么都没有劲，想发泄，这回算是找到个口子了。整张纸用几种浅色先夹杂着涂了一遍，再用深色往上添东西，画到一半又觉得没意思，想了想，用一支铅笔胡乱画圈，反正就是乱画，画成什么鬼样子都不要紧。眼看着整张纸快要被黑色的圆圈画满，浅浅的底色支离破碎地露出来，只占了画面不到两成。华磊停下来看看，又觉得未免太乌七八糟了，想要弥补一下，陷入苦苦的思索中。

原来，抽象画也是创作啊！只要搞创作，就是件伤脑筋的事情。

听课的领导和校长们起身，在实验室里走动，四处看大家画的作品。

冯骁虽然坐在靠墙的地方，但是并不贴着墙。听课的人从后面走过，有时候脚步停下来，就让他有点儿紧张。这时候，一直在轮流巡视的小莫老师发话了："我看有些人已经画得差不多了，如果有画好的，就先交上来吧，我们一起看看。"

抽象画好玩，大家都觉得自己画得好，跟别人的不一样，已经画好的人带点得意地往上交。冯骁觉得自己的画没法再添什么了，也交了上去。

小莫老师移过一块事先准备好的大白板，一边把画一张张用小磁铁吸上去，一边做着点评。宋大铭的创意马上就被表扬了，小莫老师说"很有想法，又很自然"。又问宋大铭这幅画有什么意思想表达，宋大铭当然是什么都说不出，于是小莫老师拿了支记号笔在画作下方的白板上写了"无题"两个字。

其实宋大铭在画画的时候，听课的人已经注意到了他的动静，果然没令人失望。几个来听课的人交头接耳：

"蛮有想法的，一看就跟别的小孩子不一样。"

"现在国外一些艺术家画出来的东西可以卖上百万，其实跟这个也差不多。"

"在这方面，我们是起步晚了，其实潜力是不缺的，缺的是发掘。"

"现在发掘也还来得及，回去我们好好商量商量。"

点评到冯骁的画时，大家又眼前一亮，觉得颜色用得很妙，色块和色块之间，正红正黄正绿正蓝和一些古怪而又阴沉的颜色撞在一些，配上略带诡异的画面，想要表达的东西好似隐晦，又好似将要跳脱出来。

"冯骁，你这画的是什么呀？是不是一个人?"小莫老师还是有点感受的。

冯骁不好意思说自己画了个妖怪，眼珠子转了几下，说道："我画的是齐天大圣。"

电视剧《西游记》他看过，动画片《大闹天宫》看过，简化的少儿版《西游记》也看过，最喜欢一开始的孙悟空，顶着"齐天大圣"的名号上天入地谁都不怕，可惜被五指山压过之后，变得窝囊了许多。

小莫老师提笔写了"齐天大圣"四个字。

听课的众人得到解答，心中释然。一个喜欢搞艺术的大领导开始解读："小孩子嘛，还是喜欢那个大闹天宫的孙悟空，哪像我们，会去分析取经路上的人情世故。你们看这幅画，分明是孙悟空坐在那里，一只手拿着金箍棒，另一只手拿着个蟠桃，嘴里还咬着个蟠桃，头上两条白色的东西，应该就是凤羽冠，京剧里面的一些武生造型，头上也会戴这个。小孩子不知道，偷桃子吃的时候，戴着这个其实是不方便的。"

另一个级别低一点的领导接过话："孩子嘛，总会把自己喜欢的东西都加在一起，他大概也觉得，偷吃蟠桃那阵是孙悟空过得最开心的日子。"

其他人若有所思。

公开课的时间还剩一小半，小莫老师点评完交上来的几幅画，说道："这里还有纸，画完的人还想画的话，可以再画一张。"

大家兴致都很高，又去拿了纸来画，但是多数人又不知道应该再画点什么，陷入了跟华磊一样的苦苦思索中。

冯骁突然想到平时拿纸对折挤钢笔墨水玩，一下子来了灵感，铅画纸对折，把调色板里的颜料往里面一倒，纸一合，不知道压出个什么鬼形状。打开一看，应该是颜料和钢笔墨水性质不一样，用的又是铅画纸，线条没有平时那么细致，但胜在是彩色，纸上对称的图案显得生动了许多。宋大铭坐在对面看见了，也如法炮制了一张，打开一看，效果也很让人惊奇。旁边来听课的人惊呆了，没想到抽象画这个东西，不单单可以随着性子画，还可以量产，关键是弄起来还那么简单。

小莫老师说，再过五分钟大家都要交画了，记得在画纸的背后写上自己的名字，公开课的最后十分钟，是评画时间。

倪卿还是不满意调出来的颜色，眼看着那颜色越来越暗，索性挤进去半管金黄色，调出一个金不金、土不土的诡异颜色，看看没时间了，就把颜料往铅画纸上一倒，拿毛笔拨了几下，晾干后是一个大鸭梨的形状。

鱼依婷的满纸彩虹终于涂好了，最后用毛笔蘸了黑色的颜料在画面正中画了一道船形的弧线，弧线上面点了几个点。

瞿斌的抽象奔马图也画好了，看着自己都想笑，不知道喜欢徐悲鸿的画画老师看见这个，会有什么样的反应。

华磊实在想不出办法，最后一刻灵光一闪，往自己手掌上涂满了白色的颜料，啪的一下印在纸上，把画交了上去。

小莫老师开始点评那些她觉得出彩的抽象画。

华磊的白色巴掌实在是显眼，就被拿出来点评，白巴掌是印在密密麻麻的铅笔圆圈上的，细看，下面还有一层浅色的颜料打底，考究！华磊自己都不可思议：自己胡乱涂出来的东西，最后印了个巴掌，居然能得到那么高的评价？

小莫老师一张张展示，大家有时候惊呼，有时候大笑。倪卿的大鸭梨被拿出来的时候，全班已经笑不动了，倪卿自己也跟着傻笑。但是小莫老师却说蛮不错，这也算是一种表现形式，抽象画嘛，没有定死的标准，或者说，什么规矩都不守，说不定就变成了别人以后要守的规矩。

孩子们听不太懂，来听课的领导和校长们却慢慢地点了几下头。

看到冯骁和宋大铭的第二幅图，全班惊呼，领导和校长们眼前一亮，这两个孩子，是怎么在短时间里又弄出这样的画的？

他们不知道，这只是平时经常玩的小把戏。

小莫老师继续点评，遇到让她感觉有故事的画，就问问学生的创作意图。

"鱼依婷，你画的是什么呢？"小莫老师举着鱼依婷的画，画面上是一道道弯弯曲曲的色带，组成彩虹的样子，当中又有几笔黑色的图形。

船工家出身的鱼依婷站起来，扭捏了一下，开口说："我家是住在船上的，但是这里的河水又脏又臭，到了岸上，才闻不到那股怪味。我希望以后河水是好看的，就像彩虹一样，闻起来也应该是香的，可以喝，还可以下去游泳。暑假的时候外公外婆带我回乡下，那里的河水就很干净，我们还在里面游泳。画上黑色的就是我们家的船，那几个点是我和外公、外婆、舅舅，还有爸爸妈妈。"小莫老师静静地点了点头，在白板上写下"彩虹河"三个字。

全班沉默了一阵，没人惊呼，也没人笑。不知道哪位领导在后面轻轻地拍了几下手，然后鼓掌的人越来越多。孩子们没经历过这种场面，有点儿不知所措，心里却都涌上一股骄傲。

冯骁拉了拉鱼依婷的衣角。鱼依婷坐下来，一双大眼睛直直地看着冯骁，问道："我画得很好看吗？"

下课铃声响起，打断了掌声。

本来这是结束公开课最好的时机，小莫老师刚打算喊"下课"，眼睛瞄到了瞿斌的画。纯黑色的画，有点眼熟，有种说不上来的感觉，就拿起来也吸在了白板上。喜欢搞艺术的大领导突然站起来，往前走了几步，定定地看着瞿斌的画，张着嘴，眼珠子瞪得老大，随之表情变得万分惊喜：

"噢——奔马图！"

瞿斌转过头看去，咦？这不是以前的画画老师嘛？

17

车子和被子

公开课很成功。

不管是教育局的领导还是其他学校的校长，都给小莫老师的这堂公开课给予了很高的评价。教育局专门开了一个研讨会，决定将这堂公开课上的部分画作归纳整理，评个优胜顺序，先在区少年宫展示，然后争取在市少年宫也占一块地方，展示一段时间。

评优的时候，喜欢搞艺术的大领导对瞿斌的"奔马图"称赞有加，非常想让这张画放在最上面。但是出于综合因素的考量，大多数人觉得鱼依婷的"彩虹河"在当下更有意义——既符合环境治理的迫切需求，也涉及农民工的生计问题，应该放在最上面。大领导气量大，表示同意，哈哈一笑："也是也是，别的作品都是彩色的，让一张黑白的放在最上面，确实有点怪，不吉利。"

最后展示出来的作品墙分成四层。最上面是鱼依婷的"彩虹河";第二层有三张,是瞿斌的"奔马图"、冯骁的"齐天大圣"、宋大铭的"无题";第三层有五张,华磊的"白手印"在里面;第四排和第五排属于最后一层,共有十二张,倪卿的"大鸭梨"和冯骁的第二张画都在上面。

每幅画下面都写了画的名字,其中"无题"有六张。画的名字前是作画学生的名字,冯骁因为名字出现了两次,非常得意,打算什么时候有空,拉上伙伴一起到区少年宫观摩。

许晓颖的画也不错,放在了第三排,季俊杰和葛晓刚的画在最下面。白圆脸本来想画一个外星人降临地球的场面,结果不怎么出彩,倒是另外一位同学因为把外星人的脸刻画得奇诡,被放在了第三排。

小莫老师被全区通报表扬,看来下次评职称,从三级教师升到二级教师,是稳了。

蒙猜纳和蟑螂头也很开心,实在没有想到,这个班居然能在公开课上有这般发挥。蒙猜纳破天荒地重点表扬了鱼依婷、冯骁、宋大铭等人,顺带阳光普照,把全班都夸了一遍。

转眼到了一月,元旦过完就是选轮班中队长的时候了。

圆白脸最担心的事情没有发生,这让他长长地、狠狠地舒了一口气。蒙猜纳说,学习委员将来的工作很重,就不用再担任中队长了。这下,圆白脸和傻大姐这两位固定中队长算是坐实了。

其实蒙猜纳留着圆白脸还是有盘算的。一来,她还是想让班里有一个固定的男生当中队长，圆白脸跟其他男生们关系不怎么好这件事，其实是可以利用的，至少有些小报告是有利于整治班级的。二来，男生女生各选一个轮班中队长的规则，她不是很喜欢。男生们大概率会把冯骁选出来，这样，就更需要圆白脸来制衡一下了，说不定还能揪出冯骁的错来，让他提前下台。女孩子那边她不怎么担心，最坏的情况莫过于女生们把公开课上出尽风头的鱼依婷选出来，但是期终考试这一关，鱼依婷又是过不了的，到时候肯定会换一个轮班中队长。

有这些想法，是因为区少年宫在寒假要办一次为期两天的冬令营，每个班的大队长和中队长都要参加。离放寒假还有一个月，第一次被选出来的轮班中队长是肯定会去参加的。她不太愿意让冯骁和鱼依婷也去。

选中队长还蛮顺利，没起多大争执。

男生这边，冯骁先被提名，瞿斌因为成绩不错，也被提名。提名冯骁的时候，华磊很起劲。小孩子嘴不紧，有些事遮不住，大闹游戏机房的事情还是传到华磊耳朵里了，好在这种事情也不会有人跟老师说。华磊知道同桌领兵替自己出了口气，没好意思当面道谢，却一直想回报点什么。

大家在冯骁和瞿斌之间犹豫。

冯骁对瞿斌说："我来吧，下次你来。"

瞿斌面有难色。如果这次当了中队长，整个寒假身上都可以戴着"两条杠"，还能参加冬令营，这诱惑挡不住呀。

冯骁把瞿斌拉到一边，跟他分析道理："我看过了，男同学里能当轮班中队长的只有我们两个，这次我，下次你，下下次我，再下下次又是你。你算算看，到那个时候，整个暑假你都是中队长，还能参加夏令营，对不对？"

瞿斌算了一下，果然如此。

于是，冯骁就当上了男生里的第一任轮班中队长，暂时跟圆白脸平起平坐。

冯骁心里美滋滋——暑假是大热天，大家都穿背心，"两条杠"戴在哪里？春节出去拜年，戴着这个才叫有面子呢！

女生那里，提名了四五个人，鱼依婷也在里面。许晓颖拍板，看上次的考试成绩吧，谁分数高谁当，以后女生都这样来。女生里的第一任轮班中队长就这样有了。鱼依婷心里不太舒服，以后都照这样来的话，她应该是当不上轮班中队长了，她甚至觉得，许晓颖是故意的。但是整个过程，许晓颖一直没跟她有过眼神交流，这件事也没法判断。

蒙猜纳把崭新的"两条杠"发给冯骁，说了句"好好表现"。冯骁知道，今后一段时间很难出去野了，得收着点，至少在寒假开始前，要把这个牌留在自己身上。

三年级上半学期的期终考试结束，大致的排名没有变。冯骁不知道哪里来的狗屎运，考到全年级并列第四十六名，并列的正好五个人，一起把榜末占了。

瞿斌的名次降了一点，正好在冯骁上面，不过奖励是不会少的，他已经跟冯骁透露了，最近很流行塑料小兵，爸爸说了，考一个 90 分以上，买两套小兵，多一分就加一套，进了全年级前五十名，额外再奖励三套。这回算下来，可以买十几套了。

冯骁觉得，瞿爸爸这种法子，其实蛮管用。

圆白脸也上榜了，排在瞿斌前面，这下不用担心弄堂里大人们相互打听分数了。

学习委员就是学习委员，如愿拿到了全年级并列第一。

许晓颖考进了全年级前十，综合来看，全班就数她最春风得意。

冯骁也不差，这跟考试成绩关系不大。从来没当过小队长的他，第一回戴着"两条杠"回去，满弄堂都传开了。有些人知道这是个小魔头，死活不相信会有这一天，四处打听真假，还问到了圆白脸那里。得到肯定的回答后，虽然知道这中队长是轮班的，还是感到震惊——冯家的孙子这回出息了！

家里人纷纷竖大拇指，叔叔们问他想要什么奖励，爷爷晚上多喝了半杯"特加饭"，爸爸表面上谦虚几句，晚上却把"两条杠"拿在手里翻来覆去看了几次。妈妈说的话居然跟蒙猜纳是一样的："好好表现！"

冯骁这段时间表现得也确实不错，没组织打仗，戴着"两条杠"，也不好意思钻防空洞拍香烟牌子。每天吃过中饭，就到体育器材室问小老头借个网球，大家踢着玩。足球是借不出来的，学校操场不大，教学楼和操场就隔了个不宽的花坛，窗子外面也没装铁框子，生怕谁一脚力气大了，把玻璃窗轰碎。

后来小老头见一帮小孩拿网球当足球踢，实在不像话，就想了个折中的办法，找了个排球放掉一点气，让他们踢着玩。于是每天中午，三年级都有一大群男生追着个没多少气的排球瞎跑，动不动就四五十个人分两队对踢，虽然有点荒唐，总好过在校外生事。

老师们也感受到了变化，觉得最近的教学改革还是有些成效的：先有那堂公开课激发学生们的潜能；再有中队长轮班制，让好几个刺头戴上"两条杠"，变得收敛许多。

冬令营那天阳光很好，一早在学校集合，大队辅导员祁老师带队，三年级的四个大队长、十六个中队长全员到齐。冯骁想到自己也是年级里的二十个代表之一，无比骄傲，还有四十几人考试成绩比他好这种事情，根本就不放在心上。

车子接了其他学校的人再来接他们。以前学校出去春游秋游，都是坐租来的公共汽车，巨龙那种，女生坐着，男生站着，两个班一辆车，朴素得很。今天来的是一辆长途汽车，每个人都有座，最差的也能坐在当中翻出来的加座上。

冯骁上了车，挑了一个空着的两人座，把书包放在行李架上，里面有学校要求带的牙刷、牙膏、毛巾、草纸和手电筒，还有几块沙琪玛、一包饼干、一只苹果、一根香蕉、一个水壶，另外有件绒线衫，是妈妈怕晚上降温，特地让他带着的。他在靠走道的位子坐下，许晓颖过来，理所当然地坐进冯骁旁边的位子，问冯骁："早饭吃了吗？"

"吃了一两半生煎，喝了一杯豆腐浆。"

"这个地方蛮远，我以前去过，好像要开三个多钟头。"

"那么远！"冯骁没出过上海，有几回爷爷带他坐长途汽车去郊区的姑奶奶家，感觉都不用这么久。

"是的，不过那里有好大一片湖，湖上还有小岛。"

冯骁觉得应该是个好玩的地方，问她："那我们会不会坐船啊?"除了摆渡，冯骁只坐过一次浦江游览船，还挺有意思。

"大概会吧，那里比少年宫好玩多了。"许晓颖顿了顿，又把话题拉到吃上面，"要开很长时间的，我们先吃点东西吧，你吃巧克力吗?"

"吃!"

许晓颖站起身，从行李架上把包拿下来，掏出一大块蜂蜜巧克力，拆开，掰了一块给冯骁。冯骁虽然吃过早饭了，但是巧克力这种东西，谁会拒绝呢?

傻大姐坐在许晓颖后面，知道前面有动静，于是拍着座椅背："我也要吃巧克力!"她也拿到了一块，一掰二，分给旁边的另一个轮班中队长一起吃。

四个人吃得满嘴甜，不远处的圆白脸看在眼里，干咽口水。

车子开到二小，接最后一拨人，这批最后上来的孩子有一半人要坐加座。冯骁看见军师也戴着"两条杠"，人模人样地上了车，忍不住笑，招呼他坐在自己旁边的加座上。

许晓颖很客气，于是军师也吃上了巧克力。军师一边吃，一边还跟自己的同学炫耀：你们看我在外面多有关系，一上车就有别的学校的大队长请吃巧克力。

要知道，不久前，军师还吃过许晓颖请客的烤羊肉串呢。他觉得冯骁确实是有点儿本事的，能带这么一个有钱、大方的女孩子在身边，关键是，人家还是"三条杠"，自己这个临时的"两条杠"是没法比的。

车子果真开了三个多钟头，起先出了市区，看见农田，大家都很好奇，特别是看见耕牛的时候，满车人都在惊呼，还在数一共看见了多少头牛。再往前开，就看乏了，看见耕牛也没人发声音。后面大半程的路都不怎么好，颠来颠去，一车子人十有八九都被颠睡着了，剩下就是晕车的人，被喊到车子最前面坐着，稍微开了点窗透气。

许晓颖起先靠着车窗睡，太硬，不舒服，经过一段路况很差的路时，接连颠了好几下，脑袋被车窗一顿收拾，眉头一皱，往另外一边倒去，靠在了冯骁身上。

冯骁没睡觉，许晓颖睡着以后，他就跟军师小声讲上次游戏机房的事情，总结战略、分析战术，再根据以往玩打仗的经验，想想哪些地方还可以提升。军师也跟冯骁说了，游戏机房的老板最近一直在打听，说要是被他知道谁干的，就要"弄死掉"，所以他已经让二小参与过这件事的人全都不要乱讲。冯骁想想也有点后怕，两个人商量了半天，先下手为强，要么寒假里找时间再去搞他一下，这次人要少，挑几个精锐就可以了。正在商量挑哪些人，许晓颖靠了上来，又香又软，冯骁一下子不敢动了，整个人僵在那里。

军师冲着他做了个鬼脸。冯骁知道，自己的脸一下红起来了。

到了活动基地，果真是挨着好大一片湖，孩子们都兴奋起来，叽叽喳喳，一下又找回了初见耕牛时的高昂情绪。

大队辅导员们各自控制住自己学校的学生，十几所学校的三年级学生，少的有三个班，多的有六个班，每个班五个人，加起来浩浩荡荡也有三百多人。好在大家都是班干部，多数是平时守规矩的，就算有些轮班制的中队长以前是刺头，也知道今天不是捣蛋的日子，很快就在一大片草坪上排整齐了。

基地的辅导员说了一段话，大概意思是大家都是各个学校的精英，基地表示很欢迎，希望大家能在这里度过一个美好的冬令营，也希望大家遵守纪律等等，然后公布了这两天的安排。

大家一起唱了首少先队队歌，喊了几句口号，就被带到能睡很多人的集体宿舍，认了自己的床，把书包放下。

多数孩子第一次看见有上下铺的床，很新奇，都要抢上铺睡。老师们发话，男生睡上面，女生睡下面。小学里的班干部以女生居多，上下铺分不平均，有些女孩子也睡到了上面来。

冯骁的下铺是许晓颖，左边上铺是圆白脸，右边上铺本来是别人睡的，冯骁见二小的人也在这间屋子里，便让军师换了过来。原本是说按学校分区域的，有人看见外校的熟人，想多说说话，东换一张床，西换一张床，老师们也不多管，知道不同学校相互认识的，多数是拔尖的学生，平时一起在少年宫里唱歌跳舞、学学乐器、上上提高班。但她们不知道，唯独冯骁和军师的关系是打出来的。

分到上铺的人都好奇地脱了鞋往上爬，他们多数是没爬过上铺的，平时也不怎么运动，有爬了半天也没爬上去的，也有爬上去了抖抖霍霍往下看，担心晚上睡觉会翻下去的。冯骁看着好玩，在旁边人惊讶的眼光中噌噌爬上去，又从另一边迅速地翻下来，军师也跟着表演了一回，比起在木料仓库里爬龙门吊车，这个实在是小儿科。

吃过中饭，下午是爱国教育。先排成一长队，在展览室里看了半个多钟头的橱窗，再坐进放映厅看电影。片子是《上甘岭》，冯骁以前虽然看过，但是打仗的场面挺过瘾，机关枪哒哒哒地扫，看得入神。电影结束，孩子们在草坪一带自由活动，老师们规定不能走出基地，又特地嘱咐离湖远一点。工作人员抬来几个大筐，是活动器材，羽毛球、三毛球、键子、沙包、橡皮筋，活动室里还有几张乒乓球桌，可以进去玩。

　　冯骁和军师很快就聚拢了一群男生玩扔沙包，圆白脸也参与进来。二十几人围成一个大圈，里面站三个人，外面的人用三个小沙包扔里面的人，沙包掉在哪里，附近的人就捡起来继续扔，里面的人要是被扔中了，就改换角色，下来扔沙包，换刚才出手的那个人到圈子里面去。

　　一开始，扔的人跟躲的人都没经验，但在场的都是聪明人，玩了一小会儿就知道窍门了：扔的时候三个沙包要相互配合，只针对一个目标，左右高低形成交叉火力；躲的时候要离扔的人远一些，一旦发现自己被针对了，脚步就得利索，身体要灵活晃动，还得会利用别的人来当挡箭牌。

　　冯骁在场上躲过了十几轮进攻，最后三个火力点呈等边三角形同时出手，用心险恶，居然都不是直接瞄着他的，冯骁往旁边一晃，反而主动迎上了沙包，下场。接替他上场的是个高个子，身手矫健，总也下不来，冯骁和军师同时拿到沙包，两人交换了一下眼色，冯骁把沙包高高抛起，军师做了个假动作，高个子吃了一下晃，眼见天上的沙包开始往下掉，去躲那个落点，军师第二次出手，结结实实扔中高个子的屁股。

草坪边，来自不同学校的大队辅导员们看着这群男孩子扔沙包，感觉像在看一场体育比赛，精彩纷呈。当看到冯骁和军师秀出了那一手配合时，个个惊讶万分：扔个沙包，还能有这样的战术?! 祁老师盯着冯骁看了很久，心里想："这孩子，平时小看他了。"

晚饭后有篝火晚会，却很让人失望。每个学校都事先安排了节目，演奏乐器为主，有人唱了一段戏，还有人打了一套拳，最后是各个学校轮流唱歌。晚上天冷，点了好几堆火还是有点儿扛不住，唱完歌就宣布回房间，说了晚上九点关灯，大家睡觉前都把准备工作做做好，关了灯就不能走动了。

基地里不是每个地方都有照明的，大家打着手电筒回去。

各个学校的大队辅导员在基地招待所过夜，大家都是相互认识的，马上就凑出了几桌麻将和牌局。

基地的工作人员熄完灯就下班了，他们的宿舍在挺远的地方，回去开个暖气，看看电视，喝喝老酒，明天一早还要爬起来给三百多号小祖宗准备早饭。

冯骁哪会这么乖乖睡觉，难得出来一趟，总得做点儿什么吧，所以熄灯上床的时候，衣服也没脱。

不管男生女生，钻被窝的时候身上都穿着棉毛衫棉毛裤，本来以为会出现的尴尬场面倒是没有出现。其实大家心里都有担心——或者说，都有期待——现在这个情形，大概就是最折中的结果了吧。灯虽然关了，却不妨碍大家说话，没有人马上睡觉，宿舍里嗡嗡的讲话声响成一片。

确定老师和基地的人都走远了，冯骁下床穿起鞋子，旁边军师也下来了，一样是没脱衣服就上床的。看来想出去逛逛的不止他们两个，这间宿舍下来四个人，都是男生，大家揣着手电筒不敢开，往门口摸去。圆白脸见状，玩心起来，一边穿衣服一边低声喊："等等我！"冯骁不想等他，轻轻地开了门，一串人走出去。

到了外面，才发现每间宿舍都有人出来。宿舍区外有一盏路灯，冯骁借着微弱的灯光数过去，大概有十几个人头。圆白脸也跟了出来。不一会，眼睛适应了黑暗，冯骁发现有好几个人都是白天一起扔沙包的，一下子有了共同语言。

"去哪里？"有人问。

"码头那里有好多船。"

"不行，晚上太黑，掉水里就危险了。"

有人指着宿舍区后面的树林说："要不要去那里面探险？白天听人说，那里是不允许进去的。"

众人起劲了："走！就去那里看看！"

在小孩子看来，越是不允许去的地方，越是会有让人大开眼界的东西。

走进树林，里面越来越黑，大家纷纷打开手电筒。冯骁拉了拉身边的军师和圆白脸："我们走后面一点，天晓得里面会有什么东西。"

往树林里走了约五十米，手电筒照过去，还是层层叠叠的树影，可见这片林子不小，但也不算茂密。冯骁听大人说，有很多原始森林，人走进去是不出来的，后来就死在里面了。虽然知道这不是原始森林，但也有点儿担心，他回头看了一眼，宿舍区那边的路灯还看得见，才稍微放心。冯骁担心，别人也担心，走着走着，整个队伍都慢了下来，有人问："我们会不会走不回去啊？"

有人在旁边说："不会走不回去的，我们又没转过弯，要回去，向后走就可以了。"

有人胆子实在小："这里面会不会有狼啊？要不我们现在就往回走吧。"

有胆子小的，就有胆子大的："怕什么！我们那么多人，你要回去，就自己回。"

胆子小的人当然不敢一个人回去，只能硬着头皮跟着大部队。

冯骁给大家打气："没事的，我们来的地方有路灯，现在还能看得见，再往前走走吧。"

众人回头，果然还能看见那盏路灯，都放了心，继续走。走着走着，人跟人之间的距离不自觉地慢慢拉近。突然有人说："前面好像有房子，在左边。"

手电筒的光束照过去，好像真的是一间房子。树林里出现房子，总感觉阴森森的，有胆子小的怕里面有鬼，停下了脚步，任由那些胆子大的往前走。冯骁经历过地下室探险，比这个刺激多了，这时候反而不缩在后面，带着军师和圆白脸继续往前。走近了才发现是间普通房子，灰色砖墙上红色的标语已经褪得差不多了，绿漆窗框颇为斑驳，上面的窗玻璃没了几块，同样绿色的门装了铁栓，用一把大挂锁从外面锁了。房子周围散落着各种垃圾，有明显被人砸过的桌椅，也有形状奇怪的玻璃容器，有些铁制的东西因为锈得太厉害，一下子认不出是什么。

大家纷纷走过来，人一多，胆子就大了，在窗口用手电筒往里面照，见里面一片狼藉，靠墙有十几个大柜子，倒是没怎么被破坏，有的柜门上了锁，有的柜门没上锁。有人好奇柜子里有些什么，想进去看看，说不定有好东西。也有人说那么破的房子，还能有什么好东西，回去睡觉吧。

冯骁插了一句："大概还真有什么，门上有锁，里面的柜子上也有锁。"

这句话听上去有点道理，勾起了大家的好奇，纷纷研究怎么把门打开。那把大挂锁看上去可不好对付，这群孩子也不是会搞破坏的。正有点扫兴，听见军师说了句"我来"，把手伸进一个没了玻璃的窗框，在里面摸索了几下，手腕一转，从里面把窗把手拧开了。整扇窗打开，钻个人进去绰绰有余。大家又用手电筒把房子里面照了遍，一个个踩着窗台爬了进去。

冯骁和军师站在窗子外看别人往里爬。圆白脸把手电筒往口袋里一塞，手撑窗台，抬脚也想往里面爬，被冯骁一把拉下："你也不看看里面有多脏，先看看自己的手。"圆白脸放下脚，掏出手电筒照了一下手，窗台上的脏东西已经印在手上了，好在前面爬进去好几个人了，否则更脏。同宿舍的另外两个人见状，也没有马上爬。

进去的人去拉那些柜子，倒是有些稀奇古怪的东西，也看不懂是什么。有人走到柜门前，发现上面的小挂锁是打开的，虚挂在那里，一抬手就把锁给摘了下来。不知是柜子的锁栓锈了，还是柜门受过潮涨开了，前两下拉柜门都没有拉开，第三下用了力，整个柜子都晃了一下，门是拉开了，里面的东西也掉出来几个，不知道是什么圆东西，骨碌骨碌地滚。动静有点儿大，旁边的几个人凑过来，手电筒往地上照去。

冯骁他们也探头往里看，只听得几声撕心裂肺的嚎叫传出来。里面的人都往窗户这边跑，跌跌撞撞，少不得有人摔倒，沾了一身脏东西，站起来继续跑。来不及关的手电筒掉了几个在地上，滚动着，场面越发诡异。

翻窗户的动作也仓促了很多，最早往外翻的两个人同时踩上窗台，一用力，两个身子卡在了一起，谁都能没能出来，反而重心移到了后面，双双面朝天向后摔去，被第三个人抢了先。

冯骁还想问问里面什么情况，见这个情形，先往后退了几步。第三个人翻出来，对外面的人喊了一句"里面有死人"，拔腿就往宿舍跑，一路跑一路鬼叫。里面没出来的人也着急，催前面正在翻窗的人："跑啊！快跑啊！"

这一下，真正炸锅了。

冯骁顾不上军师和圆白脸，看准了那盏路灯的方向，腿一蹬地，死命地跑，手电筒朝着前面，防止撞到树上。

旁边有个影子也一路狂奔，眼看就要超过自己。冯骁一转眼，是军师，以前从没想到过他也能跑那么快。玩了那么多把打仗，赢多输少，一直认为二小的实力不行，现在看来，要是军师扮演司令的角色，那输赢的情况，最保守也是五五开了。

圆白脸平时缺乏运动，跑不快，手里的手电筒早就不知道被撞到哪里去了，只是盯准了冯骁和军师的后背跑，直到看见宿舍才定了心，放慢速度，又死命地喘。这时候，他才想起自己有哮喘的毛病，根本经不起这番折腾，但是又想起刚才那句"有死人"，心里慌得说不出话，一边喊着"等等"，一边努力继续跑。

喊叫声实在太大，惊动了正在打牌搓麻将的大队辅导员们。老师们带小孩子出来一趟，唯恐碰到幺蛾子事情，回去没法交代，纷纷扔下手里的纸牌麻将牌，打着手电筒冲出来。

冯骁和军师几乎同时到宿舍门口，拉开门就往里窜。宿舍里多数是女孩，听到那一阵阵鬼叫已经胆战心惊，突然有人拉门进来，更是害怕，一个个尖叫起来，裹起被子埋住头。

老师们听到女孩子的尖叫声源源不断地传来，头皮发麻，拼尽全力往这边跑。到了宿舍，第一时间把灯打开，黑漆漆的房间一下子全亮了起来。

冯骁原本已经到了床边，鞋子脱下，准备往上铺窜，突然房间一亮，吓得他浑身一哆嗦，身子一矮，看见老师走进来，走投无路之际，拉开下铺的被子就钻了进去。许晓颖刚才还在跟傻大姐说话，隐约听到惊呼声越来越响，正在不知所措的时候，有人拉门进来，别的女孩子尖叫起来，她也将被子蒙上了头。不知道什么人摸到自己床边，一阵窸窸窣窣，突然间灯就亮起来了，下一秒，一个身体钻进自己的被子，紧紧地贴过来。

冯骁的尴尬已经难以用言语表达了，借着被子外透进来的光线，他看见许晓颖一双大眼睛直直地瞪着自己，两个人的距离没法再近了。冯骁闻着许晓颖身上香喷喷的味道，不知道该怎么办，只能把头低下去，避开她的目光。

老师们一边说话，一边往宿舍里走，查看大家的情况。

冯骁怕被子被掀开，其他几个人日子也不好过。

军师手脚麻利，已经上了自己的床铺盖好被子，但是衣服一件都没有脱，鞋子也在脚上。圆白脸没本事第一时间爬到上铺，此时正趴在自己的床底下，很是狼狈。上面睡的傻大姐神经大，没有用被子蒙头，眼看圆白脸钻进床底，又看见冯骁钻进了许晓颖的被子里，惊愕万分。

眼看老师们就要走到这边，旁边的宿舍又爆发出一阵惊呼，伴随着一声声女生的尖叫，好像还有人喊着"死人"什么的。祁老师见这个房间还算正常，赶不及继续察看，拉着别的老师出了门往旁边赶去，连门都来不及关。

傻大姐喊了一句"老师走啦"，大家都掀起被子，想知道到底发生了什么。

圆白脸和冯骁在众目睽睽之下分别从床底和女生的被子里钻出来，周围一阵哗然。两人对视了一眼，圆白脸有点悻悻然。大家各自脱衣服，爬上床，钻回自己的被子里。过了几分钟，刚才出去的男生们才开始跟大家交流。但是这回，这个房间的五个人都不知道究竟发生了什么，只能含糊其词，大家只是了解了大概：进树林探险，看见一间房子，有人从窗户钻进房子，应该是看见了死人，最后拼了老命跑回来。

于是一个个都害怕起来。

外面一直没有平静下来，过了十分钟，工作人员赶了过来，又过了十分钟，一辆警车也开进了基地。孩子们看见警察走进来转了一圈，又走出去，好奇得要命——这种事情，平时可从没遇见过啊！折腾到十点多，才有人进来说了一声"没什么事情了"，熄灯关门，外面的各色人等终于散去。

好奇心终究抵不过沉沉的眼皮，睡意袭来前，外面起了风，沙沙响的树叶又让不少人起了联想，于是都用被子蒙起头，沉浸在五花八门的噩梦中。

第二天一早。食堂。

工作人员已经准备好了学生们的早饭，开始吃自己的早饭。一边吃，一边讲闲话：

"昨天晚上你们房间干什么，突然跑出去，很晚才回来？"

"碰到赤佬了！一帮小孩子吃饱了，关了灯还拿着手电筒说要探险，进了以前通到研究院的那片树林。"

"后来呢？"

"后来看见了研究院的老实验室，荒废快十年的那间，也不知道怎么弄开了窗子，爬进去几个，在里面翻箱倒柜。"

"这帮孩子，还都是中队长大队长，怎么那么捣蛋！"

"捣蛋还好，偏偏研究院的那帮老家伙走的时候也不把屁股擦干净，几副人骨头标本就这么放在柜子里，锁都不锁，被翻出来，骷髅头滚了一地，还以为是碰到死人，鬼叫了老半天，连爷叔都来了。"

"啊？那么刺激啊！"

冯骁很早就起来了，躲着许晓颖刷牙洗脸，早早地跑来食堂吃早饭，被他听到了这段对话，心中恍然："确实刺激！这比防空洞那次可是刺激多了！"

18

可乐和全家福

离春节没几天了，天还是冷，又下了一场雪，化雪的时候寒意更加刺骨，奶奶说"雨前冷，雪后寒"，看来是没错了。

每天睡懒觉起来，像模像样涂几笔寒假作业，吃过中饭，大家就聚到瞿斌家里，开着热乎乎的油汀，喝着不冰的橘子水。有人拿瞿爸爸的茶壶泡了龙井来喝，大家发现大冷天喝茶的感觉蛮不错，于是就见一群小茶客，看看电视，拍拍香烟牌子，下下"四国大战"，人手一杯茶，像模像样地抿一口。

喝了茶，又尝咖啡。瞿爸爸不知道从哪里搞来一袋磨好的咖啡粉，喝了一次就不喝了，放在那里当摆设。大家用开水冲了一点喝，都觉得香是香得蛮特别，就是实在太苦，喝不下去，又放了很多糖，味道更奇怪了，而且那咖啡豆渣吃进嘴里也有点儿难受。冯骁想了想，说自己有办法。他拿了个小锅子，把咖啡豆和瞿斌家的麦乳精混在一起，麦乳精要比咖啡粉多一点，撒了把糖，在锅子里倒满开水，搅了搅，尝一尝味道，又异想天开地往里面撒了一把味精，宣布自己发明了一种新的咖啡喝法。大家小心翼翼地每人试了一口，都觉得比刚才的好喝多了，兴致勃勃地喝光，又搞了一锅，也一样喝光。

当天晚上，这帮孩子们怎么都睡不着，在床上翻来覆去，两只眼睛巴登巴登，一直睁到了天亮。

有时候大家来了兴致，在屋子里打弹子，玻璃弹子滚进大橱底下、床底下，一找找半天，从床底下爬出来，带着一身积灰，万分狼狈。

冯骁看着这场景，想起冬令营的时候那些在林中房子里摔了一身脏的人。冬令营结束第二天，冯骁就去瞿斌家绘声绘色地跟大家讲了"骷髅头"的经历，略去钻被窝那段。听的人先是兴奋，再是紧张，接着是惊恐，最后冯骁说到第二天那些一身脏的人被老师训了一顿，最后讲出那些骷髅头都是以前的标本时，所有的人都轻松下来，哈哈大笑，继续喝茶。

后来有一天，军师来了，趁冯骁去卫生间，跟大家讲了车上许晓颖靠在冯骁身上睡觉以及冯骁钻进许晓颖被子里的事，个个都听得张大了嘴。等冯骁从卫生间里出来，大家一阵起哄，看见军师贼兮兮的样子，就知道他说了什么，扑上去在地板上滚了几圈，起身后，周围的人依旧起哄不止，那哄笑声中居然都带着一丝羡慕。

后来一连几天，大家都会逮住机会起哄一下，冯骁也就习惯了。有的人多事，说许晓颖也住在新村里，可以把她叫出来一起玩，瞿斌说算了吧，人家许晓颖每天不是在家看书，就是在少年宫弹钢琴，不可能跟我们一起玩的。

临近春节的几天，瞿爸爸的修车铺就不开了，上海工人就地放假，外地工人提前回老家过年，大家都发了一笔钱。瞿爸爸每天打麻将到凌晨才回来，一觉睡到中午，下午继续出去打。瞿妈妈自己下午也要打麻将，每天早早地做完午饭，看着瞿斌吃完就出去了，一家人日子过得无比默契。

没有麻将打的下午，瞿爸爸就在家里喝茶看电视。家里来了一群小孩子，每天喝他的龙井，抢他的电视看，他也不放在心上。看见冯骁，瞿爸爸打心底喜欢，聪明、会玩、能带着大家，读书不错，关键是考试考不过自己儿子，嘿嘿！

摸着冯骁的"两条杠"，瞿爸爸夸道："冯骁现在厉害了，当上中队长了，越来越有本事啦！"

冯骁跟他客气："轮流当的，下个学期就轮到瞿斌了。"

瞿爸爸深深地吸了一口烟，一脸幸福和憧憬："蛮好蛮好，皇帝轮流做，明年到我家——哦！马上要过年了，还真的是明年啊！"

小年夜那天下午，正喝着茶，拍着香烟牌子，楼下公共电话室的人扯着嗓子喊瞿爸爸。瞿爸爸下去接电话，一走就是一个多钟头，回来的时候搬了两个箱子，扁扁的样子。

箱子打开，里面是一排排罐头，瞿爸爸每人发了一罐，说："来来来，过年了，喝点外国人的饮料，这个叫'可口可乐'，我刚叫海运局的朋友给我带回来的。"以前都在传瞿斌家在海外有关系，后来才知道，是真的有关系，只不过这关系，是瞿爸爸认识一帮海运局的人，每次有远洋船回来，都能让人家捎点洋货。

大家拿了罐头翻来翻去地看，不知道该怎么下手。瞿爸爸用手指拉住罐头上面的一个小环，用力一提，听见"嘁"的一声，罐头开了个小口，再一拉，把那封住小口的金属片拉掉，露出一个更大的口子。大家照着拉，很快都把易拉罐打开了。喝一口，带汽，甜的，又甜得奇怪，说不上来的好喝，知道是稀奇的东西，舍不得大口喝，一个个坐下来，一小口一小口地品，顿时房间里安静下来，只听见喝可乐的声音。

瞿爸爸喝了一大口，把易拉罐拿起来，仔细看了一圈说："嗯！是真的美国货，他们没骗我，你们看上面，一个中国字也没有。"

孩子们看了一下，果真罐子上一个中国字也没有，全是自己不认识的外文，更觉得稀奇，态度越发认真。

喝完可乐，天色暗下来，该回去了。明天就是大年夜，来不了瞿斌家了，过年天天要出去走亲戚拜年，也不知道什么候能再来玩。大家纷纷跟瞿爸爸说再见，回十二弄的回十二弄，回好来坞的回好来坞。

"冯骁，等等。"瞿爸爸拉住冯骁，用一只塑料袋装了两罐可乐，塞给他，"好孩子，拿着自己喝，慢慢走，别让他们看见。"

大年三十晚上的年夜饭有好多道菜，都是小年夜乃至再往前几天就开始准备了。

冯骁的爷爷对吃格外讲究，好几样东西都是他亲手做的，旁人一律碰不得，只有手艺被他认可的下一代才允许在旁边观摩。小年夜一大早，开始做肉圆和鱼圆。

肉圆一半选前腿肉，一半选五花肉，总体上三分肥七分瘦，不像淮扬菜细切粗斩的做法，一律剁成细细的肉糜。剁肉的时候，拿两把凳子，放在门口有光的地方，朝着门外自己坐一把，前面放一把，搁上一块平时不怎么用的大砧板，系上围裙，防止飞溅的肉末把衣服弄脏了。先用一把大刀将肉切细，再一手一把大刀左右轮番下刀剁肉，肉在砧板上剁得摊开了，就用刀将肉翻个面拢起来，继续剁。剁累了，刀往砧板上一搁，口袋里掏一根烟，划一根自来火点上，门外有邻居过来打招呼，就闲聊几句，说说做菜的讲究。

一批批剁出来的肉糜装在一个大盆子里，接着把去皮的生姜和蒜头剁成姜蓉和蒜蓉，也放进大盆子，加了调味的盐、糖和酱油、一点料酒，再加一点生粉进去，用手把一盆东西搅成均匀的肉浆。搅匀的同时也要注意肉浆的稠度，稠了搅不动，慢慢加水进去调节，稀了，就加生粉调节。最后肉浆搅完，插一根筷子在里面，刚刚好竖着不倒，稠度就对了。

爷爷不会多放别的东西在肉浆里。有一回老家来人，特地带了自己做的肉圆过来，家里人一吃，是带点儿脆口的，爷爷说，肉浆里面放了切得极细的地梨，的确是老家的传统做法，不但吃起来有点脆，额外的甜味也讲究。但是夸归夸，爷爷做的肉圆里面从来没放过地梨。

鱼圆和肉圆的做法差不多。选的是青鱼，个头大、出肉多、刺少，买回来洗干净，特别是内腔，沾了血的都要洗白，洗完就挂起来晾干。晾鱼的地方一要避开太阳照射，否则温度一上来，鱼肉就要变质；二要足够高，不挨着屋子，否则弄堂里的猫就先占了便宜。冯骁亲眼看见有人在弄堂里破口大骂——三条刚买回来的活鲫鱼还没来得及杀，先挂在门外杆子上，不知谁家的猫，精明得很，每条鱼只咬一口，连一块肚肉带里面的鱼子都吃了去，只留三条半死不活的鲫鱼被吊在那里苦苦挣扎。

青鱼晾干后，把头尾剁掉，鱼身的肉片下来，鱼皮去掉，鱼骨鱼刺细细地挑掉，剁成鱼肉糜，加料搅成鱼浆。鱼肉容易剁，又是白肉，所以鱼浆看上去比肉浆要滑一点，颜色也浅。一大盆深色的肉浆和一大盆浅色的鱼浆做完，就要移师去灶头那里了。

大炒锅里倒大半锅子油，油温不能太高，用中小火控着。大盆子放在左手边，肉浆或鱼浆握在手里一捏，从虎口那里挤出来，形成一个圆球放进油里，在里面翻滚一阵，表面炸到焦黄，就算是定型了。定型的圆子被右手的筛勺捞出来，放进另一个干净的大盆里。

这道工序考验的是手熟，一手捏圆子，一手捞圆子，左右开弓，有经验的人做起来才不至于忙乱。冯骁在旁边看爷爷炸圆子，左手一捏，每次捏出来的大小都一样，右手一捞，每次捞出来的颜色都一样，偶尔放下右手的筛勺，取下嘴里的香烟弹一记烟灰，当时还小，后来长大了想起来，暗暗称奇。

炸完定型的肉圆和鱼圆还只是半成品，等放凉了就装进冰箱。不过那时候没有空调，上海也没有暖气，普通人家装不起油汀，冬天屋子里温度低，就算放在外面也没有关系。

爷爷每年过年做肉圆鱼圆，在弄堂里都是大事情，大青鱼一挂出来，大家心里就有数了。做完的肉圆鱼圆不单单自家人吃，还会送给几家关系好的邻居，爷爷知道每户人家有多少人，每人送两个肉圆、两个鱼圆，装在一个大碗里，让冯骁捧着送过去。大家都客气地收下，知道这是工夫菜，多多少少会回送点东西，蟹糊、黄泥螺、条头糕、小烧饼、手工面条等，不是老家捎来的地方小吃，就是自己做的小食。

对门的山东阿婆最实在，也是弄堂里手艺不输爷爷的高手，家里的面食都是自己做的，平时经常做了雪白的大馒头拿来给冯骁吃。过年的时候，阿婆还会用一口直径半米多的大铁锅，在自家的土灶上做饭糍，做出来的饭糍颜色黄而不焦，又香又脆，吃起来也不硌牙，是冯骁最喜欢的弄堂美食。山东阿婆一家五口人，爷爷每次都多给他们家装十个圆子，冯骁捧着大碗送过去，阿婆就在那个碗里实实在在地装上饭糍，高出碗口，临走还在冯骁嘴里塞上一块，冯骁小心翼翼地把碗捧回来。

爷爷在剁肉剁鱼的时候，奶奶已经开始熬猪油了。

大块的猪板油切成小条，在热水里焯出血沫子，用冷水洗干净，也不用沥干，直接进大锅。先是大火烧滚，再转小火慢慢熬，用一双筷子不停翻动，水分被熬走后，锅子里余下的液体就是猪油了。看着板油被慢慢熬成油渣，再也榨不出什么东西了，就把切好的姜片和打了结的小葱下到锅里，炸香了，趁着颜色还没变深就用笊篱捞起来，控一下油扔掉。再把猪油渣也捞起来，控着油，那边把火关了，让锅子凉上一会儿，把锅里的猪油和控出来的猪油都倒进一个搪瓷盆子里，放在灶头旁，完全凝固后白花花的。有时候炒蔬菜，就用一把调羹挖一点放锅里。

猪油渣是个好东西，没事往嘴里放一块是很香的。但是奶奶最多只让冯骁吃三块，其余的要留着在大年三十晚上炒菜用。没办法，冯骁就去别人家弄猪油渣吃，反正年前这几天，弄堂里每天总有熟悉的人家熬猪油，新熬出来的猪油渣蘸点白糖，吃在嘴里就是过年的感觉了。

做蛋饺也是奶奶的事。相比做肉圆、鱼圆，做蛋饺的过程就秀气很多。

肉馅是事先准备好的，用瘦肉剁成，拌进盐糖、姜蓉、生粉、一点点麻油，搅匀了放在旁边，插一双筷子在里面。

鸡蛋打成蛋液，放一点点盐调味。做出来的蛋饺皮如果要黄一点，就要用蛋黄比例偏高的草鸡蛋，不过草鸡蛋比洋鸡蛋贵，做炒蛋和白煮蛋还可以，做蛋饺成本就高了。于是奶奶会用洋鸡蛋，每十个鸡蛋里有两个只取蛋黄，这样蛋饺皮的颜色就黄了，多出来的蛋清也不会浪费，自然有别的用场。

拿一个铁勺在火上烧热了，把火调到最小，夹一块肥猪肉在勺子里面抹遍，舀一调羹蛋液进勺子，转动勺子，蛋液凝固成蛋饺皮，挑一筷子肉馅放在上面，看蛋饺皮差不多快收干了，就用筷子挑起一侧的边缘翻向另一侧，轻压合拢，一只蛋饺就做好了。

奶奶手熟，每次舀进铁勺里的蛋液都刚刚好。如果蛋液多了，就要倒回去，否则蛋饺皮做得厚，包完了不能隐约看见里面红色的肉馅，品相就不好了。至于蛋液少了，做不成一张完整的蛋饺皮，还要往铁勺里加蛋液，就更不好看了。此时的蛋饺，当然也是半成品，一个个叠放在大盘子里，用大火蒸上十分钟，把肉馅蒸熟了才算完工。跟肉圆、鱼圆一样，也是放凉了存起来备用。

醉蟹是家里年夜饭的保留节目，成本再高，也是要做的。

爷爷在小年夜的前两天就买回来二两半的大闸蟹，只要母蟹，腿硬肚白，一只只仔细刷干净，拿一个大水盆，放一点清水养着，上面盖两块搓衣板防止螃蟹爬出来，饿它们一天，换两次水，让脏东西都排干净，临要下醉料的时候，就用洗干净的草绳一只只绑起来，放在通风的地方吹干。

绑草绳的时候，爷爷跟冯骁说，上海郊县有一道菜叫"稻草扎肉"，说是肉上面绑了稻草，红烧完会有一股额外的清香。"都是瞎说的。"爷爷跟冯骁普及知识，"那是因为以前人穷，一年到头也吃不了几回肉。过年前，老爷发了钱，长工们下不起馆子，每人去买一块生肉。但是肉没法一块一块单独烧，大家就在自己的肉上面绑稻草，保证稻草的样子、绑法和打的结都跟别人不一样，能认得出，再去找一个地方把肉一起烧了，寻自己的那块来吃。"

"不过大闸蟹是应该用草绳子绑的，不会有味道，现在有些人贪图方便，用棉绳绑，螃蟹弄出来有怪味道，也不雅观。"

醉料讲究，一半生抽、一半黄酒，生抽没太多要求，黄酒要用甜度高的"香雪"，十年陈，比吃饭时喝的"加饭"要贵许多。除此之外，醉料里还要加进陈皮、八角、桂皮、香叶、豆蔻、甘草，有些东西市面上买不到，要去南北干货店买，实在不行，就托关系去药房里抓，总之节前肯定要备齐。

醉料做完，还要放白砂糖调节甜度。上海人喜欢吃甜的，醉蟹是鲜甜口，光鲜不甜，咸味就会抢出来，未免失色。

螃蟹进坛子加醉料也有讲究：要备好姜片、青蒜的白根和拍过的蒜头，先把这几样新鲜的东西垫在坛子最下面，上面码实了一层螃蟹，再加姜蒜，再码螃蟹，如此往复，等螃蟹全进去了，最后盖一层姜蒜在最上面，坛子也就八分满了。这时候，把醉料慢慢倒进坛子，看最上层的姜蒜浮起来，就算圆满，封上口，放在朝北的地方，静等年夜饭前开坛。

大蒜头会买很多，除了做肉圆、鱼圆和醉蟹，大部分要做糖蒜。

糖蒜是年前十几天就开始做的。整只的蒜头不掰开，只剥掉最外面一层蒜皮，根须剪掉，洗干净，用盐水浸上几个钟头，捞出来，头朝下沥干。用的糖是七分白砂糖、三分红糖，醋是一半陈醋、一半镇江香醋，再往里面加一勺老抽，放几颗八角。有的人家做糖蒜用的是白糖白醋，做出来的颜色浅，香气也有点儿刻板。冯骁家做糖蒜，用红糖陈醋，颜色就深了很多，香气不但浓，而且复杂，那一勺老抽带来的鲜味，更是点睛之笔。

蒜头先进坛子，一直装到离坛口三厘米的地方，糖醋再浇下去，刚刚好没过了蒜头，坛子里剩不了多少空间，这样就不需要再拿什么东西去压着蒜头了。坛口封住，每天将坛子拿起来晃几下，把沉在下面的糖尽量晃开，两个礼拜后大功告成。

大年夜那天最忙，早饭午饭并作一起吃，奶奶煮一大锅香喷喷的白粥，配粥的有大头菜和腐乳，还有前一天晚上吃剩的发芽豆。爷爷开了腌糖蒜的坛子，这是冯骁最喜欢的东西，吃一碗粥，可以干掉好几个蒜头。

下午，爷爷开始做走油肉。

大块的五花肉买回来，起大锅，整块的肉在水里煮，放点姜片下去祛腥。等血沫子都煮出来，把肉拿出来稍微放凉，四周的边角用刀修掉。爷爷说人家都不修边角的，省力是省力，但是做出来的走油肉不齐整、不好看，何况，边角也不会浪费，会拿来做别的好吃的。下一步，就是将五花肉放在油里炸，虽然叫油炸，其实是将五花肉里的油分逼出来，同时将肉里的水分锁住，最后吃的时候，肉皮韧、肥肉酥，完全不腻。炸的时候，油要多，没过肉块，中火控着。下肉的时候，肉皮朝下，一进油锅就盖上锅盖，因为油会一直溅上来。接着就是听声音，油锅里的响动渐渐弱下来，说明油不会往外溅了，这时揭开锅盖，把肉块翻个面，看着肉皮起酥发泡，就可以捞上来了。

滚烫的肉块在冷水里浸一下，本来已经蜷缩起来的五花肉重新又舒展开，这时就可以切成相对齐整的条状开始炖煮。炖煮的时候，水里放老抽、料酒、八角、桂皮、冰糖，还要加一点醋进去，这样肉会酥软得更快。肉进锅，加一大把水笋，先是大火煮开，再换小火，焖上一个钟头，把肉和水笋捞出来就可以了。晚上吃的时候先装盘，水笋放在下面，五花肉肉皮朝上码好，大火蒸热。炖煮完的汤汁要捞掉里面的八角和桂皮，前面修下来的边角肉放下去接着炖，再放点开洋提鲜，用小火慢慢焖着，差不多也要一个多钟头。晚上开饭前，这锅汤汁重新加热，把刨皮切块的白萝卜加进去，用小火把汤汁的味道煨进萝卜里，等萝卜煨软了，勾个芡，大火收汁，端上桌来，萝卜比肉都受欢迎。

另一个灶头上，大砂锅里一下午都在炖一大锅浓汤。整只鸡、几块劈开的猪骨头、冬笋火腿切片放进去添鲜，更有叔叔从南边出差带回来的干贝，加一点点生抽让汤色鲜亮，其余只用盐。香味不徐不疾地往外飘，路过的邻居都嚷着"好香"，然后跟爷爷奶奶互拜早年，说几句吉利话。

旁边，晾干的小黄鱼和大鳊鱼正等着被收拾。

小黄鱼用盐、姜和料酒腌着，到时候用油煎透，把骨头也煎酥，除了头不吃，别的部位都可以吃，连当中那条脊柱也能嚼碎了。头几条小黄鱼煎好，稍微放凉一点，爷爷奶奶把冯骁叫进厨房，让他第一时间吃到香煎小黄鱼。要是弄堂里别的小孩子正好在旁边，那正是捞到了天大的便宜，人手一条，吃得欢快，只听到咔吱咔吱嚼鱼的声音。

几条大鳊鱼红烧，是年夜饭上的主角之一。鱼当然是可以吃的，但是万万不能吃完，寓意"年年有余"，所以奶奶索性就多买几条，让大家放开吃。红烧鳊鱼里面的葱也有讲究，一部分是随着鳊鱼一起烧的，上菜的时候黑乎乎软绵绵，另一部分是装饰在鳊鱼上面的，颜色还是翠绿，但已经熟了。装饰的葱打成葱结，油温不能太高，葱结在油里过一下就捞出来，冬天的温度低，葱结马上就凉下来，然后再下油锅过一下，捞出来放凉，如此往复几次，葱熟但颜色不变，往鱼上面一放，煞是好看。

冯骁在厨房里几进几出，看得差不多了，弄堂里的孩子们来喊，军师也在里面，于是跑出去一起玩。

一早起来，爷爷奶奶给了压岁钱，这时候兜里有几个铜板，肯定是存不住的，马上去买了几盒划炮，一群孩子在弄堂里四处搞破坏，炸响声不断，过年的味道起来了。

因为划炮在水里也能炸开，有人提议去好来坞玩，马上得到响应。一群孩子冲到好来坞，准备往水里扔划炮，发现几只个头不小的老鼠在岸边翻垃圾堆，立即成了划炮的轰炸对象，被炸得魂飞魄散，拼了命地逃窜。

大家玩得欢快，冯骁却发现今天的好来坞特别冷清，原来所有的船都已经不在这里了，过年，船工们自然都回乡下了。

"昨天鱼侬婷家的船还在呢，走了也没打声招呼。"冯骁在心里暗暗地想。

下午四五点，亲戚们都要过来了。冯骁很自觉地回了家，提前被妈妈喊进房间，换了一身新衣服，"两条杠"往左上臂一别，精神抖擞，意气风发，准备迎客。

亲戚看见冯骁的"两条杠"自然一阵夸奖，再问考试分数，也不错，当然没有当上中队长风光。冯骁庆幸自己说服瞿斌先当了中队长，这回过年，好好地露了脸，压岁钱拿在手里也觉得是奖励。

底楼的大桌子上架好了圆台面。平时靠墙立着的圆台面，基本只有春节和国庆可以用上，还有就是乡下的亲戚组团来上海。圆台面上的盘子里放了西瓜子、香瓜子、花生、炒米糖、桃酥饼、万年青饼干、金币巧克力、大白兔奶糖和一些水果味的硬糖，只有在过年的时候，这些东西才会被一起拿出来。大人们嗑瓜子的居多，小孩子们比较喜欢金币巧克力和大白兔奶糖。冯骁已经在厨房里视察两天了，知道今晚有什么好东西，对桌上的零食没有兴趣，亲戚家来了几个孩子，干脆继续带着他们在家门口玩划炮、放小烟花。

划炮的声响这时候已经不算什么了。弄堂里的鞭炮声此起彼伏，这是年夜饭前的第一轮鞭炮，六枚"高升"炸上天，代表"六六大顺"，一串"大地红"点响，代表"红红火火"。弄堂里地形复杂，上空横七竖八架了不少电线，大家都会到几个相对开阔的地方来放"高升"，一边放，一边相互拜年、递烟，但是"大地红"一定要在自家门口放，硝烟散开，一地红屑，喜庆万分。

圆台面再大，也容不下全家一起吃，而且总要有人在厨房里忙。爷爷奶奶已经把前期工作都做足了，又是长辈，自然先在桌前坐定。小孩子没理由不上桌，挨着爷爷奶奶的两边坐下，余下上桌的就是女眷，妈妈、姑姑、婶婶全都坐上来，姑父再怎么说也是"外人"，外来的都是客，自然也被请上桌，不用他做事。在厨房里忙的和端菜的是爸爸和叔叔们，等到小孩子们吃得差不多了下桌去玩，才轮到他们上桌。这样的情况，出了上海，估计就不太常见了。

爷爷面前倒了一杯黄酒，其他人都喝"红宝"橘子水。

人落座前，冷菜已经摆上来了，熏鱼、皮蛋、烤麸、素鸡、木耳、莴笋、金针菜、长生果、拌麻腐、白切鸡、糖醋小排、油炸小黄鱼，还有从外面买回来的大红肠、方腿、卤牛肉、红曲鸡脚、枫泾丁蹄、小金陵盐水鸭。

醉蟹是生醉，不是每个人都吃得了，喜欢的人喜欢，不喜欢的人敬而远之。螃蟹剥开，里面不能吃的部位去掉，盖头归盖头，身体切成四截，吃的人自己拿。冯骁不客气地拿了一个盖头、两截身体，鸡鸭猪牛，哪比得上这个东西？

呛河虾最后端上来，玻璃碗装着，呛料是自己调的，河虾还在里面挣扎，先拿个盘子倒扣在碗上面，防止汁水溅出来，更防着虾跳出来。冯骁一边吃着醉蟹，一边紧紧地盯着装呛虾的碗，就等着那些河虾安静下来。没想到这时候，红烧鳊鱼上桌了，跟着又上了一道墨鱼大烤，要是换作现在，冯骁肯定会抱怨，后厨出菜的节奏太差啦！

接下来是几个快炒的菜，响油鳝丝、红烧鸡中翅、爆猪肝、干烧明虾、花菜炒肉片、炒素，大家应接不暇。好在房间里人一多，温度就上来了，菜也不至于一下子冷掉。

炖高汤的整鸡捞出来，鸡腿鸡翅鸡脖子等活肉先端上桌，分给小孩子们吃，嚼起来麻烦的死肉留着后面几天再慢慢对付。汤里面的肉骨头也捞出来，留着一会儿下酒。其间舀了一点浓汤出来，烧了一个百叶包，鲜味已经让人叫好了。爷爷夹起一个百叶包说："旧社会的时候，地主年底请家里的长工们吃饭，如果给谁挟了一个百叶包，意思就是你可以卷铺盖走人了，年后不要再出现。"

席上席下一阵嘘声，老爷子喜欢显摆，讲话又不合时宜，大年三十的说这个干什么？喝酒喝酒！

又上了走油肉和肉汤炖萝卜，不出所料，很受欢迎，萝卜很快就被抢得差不多了。中国有"秋后萝卜赛人参"的说法，知道这是好东西，但是真正用心去烧萝卜的并没有很多人。

爸爸将桌上的碗盘理了一下，清出一块地方，大家都知道大菜要上来了。一分钟后，最小的叔叔两手抬着大砂锅进来，一看就分量十足。锅盖一开，满房间香味，虽然前面吃了那么多菜，大家还是满心期待，知道这道菜不仅是爷爷奶奶的辛苦，也是他们的功力。

炖了一下午的浓汤，捞去里面的鸡和猪骨，先舀出一点汤，再放进肉圆、鱼圆、蛋饺、肉皮、香菇、黄芽菜、粉丝，大火烧开，换小火焖一会儿，让味道相互透足了，这道"全家福"才有资格被端上桌。每个人都盛了一大碗全家福，吃得兴高采烈，不忘夸爷爷奶奶的好手艺。

冯骁看不上香菇和黄芽菜，肉圆鱼圆蛋饺每样来两个，肉皮来一块意思意思，粉丝不急，留着第二碗再说。舀汤的时候，沉底贴边慢起，把炖散的干贝捞上来不少，亲戚们见了，纷纷说冯骁精明，这个"两条杠"来得有道理。

肉圆看着敦实，轻轻一咬就在嘴里散开，鲜味铺满口腔，这功力，不但考较做肉圆的人，也考较煮肉圆的人。爷爷做东西自然厉害，叔叔最后完成这锅全家福时，对火候的掌握也没得说。上海在新中国成立前后轻工业和手工业发达，上海女人在纺织厂里加班加点，上海男人自然就扛起了买菜做饭的任务，一手厨艺怎么说都不会差到哪里去。要是再喜欢钻研的，随便做几个菜都不比餐馆里的师傅差。

鱼圆的妙处是炸过的外皮色泽金黄，在浓汤里煮过后，虽然颜色会偏暗，但是口感绵软，一抿就化开，里面的部分还是雪白的，带着一点韧劲，吃起来口感很奇妙。青鱼虽然不是值钱的东西，但是这一番心血下去，又是连剁带搅加油炸，又是浓汤入味，滋味早就有了翻天覆地的变化。

一碗全家福下肚，青菜上桌。冬天里打过霜的江南青菜有一股甜丝丝的味道，大火爆炒一下后，舀一大勺全家福的汤，盖上锅盖大火焖半分钟再盛出来，又糯又鲜。按理说这盘子青菜已经很好吃了，奶奶却坚持吩咐要在里面加一把猪油渣，虽然有点画蛇添足，掌勺的叔叔却不敢不照办，家里说了算的，其实是奶奶。

又上了油炸春卷，烂糊肉丝馅，蘸点镇江香醋，下口不能急，还是滚烫的。小孩子吃完一根春卷，年夜饭就暂告段落，可以出去放烟花玩了。

孩子们下桌，男人上桌。

冯骁是长孙，没法下桌，陪大人们继续吃。面前的橘子水都换成酒，喝黄酒的喝黄酒，喝啤酒的喝啤酒。中国人以前没有未成年不能喝酒的概念，冯骁从小被长辈们培养喝酒，不管爸爸这边的叔叔姑父，还是妈妈这边的舅舅姨父，都让他喝，今天年夜饭，爸爸妈妈也不拦着，面前倒上半杯啤酒，能喝就喝，过年嘛。

前面上的菜凉了也不要紧，男人们照样吃，只要有酒就行。

全家福还是要拿去热一下的。先前捞出来的肉骨头和舀出来的浓汤加回锅里，吃完的肉圆鱼圆蛋饺再补一点进去，汤一滚，焖一焖，又是一锅全家福。一家人吃得热火朝天，窗户上蒙了一层水汽。最小的叔叔把全家福重新端上桌，今天的任务完成，坐下吃喝，一边吸着肉骨头里的骨髓，一边跟姑爷碰杯，不一会儿就面红耳赤。

另一个叔叔起身去了厨房。先前做鱼圆，鱼头鱼尾留了下来，现在就要做成下酒菜。

鱼头用油煎透，放了葱姜蒜，开水浇下去，加几片火腿，大火煮，汤色奶白，盐调味，白胡椒粉添一点辛辣，就是一味冬天里发汗的鱼头汤。

煮鱼头的时候，鱼尾剖开，一样油煎，然后下白砂糖和老抽，沿锅边浇一圈水，勾芡，大火收汁，又是一味上海传统的红烧甩水。

两个下酒菜上来，前面上的那些菜也被一道道消灭。上海男人心里有数，知道哪些菜可以留到明天，哪些菜吃不完的话可以并在一起放，还有哪些菜过了今晚就不行了，目标明确，逐个击破，容不得一点浪费。

酒不会多劝，但一直在喝，酒量好的就多来几杯，酒量一般的就慢慢喝。在上海人家里，很少看见相互灌酒、扶墙酩酊的，凡事讲究一个度，不强求，到位了，就是够意思。

外面的鞭炮声又开始密集起来，放完这一轮，大家就该坐在电视机前看春晚了。

爸爸在厨房里蒸好三只八宝饭，是单位食堂自己做的，块头不小。糯米晶莹润亮，豆沙又甜又绵，红绿丝和瓜子仁点到即止，红枣和莲子个头又特别大，关键是不计成本，舍得多下猪油，毕竟一年到头，大家都干出了过硬的成绩，食堂要犒劳犒劳，顺便也为自己博个好口碑。

在外面玩的孩子们又被喊回来，一听是吃八宝饭，都很积极。小孩子对甜食没有抵抗力，每人都吃了几大口，狼吞虎咽，好似晚饭没有吃饱一般，爷爷一开心，吩咐爸爸："再去蒸几只来！"

晚饭后小孩子们一溜烟出门，冯骁带队，跑到弄堂垃圾房前的空地上。弄堂里的孩子们各自带了一起吃年夜饭的同辈来到这里，几股人流汇集，轰炸垃圾房，划炮、"飞毛腿"、"陀螺"和各色小烟花满天飞，把一排垃圾桶炸得一片狼藉，个个冒着烟。

家中，圆台面收了，女眷们每人泡一杯清茶，坐在桌前看春晚，有一搭没一搭地说着家事和工作。大家又说了冯骁几句好话，妈妈对儿子知根知底，摆摆手谦虚几句，却又忍不住，说冯骁前几天参加了只有中队长、大队长才能去的冬令营。

爷爷一根香烟一壶茶，在旁边眯着眼笑。

奶奶闲不下来，把白天收下来、还没来得及叠的衣服一件件仔细叠好，归进衣橱里。

男人们继续在外面忙，收拾厨房、洗碗筷、把剩菜归并起来，准备好零点到来时要放的烟花爆竹。

远处的马路上，救火车鸣着警笛开过。

电视里，陈佩斯正在卖力地表演。

19

城市和江湖

开学前的第三天。返校。

大晴天，天气稍微暖和一点，心情总归是不错的。冯骁想着，今天返校结束后怎么个玩法，是木料仓库的大战，还是地下室里的游戏？反正这么好的天气，窝在瞿斌家里肯定不是选项。

鱼依婷、季俊杰和葛晓刚都没有来，冯骁联想到空荡荡的好来坞，就知道他们这时候还在乡下。

返校也不讲什么纪律，班主任没进教室前，大家都在三三两两聊天，春节里的新鲜见闻巴不得马上让大家知道。许晓颖前几天被爸爸妈妈带去杭州玩了一圈，正拉着几个人分享，把冯骁也喊上了：

"杭州很漂亮，天冷，人也不多。我们在西湖上坐船去看三潭印月，整座岛上只有我们三个人。爸爸说他经常去杭州，人那么少的情况是第一次遇见，他还说杭州是老天爷赏饭吃，给了一个西湖，天底下没有第二个城市这样有福。

"后来我们去了孤山，爸爸反复说这是全中国最风雅的地方，我也不懂是什么意思。不过那个西泠印社好像比桂林公园还要好看一点，里面好几个叔叔都认识我爸爸。他带我们去吃了旁边的楼外楼，西湖醋鱼特别难吃，龙井虾仁倒是蛮好。爸爸说，孤山埋了很多有名的人，其中有一个女的，身份很特别，虽然没做什么大事，但是比其他名人都受大家喜爱，可惜她的墓被毁掉了。

"冯骁，你们不是都看过《岳飞传》嘛，我们去了孤山旁边的岳王庙，不过看岳飞的塑像，不像你们说的打仗很厉害的样子啊！岳王庙里面真的有四个铜人跪在那里，爸爸说这里面有个人字写得很好。他说有时候人好人坏，是讲不清楚的。妈妈跟他说，这种地方不要多嘴。

"我们爬了玉皇顶，又去了灵隐寺。冯骁还记得你在《十万个为什么》里面看来的飞来峰吗？我们也去爬了，比玉皇顶矮得多，上面刻了很多古代的字，我看不懂。爸爸说他能看懂一些，也不说那些字是什么意思，只说该保护一下了。"

冯骁看上去在认真听，表情很专注，其实就是想看看许晓颖。

许晓颖很开心，冯骁平时会看杂书，知道西湖十景，知道岳飞和秦桧，知道飞来峰，有他在听，还不至于对牛弹琴。她最后还问冯骁："你吃过藕粉吗？我们这次在杭州买了几盒，蛮好吃的，到时候送你一盒。"

全校广播开始，讲的是假期注意安全、不要荒废学业、学校新年新计划、教育局最近对学校的肯定等等，点名表扬了好人好事和创新的教育思路。其中特别提到上学期小莫老师的一堂公开课，不过公开课上几个让人眼前一亮的学生，却没有提及名字。

祁老师照例讲了大队部生活，冬令营的事肯定避不开，"骷髅头"的奇幻经历自然隐去。她在广播里说话的时候有几个人对冯骁挤眉弄眼，冯骁有点害怕，怕瞿斌和宋大铭他们把钻被子的事情乱说，到时候肯定不出半天就尽人皆知，不知道这时候许晓颖是怎么想的。

好在这几个损友还算知道轻重，当初叫他们千万要保密，今天虽然一个个心痒，最后还是忍住没有说出来。

全校广播结束，轮到蒙猜纳跟大家说话。根据以往的返校经验，冯骁知道，快则五分钟，慢则十分钟，今天就可以放掉了。蒙猜纳果然说了不到十分钟，

有好消息。基于区教育局对本校情况的了解以及对那堂公开课的研究，做出了两个决定，从下学期开学实行：一是取消管理班，准时放学，但是学校可以在课后办提高班，让学习成绩好的学生能更进一步；二是全部学生都要参加兴趣课，取消兴趣课时间的补课，所以大家都要准备好兴趣课上要用的东西，分班就以第一次的报名为准。

但是也有坏消息，在冯骁看来，如晴天霹雳一样。

整个城市一直在拼了命地建设，盖房子和修路不说，据说

黄浦江上还有很大很大的桥正在造。冯骁没去造桥的地方看过，但是黄浦江边是去过的，在那么宽的河上造桥，一定是件很了不起的事。

城市建设，当然还要拔掉城市里的毒瘤。黄浦江的数条支流因为污染问题令两岸居民痛苦不堪，早就成了这个城市的毒瘤，其中又以好来坞所在的河道为典型，不管是水质还是泥沙，都已经无药可救。

政府研究的结果是：河道北尽头的污水排放站升级成污水处理站，在地下架设管道，把处理过的污水集中排放。河道填掉，变成马路，将来这里正好需要一条交通干道。至于河道两旁造成污染的单位，从年后开始陆续关闭迁移，特别是粪站和化工厂。锯木场和几个规模不大的纺织厂看似不会造成什么污染，但是评估下来，粉尘和噪音都太大，同样被要求迁去郊区，这还是需要一点时间的。在规划里，填河道修路的同时，两岸的居民区和其他单位也会陆续动迁，十年后，这里将会以高层住宅楼为主，配套两个商业中心和一个大酒店，周围的小学和中学也会合并、升级。

其实这件事情去年年中就定了，整个下半年，工作组一直在走访河道两岸的单位，大到工厂，小到杂货铺，讲解政策，让大家早做准备。

船工们也被通知到了，正月过完，河道就要封闭，船只不能再进出，到时候河水抽干，动工排管道。因为有些船工在河道两岸有落脚点，所以正月里给大家一些时间整理东西搬出去，如果是自家的房子，以后动迁时再讨论新房分配的问题。

船工都是在水上讨生活的，人随船走，这条河道封了，就得去别的河道。好来坞的船工们开了一个集体会议，一致认为市中心的河道以后都很难说，保不定哪天就要填掉，只能去找更稳妥的地方。每家的情况不一样，大家也没办法一起行动，于是兵分两路，一部分人南下，在川杨河以南找地方落脚，另一部分人北上，在虹口港以北找地方落脚。

他们认为，这两个地方是上海市区的极限，以后再怎么发展也不会发展到这里来。现在这两个地方，一个叫前滩，一个叫北外滩。

季俊杰和葛晓刚两家就是选择南下的，没到川杨河，而是提前进了漕河泾，那边有种田的亲戚，相互能照应。亲戚家种的菜放开了吃，菜往外运去菜场的时候，往船上一装就可以搭一段水路。

鱼依婷家不用多考虑，鱼依婷的父母都在大杨浦上班，两个舅舅打算把船开去复兴岛，比虹口港还要远很多。外公外婆还留在船上，鱼依婷可以上岸跟爸爸妈妈住一起，以后一家人离得近，什么事情都方便。反正她家在好来坞这边没有房子，走得也没有挂念。今后，就是争取全家都能上岸，两个舅舅年纪也不小了，该结婚了，如果结了婚还在船上生活，可能就要一辈子在船上了。

浩浩荡荡的船队离开，船工的孩子们也都要转学，冯骁所在的小学和二小，加起来要转走三十多个人。班上一下子转走三个人，还是蛮突兀的。好在三个人都坐在最后两排，蒙猜纳不用为调整位子费太多心思，而且想到将来自己班的考试平均分可以高一点，她也是开心的。

冯骁就不开心了，一起玩的人还有很多，可再也回不到过去了。想来，这两年不论是一起疯还是一起挨骂，都少不掉季俊杰和葛晓刚，虽然他们没有宋大铭、瞿斌、倪卿那么有特色，但是什么事都听自己的，叫他们干什么他们就干什么，还是很难得的。怀念着一起玩打仗的日子，但是以后锯木场也要没了。

鱼依婷也要走了。从一年级到现在，鱼依婷一直是跟冯骁关系最好的女同学，两个人几乎每天放学都一起走回去，起先别人还起哄，后来慢慢看习惯了，也觉得这两个人走在一起是天经地义的事。

鱼依婷家里的人也对冯骁好，外婆看见冯骁，总是夸他读书成绩好、心也好，外公说话更是直接："以后肯定是个大学生，我们家婷婷就不行咯！"这时候，鱼依婷总是一副不自然的表情，然后被外婆一把搂过去。

冯骁总觉得那种不自然的表情很好看，放学后玩渴了，经常去他们家船上讨碗水喝，希望外公多说几句让鱼依婷表情不自然的话。

河道要填了，好来坞没了，再也不会有那条船停在河边，让冯骁上去讨水喝了。

想到两个死党走了，只是失落而已。想到鱼依婷走了，冯骁感到心口有点儿疼。

城市发展得越快，离别的故事就越多。

整片区域里最先消失的是好来坞，填河修路一直是上海解

314

决河道污染的办法，也是上海解决交通问题的办法。原先这也是个水网密集的城市，现在的市中心已经少见河道了。但是看看上海的路名和地名，带"湾""浜""溪""塘""汇""桥"的，以前多是有河道的。填河修路最大的手笔，要数填掉肇家浜。

当然有填就有挖，不过相比填，挖的情况就少了很多。当年市区西面征用一处滩地建长风公园，包括华东师大师生在内的二十几万人参与建设，开挖了人工湖"银锄湖"，挖出来的泥土则堆成人造山"铁臂山"。冯骁小时候，每年爸爸都会带他去银锄湖里划一次船，爬一爬"上海市区第一海拔"的铁臂山，再去走一遍最喜欢的"勇敢者道路"。

"勇敢者道路"早没了，勇敢的人也越来越少。

好来坞所处的河道被填掉后，两边的老居民区就是下一步清理的对象了。这一带，除了新村之外，德新里、十二弄和其他居民区肯定会被慢慢拆掉，冯骁已经不止一次从大人嘴中听到"动迁组"这个新名词了。只不过这些居民区体量巨大，短时间碰不了，最好的办法就是以填掉的河道为中轴线，慢慢往两边拆。

算起来，冯骁家距离河道的直线距离也不过五十米。爷爷说，北面还有很多老房子，外面看看蛮好看，里面住得还没有我们家舒服，不知道会不会拆。

"石库门吗？不会拆的！电视里都讲了，石库门是上海的特色。"一个叔叔说道。

"难讲，比我们这边还要老的房子，还会留多少年？照这个样子，以后除了洋人造的房子，其他的都会拆掉。"爷爷坚持自己的疑问。

"石库门不也是洋人造的吗？"

"不一样的，那是洋人造给中国人住的，不是他们自己住的，质量不一样。"

两代人脑子都很清楚，唯独对自己以后能住进什么样的房子还不是很清楚。

弄堂里的居民也都不怎么清楚，但是也没有理由担心，无非是根据冻结的户口来谈判分房，谈到自己满意为止。反而令他们隐隐不安的是，相处了几十年的老邻居们，以后怎么办？

小年夜那天，还会再收到好吃的肉圆和鱼圆吗？

自己做的大白馒头和饭糍，对门冯家的小崽子还能吃多久？

第二天下午，冯骁没有出门，寒假马上结束了，但是作业才做了一半，又到了每次假期结束前的赶作业时间。

那些转学的人，是不是也要赶寒假作业呢？大概是不用了吧。

冯骁听到楼下有人敲门，奶奶去了门，一个声音在问："冯骁在不在家？"

冯骁几乎是飞奔着下楼的。

鱼依婷站在门口，手里拿了个小布袋，脸上一副不自然的表情。

"这是我同学。"冯骁跟奶奶说。奶奶笑着"哦"了一声，进了里屋，冯骁把鱼依婷带到楼上。

"你怎么来了？你不是转学了吗？"

"今天我家回好来坞收拾东西，有点东西一直放在废品回收站那里，今天要搬回去，外公和舅舅跟别的船上的人去喝老酒了，要过一会儿回来，我就来找你了。"

"你们要搬去哪里啊？"

"舅舅他们要把船开去复兴岛那里，我以后跟爸爸妈妈住在厂里的宿舍，离复兴岛不远的。"

"复兴岛在哪里啊？"

"在杨浦那里，离这边很远，坐公共汽车要很长时间，我们开船过去，好像还快一点。对了，那边还有农田。"

坐车、很长的时间、农田……冯骁不知道为什么，想到了许晓颖，觉得不妥，回过神来，问鱼依婷转去哪个学校。鱼依婷说了一个小学的名字，冯骁马上就忘记了。

鱼依婷举了举手里的小布袋："给你的。"

冯骁好奇地接过来，把里面的东西往外拿。鱼依婷在旁边看着，有点不好意思地笑着。

一叠香烟牌子，用一根橡皮筋仔细扎着。

两个自来火盒子，里面装着各色各样的玻璃弹子。

一把崭新的折叠铅笔刀和一块没用过的香橡皮。

一包山楂片和一包酸梅粉。

还有一副绒线手套。

"手套是我外婆织的，她说天那么冷，看你从来不戴手套，过春节的时候给你织了一副。"鱼依婷唯独说了手套，别的东西一概不提。

冯骁也不说谢谢，问她："那你什么时候再来？"

"妈妈说去了杨浦，就不会再回这里来了，但是外公说，暑假的时候，他会带我来找你们玩的。你们几个人的家我都认识，到时候一家家找过来，总能碰到。"

冯骁"嗯"了一声，似乎不太满意。

鱼依婷笑了起来："那罐可口可乐，年夜饭的时候我们全家一起喝掉了，还蛮好喝的，妈妈说以后我表现好，就奖励这个。"顿了一顿，又说："他们叫我谢谢你。"

讲完，长长松了一口气，不知为什么，笑容也淡了下去。

两个人不知道再说什么，都沉默了。鱼依婷又露出那种不自然的表情，说要走了，冯骁恍若有失，也不知该怎么留她，只能带着她下楼。

冯骁还在犹豫是不是要送上一段，出了门的鱼依婷就加快脚步走了起来，转了个弯，急急地走远了。不知道为什么，转弯的时候鱼依婷别过了头，冯骁没有看见她脸上的表情。

回到楼上，冯骁怎么也写不出作业，看着小布袋里的东西，呆呆地坐了半个钟头。

鱼依婷，是他从一年级开始就一起玩的朋友，水泥船上的那一碗碗水，鱼依婷外公外婆的一句句夸奖，都让他不舍得。

刚才为什么不送送她呢？冯骁懊悔万分。

现在已经晚了吧？她应该已经回到船上了吧？

我还要去吗？

终于，冯骁有了一个冲去好来坞的理由：我要跟鱼依婷的外婆说一声谢谢，谢谢她给我织的手套！

穿好外套，换上鞋子，冯骁冲出了家门。一路飞奔，他从来没感觉自己跑得那么快过。

好来坞。

水泥船上的马达发动了，那么多年放在废品回收站里的桌椅碗盆和一些老物件，如今被堆在偌大的货仓里，跟着船去往新的家。

大舅开船，起初只能在河道里缓缓地开，进了黄浦江才能加速。小舅拿着一根竹竿站在船头，调整船头的方向。外公站在小舅旁边，跟其他船只上的老伙计们打招呼、散烟。

——来日方长，有缘再喝酒。

外婆在船舱里点了煤油炉，烧上一壶水，想到以后那个男孩子没机会再来船上讨水喝了，也有点伤感，转头看了看船舱外自己的外孙女。鱼依婷站在船尾，眼泪一直在眼眶里打转。刚才离开冯骁家的时候，她的眼睛就红了，别过头，不想让他看见，现在想想，有点后悔，应该说一句再会的。

盯着来时的路，鱼依婷想，冯骁还是会来的吧，刚才感觉他有很多话没来得及对自己说。好像有些话，自己也没对冯骁说过。

这种话，就叫心里话吧？

船开过了烤羊肉摊，小舅对新疆兄弟喊了一声："走了！"岸上传来一声悠扬的回应，带着异域的口音："哦——"

船开过了废品回收站，外公跟相识十几年的老师傅挥了一下手，老师傅咧嘴一笑，重重地点了一下头。

每个人都有自己的江湖。

但是鱼依婷的小江湖里，那个男主角迟迟没有出现。

外婆轻轻地叹了一口气。

船开得远了，偌大的锯木场也变得很小了，好来坞那里，船如笔，人如蚁。

鱼依婷依旧站在船尾，瞪着大眼睛，就在那些熟悉的场景马上要消失的时候，她好像看见一个身影从锯木场那里冲向好来坞，再仔细看，已经看不清了。

啪嗒，啪嗒。

两滴眼泪落在了船板上。

20

后来

冯骁没能够等到鱼依婷来找他。

动迁的速度实在太快，谈妥了条件，也就知道了今后分到的房子在哪里，大家都各自为将来打算。冯骁家分下来的房子在别的区，离这边不近，考虑到那里的教学水平比较高，冯骁的父母决定在三年级结束后就让冯骁转学过去，慢慢适应起来。房子还没到手也不要紧，先租房子住，只要读书的环境好就可以了。

一放暑假，冯骁一家三口就搬出德新里。走得匆忙，只是跑到曲明娜和军师那里讲了一声，也没有跟邻居们道别。他想着爷爷奶奶和叔叔们暂时还不会搬走，总是要经常回来的。只是冯骁惦记着鱼依婷的那句话，生怕她找上门扑空，偷偷跟奶奶说了这件事：上次来家里的女同学要是再来，就把新家的地址给她。

只是等了一个夏天，都没有消息。

学校那边，走了冯骁，蒙猜纳和蟑螂头居然有点小失落。不知道为什么，冯骁在三年级下学期居然不起头搞事情了，而且和瞿斌轮着做中队长，班里的几个刺头明显乖巧很多。蒙猜纳又重新排了座位，冯骁坐回许晓颖旁边。

其实也不是冯骁变乖。锯木场封了，最会闯祸的事情一下子都没得干了，地下室被人承包了，装修了半个学期也没好，等于秘密基地也被端了。现在这帮孩子放学后要玩，都躲进了新村和十二弄，圆白脸跟冯骁去过一次冬令营后，不知道为什么，再也没盯过梢、打过小报告，蒙猜纳自然耳根清净。后来，大家又迷上了踢足球，场地就是新村里的空地，因为地方不大，还是只能拿网球来踢，总好过拿着螺纹钢条和自来水管对抢。

有些事还是包不住，游戏机房的老板最终查出到底是哪群孩子下的黑手，找上了学校讨说法。蟑螂头得知是冯骁带的头，又问清楚事情的全过程，心里果真是佩服的，喊了几个男老师把老板一围，跟他说学校里没有这几个孩子，而且你们家里的人要是再来学校门口堵学生，就马上报警，态度硬得要命。老板欺软怕硬，只能乖乖地离开教导主任办公室，本来想在学校转转，看看能不能逮住一两个，结果被一个斗鸡眼小老头堵在楼梯口，两手掰弯了一根螺纹钢，朝着他冷笑，吓得屁滚尿流落荒而逃。

后来老板又去二小，那边的教导主任更直接，连办公室都没让老板出，直接把警察喊来了："这种事情跟娘舅说说，顺便也说说你让小学生写欠条的事。"

暑假前的那次返校，冯骁本来没必要去了，但是总得跟大家说一声，于是还是去了。

　　告别潦草得很，跟班里几个关系好的同学说一声，跟孙伟伟等几个经常玩的外班人说一声。这个学期结束，转出去的人不少，大家也没什么感觉，唯有倪卿明显表现出不舍。大家约定了暑假仍旧聚在一起，去瞿斌家看电视喝可乐、下"四国大战"、玩塑料小人，但是没想到隔了几天冯骁就搬走了。

　　倒是许晓颖很伤心，闷闷不乐的样子。回去的路上，冯骁陪她走了一段路，许晓颖说暑假爸爸要带她去西安玩，看兵马俑、爬华山、吃羊肉泡馍，要冯骁答应她，到时候从西安回来，一定要听她讲讲那里的见闻。冯骁满口答应，许晓颖脸上才有了笑容。

　　暑假，冯骁由妈妈带着去新学校办手续。新学校姿态很高，要当场做测试，拿出上学期三年级期终考试的卷子让冯骁做，做完批了看分数，在那边是中等水平，才没有多说什么。

　　新学校虽然有喜欢玩的人，但都是早就抱了团的，冯骁要融入进去很难。而且这里人玩的东西跟以前大不一样，男生流行打篮球、打乒乓球、毽子对踢、看漫画书、打游戏机，天热了还结伴去游泳，都是冯骁不擅长的，从头学起来，却没一样能脱颖而出。

　　读书的压力也明显大了，数学的难度提升，还多了门英语课，靠小聪明已经不能驾驭读书这件事了，好歹他一直维持在班级的中游水平，也不知道以后能进什么中学。

　　冯骁一直想回去看看，看看大家现在都是什么样子，哪怕见个面也好。但是搬到新家后，德新里去得不多了，连弄堂里的曲明娜和军师都没怎么见过，更别说其他人。后来，整个德新里全部动迁。仿佛一夜之间，那个时代就消失了。

五年级的时候，走在淮海路上，冯骁迎面看见瞿爸爸带着瞿斌，父子俩不知道拿着什么，吃得满嘴流油。上去打招呼，瞿爸爸好一阵惊喜，当着冯骁父母的面把冯骁夸了一通。瞿斌看上去比以前沉稳了许多，手臂上还是"两条杠"，也不知是固定的还是轮班的。

说到老同学，瞿斌说十二弄今年全部拆掉了，认识的人都搬去了很远的地方。鱼依婷找来过一次，说德新里没了，问冯骁搬去了哪里，瞿斌也答不上来。再问许晓颖，说去年就搬出新村了，也不知去了哪里。

番外

时代与梦境

再见许晓颖，是二十几年后了。

冯骁已经是一家餐厅的老板兼主厨。冯家在做菜这件事上的执着和钻研对冯骁影响深远，终于在三十岁那年，冯骁辞掉了一份收入还算可以的工作，开了自己的餐厅。

餐厅是西式，却采用大量中国本土食材，也用上一部分中餐的烹饪手法。爷爷的肉圆和鱼圆，分别用意式红酱和南法海鲜汁调味，不过冯骁没有完全坚持爷爷的做法，肉圆里面加了地梨，鱼圆则改用海鱼来做。走油肉也上了菜单，不同于中式走油肉的地方在于，最后一道程序是刷一层蜂蜜红酒酱，然后进烤箱，装盘的时候配上烤过的串番茄。不出意外，这些菜都很受客人的欢迎，餐厅逐渐小有名声，生意还算不错，但扣掉租金、员工的薪水和一些杂项支出，利润也就马马虎虎够冯骁吃喝玩乐，要说存款，那真是没有多少的。

那天晚上，后厨的事情做得差不多，冯骁照例来到前厅，看看哪些菜客人剩得比较多，顺便跟熟客打打招呼。在这个过程中，有些陌生的客人也会渐渐变成朋友。

有一桌客人是四位女客人，瞄一眼身上的首饰和旁边的包包，就知道都条件不错。其中有一位长相特别出挑，让冯骁感觉熟悉，又一时认不出来。这时，那位女客人向冯骁看过来，两人对视了一眼，更让冯骁疑惑：这双眼睛，肯定在哪里见过。

冯骁心里有点没底，走到吧台前，要了一杯威士忌，坐下来一边喝，一边在脑海里搜索这张脸和这双眼睛。

没想到对方根本不给他时间多想，冯骁的第一口酒刚抿在嘴里，耳边就响起了一个声音："是冯骁吗？"

冯骁转过头，朝着她眯了一下眼睛。

"我是许晓颖，还记得吗？"

冯骁愣了一秒，嘴里的酒差点喷出来，拼命往下咽，还是呛了一下。许晓颖转动着手中的红葡萄酒杯，看着冯骁出丑，忍不住笑，那么多年没遇到，第一次重逢，居然是这个样子。

气氛轻松起来，冯骁有个问题刚问出口一半，许晓颖就回答："是的，我在网上看到这家餐厅，看到 chef 姓冯，就猜到应该是你，特地来的。"

冯骁跟着许晓颖来到她吃饭的那张桌子，跟她的朋友们打过招呼，聊了聊自己的菜，为大家加了几个甜品，然后说：遇上多年不见的老同桌，很开心，这顿饭我来请，还要喝点什么，随意。

"那可不行，开门做生意的，又不是没成本，买单我们自己来。"许晓颖在旁边说完这句，话锋一转，"不过当年你答应了听我讲西安的事，结果就再也没出现过，不声不响消失了那么多年，是应该请我们喝点好酒的。"

冯骁点头一笑，看了眼桌上那瓶 Robert Mondavi，说："那我们再尝点别的纳帕谷吧。"叫来了餐厅经理，吩咐道："酒柜最上面那层的最左边，有一瓶 2008 年的啸鹰，你帮我拿过来开了。"经理吃了一惊，马上控制住表情，环视了一眼几位客人，转身拿酒去了。

冯骁笑着对许晓颖说："今天多坐一会儿，你肯定去过很多我没去过的地方，都跟我说说吧。"

许晓颖微微一笑："啸鹰啊？冯老板客气了，怎么那么大方啊？"

冯骁拉过一把椅子在桌边坐下，对几位朋友说道："应该的，应该的，说到大方，我来跟你们讲个故事，名字就叫'五十串烤羊肉串'。"

许晓颖乐了："当年我请你吃羊肉串，你给我喝了一罐可乐，早扯平了！"

深夜一点多，两个人走出餐厅，餐厅里已经空无一人。冯骁抱歉地拍了拍经理的肩膀。经理表示没什么，有时候客人走得比这会儿还晚，餐厅既然做了吧台，晚上自然是当酒吧来营业的，他会来锁门的。

冯骁和许晓颖走了一会儿，来到黄浦江边，走上江堤，初夏的暖风中带着一丝土腥气，让酒后的人更加放松。冯骁想起那年冬天，在一条小河边，一个女孩子给了他一串肉块最大的羊肉串，另一个女孩子却偷偷离开，他发觉了，并没有叫住她，这可能是最伤她心的一次了吧？

"老同学你还有联系吗？"冯骁问许晓颖。

"你还记得我的邻居吗？就是你们喊她傻大姐的那个，我跟她还一直联系着，隔三岔五还会约一次，我结婚的时候，她是伴娘。两年前她嫁到国外去了，在那边特别活跃，带着一大帮老外家庭妇女搞各种社区活动，还教她们烧中餐。什么时候她回上海，我带她来你这里吃饭。

"别的同学就没联系了。你也知道当时的情况，拆迁一片弄堂就走一批人，造好一个新村就来一批人。一年级进来，坚持到五年级的，也就半个班的人。那时候家里都没有电话，人走就走了，小学毕业，没分到一个中学里，也就断了。初中同学能拉半个班聚一回都很不容易，别说小学了。

"你呢？跟谁还有联系？这家餐厅也算有点名气了吧，总有老同学看见你的名字，要是记得起来的话，会来看看的吧？"

冯骁说："我比你好一点，真的找来过一个，是那个留级生倪卿，你应该记得吧。"

许晓颖点点头："记得，他现在怎么样？"

"他在国企酒店上班，算是混得好的，已经结婚生孩子了。那时候他爷爷退休，妈妈下岗，爸爸一只手废了，还得伺候一直躺在床上的奶奶，家里日子过得苦。倪卿到了初三就主动分流去技校学厨师，也算是有天赋，后来一点一点做上去，现在做到了酒店中餐厅的老二，跟我也算是同行。不过我是野路子，靠菜单搞花样吸引客人，他可是根正苗红的大厨，基本功甩我好几条马路，最晚后年，就能做到中餐厅老大，比我这社会餐饮稳多了。他们酒店每年还出国考察，哪里的东西好吃就去哪里。行业里的一些消息，他都会听到，我这边才开了两个月，他就跑来找我了，现在隔段时间就一起吃饭，多数时候是我带了酒去他那边吃。

"还记得以前一班的孙伟伟吗？很高的那个，来我们班罚站过。他踢球很厉害，忘记是哪张报纸了，我在体育版面上见过他。后来他几次要升到上一级球队，名额都被别人顶了，索性就不踢了。他也读了技校，出来后开始做生意，一直做不大，大概七八年前，他卖了家里一套没有希望动迁的老房子改做健身器材生意，熬了一段时间，遍地开健身房，倒是赚起来了。有回去倪卿那边吃饭，倪卿把他也喊来了，之后就每次都来，每次都喝大，喝大了就骂中国足球，骂着骂着就哭，说自己当初踢得那么好，就是因为家里穷，没法塞钱往上爬，现在有钱了，有个屁用，肚皮看着都像足球了。

"宋大铭也是吃饭时被倪卿喊来的。当初十二弄拆了，他家跟倪卿家都分到浦东去了，一个新村。宋大铭高中毕业没考上大学，读了个民办大学，日语专业，毕业后去日本，在一个野鸡大学读了一年就回国了。回来后晃荡了半年，什么事都没做成，又去了一回日本，开窍了，改做瓷器生意，在日本找手工匠人，把他们的作品拍下来回国找地方仿造，先去景德镇，没想到景德镇的人硬气，不愿意做这个，都沉浸在自己的创作中，后来在福建那边找了家工厂，一拍即合，不但东西卖得好，还有了自己的品牌，这两年又杀回景德镇，投资那边的穷匠人做东西，这回轮到他硬气了！

"对了，宋大铭跟我提到一个人，我们班的另一个中队长，脸圆圆白白的，在你旁边坐过一段时间，你猜他现在在干吗？哈哈！他当了老师，在小学里教数学！宋大铭喊他来一起吃饭，但是他从没来过，我倒是很想他来，我要好好问问他，以前那么喜欢打小报告，不知道现在的学生跟他打小报告的时候，他有什么深刻感受。

"我在大学里遇到过瞿斌。我们考进了同一所大学，不同专业，我学文，他学理，结果现在，学文的当了厨子，学理的进了国企搞宣传，你说好玩吗？他总是感慨各方面都发展得太快，笃悠悠的感觉全没了，多愁善感得很，根本不像以前那个就知道吃喝玩乐的富二代。我有个朋友是个诗人，有一回我看见他跟瞿斌在朋友圈里有互动，有点纳闷，顺藤摸瓜查了一下，才发现瞿斌业余时间里居然写诗，还给自己弄了个笔名，叫什么'屈秉'，把我给笑死了。前一阵他出了本诗集，出版社要他自己认购一部分，结果到手版税才两万多，跟我哭穷，说你看我们诗人多可怜，写本书只能赚两万多，被我骂了一顿，让他知足吧！这年头写诗的，能出书，还能赚到钱，有几个？"

许晓颖也笑了好一阵，随后调侃冯骁："你也别自黑了，还说自己是厨子？你们这一行我知道，没名气的时候希望别人叫自己'大厨''chef'，最讨厌'厨子''烧菜的'这些贬低人的称呼。可一旦做出点名堂了，就开始自黑，假装谦虚，心里恨不得别人都喊你'名厨''厨神'。"

冯骁嘿嘿一笑，点了根烟，往江堤的栏杆上一靠："傻大姐回来前，提前说一下吧，我们计划计划，你和傻大姐还有我这边几个，怎么说也能再拎出几个老同学，一起聚一下。"

许晓颖"嗯"了一声，也往栏杆上一靠，侧头看着冯骁："鱼依婷呢？还有联系吗？我记得你们两个一直是最要好的。"

看着眼前的黄浦江，冯骁摇了摇头。

冯骁是尝试着找过鱼依婷的。

季俊杰和葛晓刚去了哪里他不晓得，但好歹知道鱼依婷在杨浦，他们家的船在复兴岛。

从上初中开始，冯骁每逢寒假暑假都要抽时间去杨浦、去复兴岛，漫无目地在马路上转悠，或者目的明确地打量来往的水泥船。一开始交通不方便，来回时间很长，逗留的时间短，后来交通一年年好起来，可以让他多在杨浦多逗留些时间，最远的时候，还曾跑到过共青森林公园。杨浦太大了，冯骁从未有过收获，不过他每次去看看转转，都能感受到城市的变化，也算是开了眼界。

盖房子，拓马路，造高架，挖地铁，工地多起来了，运送建筑材料的水泥船却快要看不见了。整个城市，莫不如此。

冯骁走在其中，感觉哪里都是风景，即便尘土飞扬。更多时候，他希望有一个人出现在画面里，风景才会活起来。

有时候，冯骁也遇见一些身影，以为是她，想尽一切办法跑到正面去确认，总是失望。印象最深的一次，是冯骁看见一个骑着自行车的熟悉身影从眼前飞过，不由愣了一下，当即朝着自行车的方向飞奔过去，一度快要追上，可一路连过三个路口居然都没遇到红灯，冯骁再也跑不动了，只能眼睁睁地看着那个身影骑车远去，翻过一座桥，落入了夕阳里。

这件事让他后悔了很长一段时间：为什么当时没有喊一声她的名字呢？就算是认错了人，那又怎么样，万一就是她呢？

这次给了冯骁不小的打击。慢慢地，连去确认的勇气都没有了，因为冯骁在努力回忆鱼依婷的长相时，已经不能想象她现在的样子了。

距离德新里的那次分别，已经过去八年。

用八年的时间找一个人，冯骁觉得自己问心无愧。

但是，今晚许晓颖这一问，又让冯骁有点儿内疚。用了八年的时间去找一个人，又用了十几年的时间把她忘掉，这么做是对的吗？

日子照常过，饭要吃，酒要喝。

冯骁拉了许晓颖去倪卿那里吃饭，一个包房，一桌菜，没有燕翅鲍肚参，也没有野味，却又都不是寻常的东西，做法倒是简单，家常的上海烧法。

瞿斌、宋大铭和孙伟伟都在，倪卿烧完菜，吩咐下面的人再弄几个下酒小菜，换了衣服过来陪大家喝酒。

先是相互打趣，比较倪卿和孙伟伟哪个肚子大，调侃两人当年周游列国，抄作业都得趴在教室最后的地上。再说宋大铭以前抄作业、考试作弊抄别人的卷子，现在发了财，也是靠抄，抄日本人的灵感，枪口又转向冯骁，说他更厉害，抄自己爷爷的菜，包装成西餐来卖，最后一致嘲笑瞿斌的笔名，问他写诗有没有抄过别人的灵感？

瞿斌先说诗人也是有骨气的，又说自己有新作，各位要不赏个脸，听我吟诗一首？大家连连摆手，喝酒喝酒，吟什么诗，茅台不香吗？

许晓颖在外企当高管，平时能喝一点儿威士忌，但是始终喝不惯白酒。冯骁给她带了瓶意大利的葡萄酒，说慢慢喝，别跟着这帮人的节奏，一会儿看戏就可以。

果然，下酒菜还没上完，宋大铭和孙伟伟就喝多了，倪卿和瞿斌也够呛，冯骁还算清醒，但也不敢再碰酒杯了。一帮人开始回忆小时候的事情，好多的细节被大家逐个回忆出来，填补在一起，生动无比，许晓颖在旁边听得目瞪口呆，原来那时候他们玩得如此精彩。

有些话题避不开一个人，就是跟冯骁当了一段时间同桌的华磊。冯骁问，华磊和谁还有联系吗？当初倪卿还替他背过一段时间黑锅呢。

宋大铭说没有，但是肯定混得不差，几年前他开车转弯没打方向灯，被警察拦下来，看着那警察觉得眼熟，问了句是不是华磊，结果还真是，看上去挺神气，呵呵一笑，摆摆手把宋大铭放了。当时急，也没留联系方式，后来数次经过那个路口，也没再看见他。

宋大铭笑着说："这家伙，当年偷东西手段了得啊，没想到现在成了警察，也不知道是不是那时候受了刺激，从小立志。倪卿，你别怪他，他说不定还要感谢你呢，要不是你第一次背锅，查得严一点，说不定他就被抓了，那就没有第二次那么大的事了。"

倪卿重重地叹了一口气说："其实我也没有怪过他，那时候倒是怪过我家老头子，不知道替我说句话，后来也就想通了，什么事情，还是要自己有底气，所以从学烧菜开始，就一直咬着牙要把事情做到最好。现在好了，老头子天天在家里带孙子、刷手机，我妈烧菜再不好吃也不抱怨了，只要有老酒喝就行。我每个周末都带全家下馆子，哪家餐厅最火就吃哪家，订不到位子？没事，找人去打个招呼，最好的位子留着，菜单上没有的隐藏菜也给我拿上来！以前很多人都看不起我，欺负我，现在他们要是愿意来，我就请他们吃饭，让他们看看一个人翻了身，还是能有点出息的！"

宋大铭笑了起来。倪卿说："你别笑，以前我们十二弄的人都被人看不起，都说是垃圾角，现在你看看我，看看孙伟伟，再看看你自己，不比别人过得差吧？"

冯骁在一旁插话："十二弄早没啦！别老提以前了，也别提小时候家里有多穷了。"

倪卿端起酒，对冯骁说："那时候家里是真的没钱啊，每一分钱都要算着用。老头子拿了五块钱出来，起先都不敢跟我妈说，后来你叫大家捡废铁换钱，让我拿回去十块钱，老头子当着全家人的面哭了，说自己没有用，还不如儿子的同学。后来清白了，他来学校拿回五块钱，碰到你，是想把十块钱还给你的，你没有要，他回去又哭了一次，叫我以后好好对你，说帮过你一次的人，要记着人家一辈子。来，这杯我敬你！你是不知道，上次我带全家人去你那里吃饭，老头子走进你的饭店，腿都在发抖，他是开心啊！"

倪卿喝了，冯骁也喝了，大家都把杯中酒喝了，许晓颖也是。

继续说以前的事，终究还是说到了鱼依婷。这下，大家认为是彻底断了联系了，包括以前好来坞的那帮人，一个也找不见。以后要是真把华磊、傻大姐、圆白脸等人都喊上了，大家一起动用社会关系，说不定还有希望找到几个。

冯骁说有希望，当警察的都有了，还有当老师的，社会关系肯定不比我们混江湖的差。心里还想着，当初揭发华磊这事，什么时候还是跟警察同志交代了吧。

说到鱼依婷，几个喝酒的人都不约而同地偷瞄许晓颖，看她是什么表情，有些话忍不住，感觉下一刻就要讲出来了。

冯骁知道他们要提冬令营钻被窝的事情，拿起酒杯，敲了敲桌上的玻璃转台："来来来！再喝一杯，我看你们今天清醒得很嘛！"

许晓颖在旁边会心一笑，笑得无比温柔。

刚坐上回家的车，手机响了一下，是瞿斌发来的消息，那首新写的诗，毕竟还是憋不住，发给了冯骁。

冯骁读着读着，鼻子一酸。

时代的梦境

这个时代，没有轰轰烈烈。

愁不过，阴晴圆缺。

这个时代，也许有壮志俊杰。

却输给，人言喋喋。

孩子啊！觉得拥有了整个世界。

用沙子垒起了城堡，幻想它就是天上的宫阙。

孩子啊！真的拥有了整个世界。

用弹弓打出了泥丸，这一刻自己正策马骑猎。

这个时代，没有光辉篇章。

愁不过，半世彷徨。

这个时代，也许有情深回肠。

却输给，一朝遗忘。

孩子啊！觉得拥有了豪气万丈。

用鞭炮炸响了夜空，以为肩扛着正义的长枪。

孩子啊！真的拥有了豪气万丈。

用蜡笔涂出了梦境，置身于万国来朝的盛唐。

梦境破了，不过是黄粱一诚。

时代换了，还要不要那一腔热血？

现实来了，低下头假装错过了破灭。

朋友走了，回忆里下了一场大雪。

阳关三叠，尽是伤怀离别。

不复顽劣，唯语凄凄切切。

梦境破了，犹不破一意疏狂。

时代换了，谁来当那取经的玄奘？

现实来了，看身前身后谁一同闯荡。

朋友走了，心底里为你挥去风霜。

浮名为觞，只顾痛饮高唱！

不问迷惘，却问天涯何芳？